D1671242

Edition Historische Romane
Friedrich Meister

Hrsg. Peter Frey

»Spuk auf der Hallig« ist der zweite Band aus der Reihe der neu gefassten Erzählungen von Friedrich Meister. In der Neufassung nimmt Peter Frey leichte Veränderungen am Originaltext vor, die der Lesbarkeit und der Übertragung in die heutige Zeit geschuldet sind. Ziel ist es, den Charakter des Originals so weit wie möglich zu erhalten. Im alphabetisch geordneten Glossar finden sich Erläuterungen zu Fachbegriffen aus der Seefahrt.

Peter Frey arbeitet als freier Journalist und Autor in Süddeutschland.

Spuk auf der »Hallig«
Eine Seegeschichte von Friedrich Meister

Neufassung und Digitalisierung von Peter Frey

Bibliografische Information der Deutschen Nationalbibliothek.
Die Deutsche Nationalbibliothek verzeichnet diese Publikation in der
Deutschen Nationalbibliografie; detaillierte bibliografische Daten
sind im Internet über http://dnb.d-nb.de abrufbar.

Spuk auf der »Hallig«
Eine Seegeschichte von Friedrich Meister
Neufassung und Digitalisierung von Peter Frey

Copyright © 2016 Peter Frey
Herstellung und Verlag
BoD - Books on Demand, Norderstedt
ISBN 9783741250330

Friedrich Meister

Friedrich Meister wurde 1848 in Baruth in Brandenburg geboren und starb 1918 in Berlin. Er war ursprünglich ein Seefahrer der alten Schule. Zu seiner Zeit wurde der überseeische Handelsverkehr zum größten Teil noch durch Segelschiffe besorgt. Auf solchen Segelschiffen fuhr Friedrich Meister zehn Jahre lang durch alle Meere - die Polarmeere ausgenommen - und bei Sonnenschein und Sturm erlebte er manches Abenteuer. Dabei lernte er fremde Länder und Völker kennen. Er bereiste China, Siam, Japan und den Südsee-Archipel bis zur Küste von Neu-Guinea und nördlich davon, die Philippinen. Er war in Westindien, Nord- und Südamerika, England, Italien und Griechenland. Er sah die »Sultansstadt am Goldenen Horn«, das heutige Istanbul, und die Westküsten des Schwarzen Meeres. In Japan erkrankte er an einem Augenleiden, das ihn schließlich dazu zwang, den Seemannsberuf aufzugeben. An Land wusste er zunächst nicht, wovon er leben sollte. Er versuchte dies und das und gelangte schließlich zur Schriftstellerei. Friedrich Meister ist Autor zahlreicher Jugendbücher.

Aus dem Vorwort von »Burenblut«

Inhalt

Erstes Kapitel

Das Pfarrhaus zu Westerstrand. - Im Rettungsboot.
Die Schiffbrüchigen.

»Hast du soeben den Kanonenschuss gehört, Vater? Noch einer! Und noch einer! Da ist ein Schiff aufgelaufen. In diesem Nordweststurm kann es nur auf den Muschelsand geraten sein, und wenn es da ist, dann ist es verloren. Adieu, liebste Mutter, ich muss mit in das Rettungsboot! Halte alles bereit für die Schiffbrüchigen, die wir an Land bringen werden!«

»Paul, bleib hier!«, flehte die Mutter. »Es sind genug Leute da, auch ohne dich! Bleib hier, der Sturm ist fürchterlich!«

»Wieder ein Schuss! Ich muss hinaus! Adieu alle!«

Paul umarmte seine Mutter, riss hastig Ölzeug und Südwester von der Wand und eilte hinaus in die Sturmnacht, aus der in diesem Augenblick nochmals ein Schuss windverweht herüberdröhnte.

In den letzten Tagen des Jahres 1892 wütete in der Nordsee ein schreckliches Unwetter, das am Altjahresabend am verderblichsten tobte. An den Küsten und auf den Inseln von Schleswig und Ostfriesland ist jene Sturmzeit noch heute unvergessen.

Wenn im Winter der Orkan mit Schnee über die mächtige See schnaubt, an den Türen und Fensterläden rüttelt und klappert, durch den Schornstein herabfährt und Rauch und Funken aus dem offenen Herd in die Wohnungen der Menschen treibt, dann erinnert sich mancher wohl noch des Silvesterabends von 1892, an dem man im trauten Familienkreis vor dem prasselnden Feuer des weiten Kamins gesessen und auf die Mitternachtsschläge vom Turm des Kirchleins gewartet hatte, um mit einem guten Wort das alte Jahr zu beschließen und mit gegenseitigen Segenswünschen das neue zu beginnen.

Draußen auf der See aber kämpfte zur selben Zeit gar manches Schiff im wilden Schneesturm mit dem schwarzen Verhängnis, und noch ehe der Morgen ausbrach, hatten viele brave Seeleute ihre letzte Ruhe tief unter den zornigen Wogen gefunden.

Auch im Pfarrhaus der Insel Westerstrand hatte an jenem Abend der Pastor Krull mit seiner Frau, seinen beiden Töchtern und seinem Sohn Paul, einem kräftigen jungen Mann von über sechzehn Jahren, vor dem Kaminfeuer in der weiten Küche gesessen, die, nach der alten Sitte an der Wasserkante, vielfach zugleich als Wohnraum diente. Obwohl die Jahreswende Anlass genug zu allerlei Betrachtungen bot, wollte eine Unterhaltung nicht recht zustande kommen, da alle mit Besorgnis dem donnernden Tosen der Brandung und dem Geheul und Geschmetter des Sturmwindes lauschten, der das alte Haus in seinen Grundfesten zu erschüttern schien. Dann kamen die Schüsse und Paul eilte hinaus. Der Pastor versah sich gleichfalls mit Ölzeug und Südwester, und nun schritten beide, mit aller Macht gegen den Sturm ankämpfend, zum Strand hinab, wo eine Anzahl Männer bereits im Begriff war, das Rettungsboot zu Wasser zu bringen. Draußen in der schwarzen Finsternis über der See, in der Gegend des Muschelsandes, zeigte sich ein gelbes, verwehtes Licht, das Notsignal eines Fahrzeugs.

Als der Pastor und sein Sohn sich dem Bootsschuppen näherten, erweiterte sich ihr Sehkreis ein wenig, weil der schneeweiße Schaum der Brandung einen gewissen Lichtschein verbreitete, der um so merkbarer war, als sich die Gischtmassen der donnernden Fluten bis weit in die See hinaus erstreckten.

Ein Teil der Rettungsmannschaft, die aus lauter Freiwilligen bestand, hatte seefertig ihren Platz in dem auf der Gleitbahn stehenden Boot eingenommen. Auch die Masten waren bereits aufgerichtet, was unter dem Dach des Schuppens nicht hatte bewerkstelligt werden können.

»Ein Mann fehlt noch!«, rief der Bootssteuerer.

»Er kommt gerade!«, antwortete Pauls kräftige Stimme, »er ist schon da!«

»Wer ist das?«, rief der Bootssteuerer zurück.

»Der Paul, der Sohn vom Pastor!«, antworteten mehrere aus der Menge der am Strand Stehenden gleichzeitig.

»Das ist gut, beeil dich ein bisschen, Paul!«

Paul fasste die Hand seines Vaters.

»Auf Wiedersehen, lieber Vater«, sagte er, »wir werden bald wieder zurück sein. Da, sieh, es ist nur eine kurze Strecke bis zu dem Schiff.«

»Es geht um Leben und Tod, mein Sohn. Gott behüte dich!«

Gleich darauf saß Paul an seinem Platz im Boot. Jetzt rief der Bootssteuerer vorschriftsmäßig: »Alle Mann an Bord?«

»Alle Mann an Bord!«, kam die kräftige Antwort.

»Alle Korkwesten an?«, war die nächste Frage.

»Alle an!«

»Segel klar zum Heißen?«

»All klar!«

»Unterleine klar?«

»All klar!«

»Dann in Gottes Namen - los!«

Unter dem Heck des Bootes stand ein Mann bereit, das Seil durchzuschneiden, welches das Fahrzeug noch an der Kette festhielt.

»Los is!«, schrie der Mann.

Man hörte das Klirren der fallenden Kette, das Boot begann zu gleiten, erst langsam, dann schneller, endlich sauste es in rasender, aber geräuschloser Fahrt die Gleitbahn hinunter, während zu gleicher Zeit einige der Männer die Fock setzten. Die Übrigen hielten sich bereit, an der Unterleine zu holen, sobald das Boot sich im brandenden Wasser befinden würde. Die dicht gereefte Fock schlug und flatterte, als müsse sie demnächst in dünnen Fetzen davonfliegen, während die Rah am Mast emporstieg. Der Sturm schmetterte gellend in die betäubten Ohren der Besatzung. Eine Wolke brüllenden Schaumes umtoste sie, als das Boot in die Brandung hineinschoss. Im nächsten Moment saßen alle Mann knietief im Wasser, dann sprang das Boot auf die Höhe des nächsten Wellenrollers, unwiderstehlich vorwärtsgerissen von den eisernen Fäusten der Männer von Westerstrand, die mit Macht an der Leine holten, die an dem weit draußen im tiefen Wasser liegenden Anker befestigt war. Inzwischen war auch das dicht gereefte Großsegel gesetzt worden. Die Männer ließen die Ankerleine los, und das Boot schoss dicht am Wind über Backbordbug in die wilde See hinaus. Lange vorher schon war das Boot den Blicken des Pastors und der anderen am Strand stehenden Leute in der Finsternis entschwunden gewesen. »Lasst uns nach der Leeseite des Bootsschuppens gehen und dort den Herrgott bitten, unsere Leute gesund wieder an Land zu bringen und auch den Schiffbrüchigen beizustehen«, sagte der Pastor zu den anderen.

»Ja, Herr Pastor, das müssen wir«, war die Antwort, und die kleine Schar, alte Männer, Frauen und Knaben, folgte ihm. Der Pastor sprach auf der windgeschützen Seite des Schuppens ein kurzes Gebet für die Bootsmannschaft und für alle Seefahrer, die in dieser schrecklichen Nacht um ihr Leben rangen.

Dann kamen lange und bange Stunden des Wartens. Nur wenige verließen den Strand. Die meisten blieben in Lee des Bootsschuppens und lauschten den Worten der alten Fischer, die gegenseitig ihre Vermutungen darüber austauschten, wie das Rettungsboot wohl mit dem Sturm fertig werde, welche Gefahren es zu bestehen habe, ob es überhaupt an das Schiff herankommen könne und ob zuletzt nicht alles doch vergebens sein werde.

Endlich begann es im Osten zu dämmern. Der erste Morgen des neuen Jahres brach an. Das Boot war noch immer nicht zurück. Bald tönte die Glocke des Kirchleins durch den Wind. Pastor Krull hielt den Frühgottesdienst ab. Die andächtige Gemeinde war nur klein, einige alte Fischer und die Frauen derer, die im Rettungsboot auf der stürmischen See waren. Gerade als der Segen gesprochen wurde, kam ein Mann mit schweren Stiefeln und triefendem Ölzeug eilig in die Kirche herein, und rief mit schallender, freudiger Stimme: »Das Boot ist zurück! Es sind alle an Land!«

Da wurde es lebendig in dem sonst so stillen Gotteshaus. Einige Bänke fielen polternd um, und alle eilten in größter Hast hinaus. Der Pastor folgte schnellen Schrittes. Im Bootsschuppen kam Paul auf ihn zugesprungen und fasste seine Hand.

»Prosit Neujahr, lieber Vater!«, rief der junge Mann atemlos. »Weißt Du, wen wir geborgen haben? Keppen Jaspersen, mit dem ich die letzte Reise gemacht habe. Ein glücklicher Zufall bei all dem Unglück, nicht wahr?«

»Ist sonst niemand gerettet?«, forschte der Pastor bestürzt. »Ja, noch ein Matrose. Keppen Jaspersen ist bedenklich verletzt, wie ich fürchte. Er hat eine böse Kopfwunde. Lass ihn nur vorsorglich ins Pfarrhaus schaffen. Wenn ich etwas gegessen habe, erzähle ich dir alles. Der Matrose ist einer von der rechten Sorte. Ohne ihn lebte der Kapitän jetzt nicht mehr. Auch er muss mit heim zu uns.«

Eine halbe Stunde später befand sich der Verwundete, Kapitän Jasper Jaspersen, Führer des gestrandeten Vollschiffes *Hammonia*, in einem sauberen Bett und wohldurchwärmtem Zimmer unter der sachkundigen und liebevollen Pflege der Frau Pastorin und ihrer älteren Tochter Gesine. Auf Westerstrand gab es keinen Arzt. Daher hatte schon mancher kranke oder verletzte Schiffbrüchige in dem gastlichen Pfarrhaus Hilfe und treue Pflege gefunden. Der andere Überlebende, ein ostfriesischer Matrose namens Towe Tjarks, fühlte sich bald bei Speise und Trank in der Küche sehr wohl. Paul hatte den Mägden mitgeteilt, dass dieser des Kapitäns Lebensretter sei, und so bewunderten sie in dem kraushaarigen, rotbärtigen, kräftig gebauten Mann, der etwa dreißig Jahre zählen mochte, einen Helden.

Zweites Kapitel

Warum der Matrose Towe einen Eierhandel anfangen will.
Wie der Pastorsohn ein Schiffsjunge wurde.
An Bord des »Senator Merk«

Eine Woche lang schwebte Kapitän Jaspersen in großer Gefahr. Der von Husum herbeigeholte Arzt erklärte sich außerstande zu sagen, ob er wieder genesen würde. Unter gewöhnlichen Umständen wäre die Kopfwunde nicht gefährlich gewesen. Der Patient hatte jedoch so lange Zeit in der bitteren Kälte und der salzigen Flut zubringen müssen, dass die Verletzung einen bösartigen Charakter angenommen hatte. Für Towe Tjarks aber war diese Woche eine Reihe von Festtagen. Der Pastor hatte in dem Gasthaus des Ortes ein Stübchen für ihn gemietet, in dem er sich wie ein Fürst vorkam, wenn er diesen behaglichen Aufenthalt mit dem dunklen, unsauberen und engen Matrosenlogis an Bord der unlängst in Trümmer gegangenen *Hammonia* verglich. Trotzdem aber brachte er den größten Teil seiner Zeit in der Küche des Pfarrhauses zu. Einen Vorwand, dorthin zu steuern, hatte er stets, musste er sich doch täglich nach dem Befinden seines Kapitäns erkundigen. Paul aber und der Pastor kamen bald dahinter, dass der ehrliche Towe ein großes Wohlgefallen an Katje, dem netten Hausmädchen gefunden hatte. Als endlich von der Reederei der *Hammonia* ein Schreiben einlief, in dem der Vollmatrose Towe Tjarks aufgefordert wurde, sich im Kontor zu Hamburg einzufinden, um seine Aussage über den Schiffbruch zu Protokoll zu geben, da suchte er den Pastor auf und erklärte ihm, dass er Katje heiraten wolle und diese damit einverstanden sei.

»Eine kleine Weile kann das ja noch dauern, Herr Pastor«, fügte er in seinem besten Hochdeutsch hinzu. »Denn sehen Sie, ich habe ja schon ein bisschen Geld auf der Sparkasse, aber zu einem Hühnerhof reicht das noch nicht. Wir haben uns das nämlich überlegt, so ein Eierhandel ist ein gutes Geschäft, dabei verdient man ein gutes Stück Geld, mehr als bei der Seefahrt. Wenn ich nun noch eine Reise mache, dann habe ich so viel zusammen, dass wir heiraten könnten.«

Darauf dankte er dem Pastor warm und treuherzig für alles Gute, das dieser ihm und seinem Kapitän erwiesen hatte, verabschiedete sich von Paul, der Frau Pastorin, den Töchtern und zuletzt von Katje und machte sich von Husum aus auf die Eisenbahnfahrt nach

Hamburg. Vierzehn Tage später war auch Kapitän Jaspersen so weit wiederhergestellt, dass er sich zur Abwicklung seiner Geschäfte zur Reederei begeben konnte. Beim Abschied von seinen Wohltätern war sein männliches Auge feucht von Tränen. Man nahm ihm das Versprechen ab, ehe er seine nächste Fahrt antreten würde, das Pfarrhaus auf Westerstrand noch einmal zu besuchen. Dann sollte Paul mit ihm gehen, um unter seinem Kommando die dritte seiner Seereisen zu machen.

Paul war des Pastors einziger Sohn. Auf Westerstrand geboren, war in dem Herzen des Jungen schon früh die Liebe zur See erwacht. Der Vater ließ nichts unversucht, ihn davon abzubringen. Er gab ihn tief im Binnenlande in die Pension und ließ ihn dort die Schule besuchen. Allein diese Verbannung fachte die Sehnsucht des Jungen nach dem freien blauen Meer, dem windigen, schaumumkränzten Strand mit all den Booten und Fischkuttern nur noch heftiger an. Endlich gab der Vater nach. Er sagte sich, dass Paul auf der See ebenso gut sein Glück machen und ein tüchtiger Mann werden könne wie in jedem anderen Beruf, und dass das Vaterland gerade jetzt, wo die deutsche Marine einen so gewaltigen Aufschwung zu nehmen im Begriff war, gar nicht genug Seeleute haben könne.

Er fuhr mit dem Sohn nach Hamburg zu einem ihm bekannten Reeder, der Paul auf einem seiner Schiffe unterbrachte, zunächst als Kajütsjungen. Die erste Reise ging nach Valparaíso, die zweite, unter Kapitän Jaspersen, nach Kapstadt und über Westindien wieder heim. Während dieser Fahrt, die er als Decksjunge machte, hatte der Schiffer ihm viel Wohlwollen und Freundlichkeit gezeigt. Ein Junge wie Paul würde im ganzen Leben nicht die Güte vergessen, die ein Vorgesetzter ihm in der harten Lehrzeit entgegengebracht hat; ebenso wenig aber auch die schlechte Behandlung, die er etwa hat erfahren müssen. Daher war auch Pauls Freude so groß, als er zur Rettung seines guten Kapitäns hatte beitragen dürfen.

Nach einigen Wochen traf Kapitän Jaspersen wieder im Pfarrhaus auf Westerstrand ein. Er war ein hochwillkommener Gast. Gleich am ersten Abend hatte der Pastor eine lange Unterredung in seinem Studierzimmer mit ihm.

»Die Reederei hat mir im nächsten Jahr ein neues Schiff versprochen, das ich als Kapitän führen soll«, berichtete der Schiffer im Lauf des Gesprächs.

»Bis dahin ist eine Kapitänsstelle für mich nicht frei. Binnen kurzem aber wird die *Senator Merk* seeklar sein.

Die *Senator Merk* war eine feine Bark, die auch Eigentum der Reederei war. Die brauchte einen ersten Steuermann, da habe ich mich entschlossen, als solcher anzumustern. Die Reise geht nach Melbourne. Ohne Zweifel hätte ich bei einer anderen Reederei einen Kapitänsposten gefunden. Ich wollte aber meiner alten Firma, der ich nun schon seit meiner Schiffsjungenzeit diene, nicht untreu werden.«

»Das macht Ihnen Ehre, Kapitän Jaspersen. Und Sie meinen, dass Paul auch unter diesen veränderten Umständen zu Ihnen an Bord kommen könnte? Soll ich an die Reederei schreiben?«

»Das wird nicht nötig sein, Herr Pastor. Es wäre mir eine große Freude, Paul wieder bei mir an Bord zu haben. Ich habe bereits mit den Herren im Kontor darüber gesprochen und ihnen erzählt, welchen Anteil Paul an unserer Rettung gehabt hat. Ich denke, Sie werden in den nächsten Tagen ein Schreiben von der Firma erhalten.«

Dann brachte Jaspersen die Stellung zur Sprache, die Paul an Bord einnehmen sollte.

»Er fährt nun länger als zwei Jahre«, sagte er, »und hat in dieser Zeit schon so viel vom Schiffsdienst gelernt, dass er jetzt als Leichtmatrose anmustern kann. In einem weiteren Jahr ist er Vollmatrose, und wenn er fünfundvierzig Monate Fahrzeit aufzuweisen hat, kann er auf die Navigationsschule gehen. Hat er diese hinter sich und das Examen bestanden, dann ist er berechtigt, den Steuermannsdienst auf deutschen Kauffahrtschiffen jeder Größe zu verrichten und als Einjähriger in der Marine zu dienen.«

»Und wann kann er Kapitän werden?«, fragte der Pastor.

»Wenn er vierundzwanzig Monate als Steuermann gedient haben wird.«

»Nun, mögen Gott ihn und uns das erleben lassen«, sagte der Pastor.

Die Reederei schrieb ihm, wenn er willens sei, auf der *Senator Merk* anzumustern, so möge er sich bereithalten. Die Bark werde Ende der Woche in See gehen. Dann folgten Worte der Anerkennung für sein Verhalten beim Schiffbruch der *Hammonia*.

Paul reichte den Brief seinem Vater.

»Nett von den Herren«, sagte er. »Hoffentlich geben sie dem Koch auch die Weisung, mir zu Ehren jeden Sonntag extra ein paar Hände voll Pflaumen in den Kuchen zu tun.«

Jaspersen reiste nach wenigen Tagen wieder ab, da der erste Steuermann an Bord sein muss, sobald das Einnehmen der Ladung beginnt. Er muss genau wissen, wo alles verstaut wird, und dabei hat er noch vielerlei andere Dinge zu überwachen, wie das Unterbringen der Proviantvorräte, der neuen Segel, des Tauwerks und all der anderen für die Reise notwendigen Waren und Gegenstände.

Die nächsten Tage verstrichen allen Bewohnern des Pfarrhauses sehr schnell. Die Zeit vor einem Abschiednehmen scheint immer Flügel zu haben.

Schließlich reiste Paul nach Hamburg und begab sich an Bord der *Senator Merk*.

Es war gegen acht Uhr morgens, als der Schleppdampfer das Schiff aus der Elbe hinausbugsierte. Die Trossen waren losgeworfen und er wandte sich zur Rückfahrt. Eine günstige Brise füllte die Segel der stolzen Bark, die auf westlichem Kurs in die Nordsee hinausfuhr.

Es gibt kaum einen schöneren Anblick als den eines Vollschiffes, das unter allen Segeln mit einem frischen Backstagswind über die leicht bewegte See dahin rauscht. Auf der weißen, schimmernden Leinwand die lichte Morgensonne und jede Leine, jedes Stag und jede Pardune in der frostklaren Atmosphäre scharf abgezeichnet auf dem Hintergrund der hellen Luft. Die Passagiere eines vorbeikommenden großen Ozeandampfers hatten Verständnis dafür, sie standen in langen Reihen an der Reling und folgten dem Schiff mit bewundernden Blicken, solange es deutlich in Sicht war.

Die *Senator Merk* hatte einen Rauminhalt von tausendsechshundert Registertonnen und führte eine Besatzung von achtzehn Vollmatrosen, zwei Leichtmatrosen und zwei Jungen. Einer der Leichtmatrosen war Paul. Er, Towe Tjarks und noch sieben andere Matrosen gehörten zur Backbordwache, die von dem Obersteuermann befehligt wurde.

Das Schiff hatte das im Monat Februar seltene Glück, die Nordsee und den Kanal mit einem stetigen Nordostwind und bei bestem Wetter zu passieren, und da die Brise auch dann noch günstig blieb, gelangte es bald aus dem rauen nordischen Klima in eine wärmere Gegend. Hier änderte der Wind jedoch nach Süden herum und man musste die Rahen scharf anbrassen, die Bulinen ausholen und ›bei dem Wind‹ segeln.

Die Mannschaft bestand fast gänzlich aus Seeleuten von der nordischen Wasserkante, nämlich aus Hamburgern, Schleswig-Holsteinern, Friesen und Pommern, dazu kamen noch ein Norweger und ein Grieche. Man hoffte auf eine einvernehmliche und gemütliche Reise. Aber man kann auch nie wissen, wie sich die Dinge an Bord gestalten werden, ehe man nicht einige Wochen in See ist, denn dann erst beginnen sowohl die Offiziere wie auch die Leute einander recht zu verstehen und zu beurteilen.

Obersteuermann Jaspersen behandelte Paul genauso wie alle anderen und ließ durch nichts erkennen, dass er ihm näher stand. Nur zur Nachtzeit, wenn Paul seine zwei Stunden am Ruder zu stehen hatte und das Wetter es erlaubte, plauderten sie von dem lieben Pfarrhaus und Westerstrand und allen seinen Bewohnern, wobei der Steuermann oft wie ganz zufällig das Gespräch auf Gesine, seine treue Pflegerin, zu bringen wusste.

Drittes Kapitel

Vom Glasenschlagen. - Ein Dieb im Logis.
Vor Gericht. - Das Urteil.

Nach einer Fahrt von vier Wochen gelangte die *Senator Merk* in den Nordostpassat. Der Wind war mäßig. Trotzdem lief das Schiff, das jetzt alle Leesegel stehen hatte, eine gute Fahrt, und jeder Tag brachte es in wärmeres Wetter.

Paul und Towe hielten zusammen wie Kletten, was eigentlich auch nicht verwunderlich war. Während der Nachtwachen, in denen es, solange man in der Passatgegend ist, fast nichts zu tun gibt, hockten sie fast immer beieinander, entweder auf der Back oder auf der Vorluk oder auf den Reservespieren an der Reling. Towe wurde nie müde, von den schönen Tagen zu reden, die er im Pfarrhaus verlebt hatte, und dabei kam er auf dem kürzesten Weg stets auf Katje und die Hühnerzucht, die er mit ihr betreiben wollte, wenn sie erst verheiratet waren.

So saßen sie auch in einer sternklaren Nacht auf dem vorderen Ende der Spieren auf der Steuerbordseite. Es war in der ersten Wache von acht bis zwölf und soeben hatte es drei Glasen geschlagen.

Zur Erläuterung des Ausdrucks Glasen sei hier folgendes eingeschoben: Glas ist ein Schlag an die Schiffsglocke, der den Ablauf einer halben Stunde seit Beginn der Wache bedeutet und für den Dienst an Bord maßgebend ist. Die Wache dauert vier Stunden, ist also um acht Glasen zu Ende. In früherer Zeit dienten Halbstunden-Sandgläser als Zeitmeter, daher rührt der Name.

Die Glockenschläge waren kaum verhallt, da sahen die beiden einen Mann aus der Logisklappe kommen, dessen Gebaren ihnen auffiel. Er sah sich suchend und wie scheu um, schlüpfte mit langen hastigen Schritten zum Ankerspill und versteckte etwas unter einer Palle. Towe stieß Paul an und flüsterte ihm zu, sich schlafend zu stellen. Der tat, wie ihm geheißen, obwohl er nicht wusste, was Towe im Sinn hatte. Der Mann stieg dann auf die Back hinauf und fragte den am Fockstag stehenden Ausguck, ob es schon drei Glasen geschlagen habe. Als er Bescheid erhalten hatte, sagte er mit stark ausländisch klingender Betonung: »Ich habe nichts gehört und um vier Glasen beginnt mein Rudertörn. Ich habe auf der Vorluk geschlafen. Jetzt will ich mir noch eine Pfeife anzünden, ehe ich achteraus muss.«

Er sprang von der Back herab und ging wieder ins Logis.

»Junge, Junge!«, sagte Towe und schlug sich erregt auf das Knie. »Das war der verdammte Grieche! Ich habe mir das gedacht. Ich wollte aber nichts sagen, ehe ich nichts Genaues weiß.«

»Was hast du?«, fragte Paul erstaunt.

»Das erzähle ich dir, wenn der Kerl achteraus ist. Du musst aber immer noch so tun, als ob du schläfst, damit er nichts merkt.«

Als es vier Glasen schlug, wurden der Mann am Ruder und der auf dem Ausguck abgelöst.

»Jetzt ist es Zeit«, sagte Towe und stand schnell auf. »Mensch Paul, ich habe das schon lang gewusst! Du wirst sehen, ob ich nicht recht habe.«

»Mensch Towe, du sprichst in Rätseln.«

»Ach was, du mit deinem Hochdeutsch! Weißt du nicht ebenso gut wie ich, dass, so lange wir hier auf See sind, beinahe ein jeder von uns etwas verloren und nicht wiedergefunden hat. Heute der und morgen jener? Weißt du nicht, wie oft es deswegen zum Streit gekommen ist? Zuerst war der goldene Ring von dem Schleswiger weg, dann verlor der Flensburger sein englisches Taschenmesser und am Ende war noch die feine nickelige Tabaksdose von dem anderen beim Teufel. Da dachte ich mir, dass einer die Sachen stehlen muss.«

»Und du meinst ...?«, begann Paul.

»Ja, ich meine, Herr Krull«, spottete Towe. »An Bord von deutschen Schiffen ist man nicht gewohnt, seine Seekiste zuzuschließen, das machen die Engländer, die Spanier oder wer. Der Spitzbube hat es daher bei uns bequem gehabt!«

»Und du meinst, der eben sei der Spitzbube?«

»Das meine ich nicht, das weiß ich.«

»Dann lass uns nachsehen, was er da auf dem Spill versteckt hat.«

»Lass noch ein bisschen, Paul. Wir müssen noch einen Zeugen haben. Ich gehe und hole Heik Weers, der gerade vom Ausguck gekommen ist. Zu ihm sagte der Grieche doch, dass er auf dem Vorluk geschlafen habe.«

Heik Weers erschien an Deck, und jetzt gingen die drei zum Unterspill. »Nun schau mal unter den Pallen«, sagte Towe zu Paul, »vielleicht findest du da etwas?«

Paul tastete hin und her, dann rief er mit unterdrückter Stimme: »Hier habe ich etwas!«, und brachte eine silberne Taschenuhr zum Vorschein. »Das ist die von Julius Lassen«, sagte Heik Weers. »Probiere mal, ob da nicht noch mehr verstaut ist.«

Nach kurzem Suchen holte Paul noch eine Uhrkette, einen Ring und mehrere andere Gegenstände hervor.

»Habe ich das nicht gesagt?«, rief Towe. »Was machen wir nun mit diesem Menschen?«

»Aufhängen!«, entschied Heik Weers.

»Über Bord werfen«, sagte Towe.

»Wenn ich hier raten kann, dann berichten wir die Sache dem Obersteuermann. Der mag mit dem Kaptein darüber reden«, sagte Paul.

Man kam überein, die Gegenstände vorläufig wieder unter die Palle zu legen. Dann sollte Paul achteraus gehen und dem Steuermann mitteilen, was er wusste.

Jaspersen stand bei der Besanwant und schaute in Gedanken versunken über die nächtliche See hinaus. »Nun, was gibt es?«, fragte er, als Paul in zwei Sprüngen die Achterdeckstreppe heraufkam. Dann hörte er ruhig an, was dieser ihm zu berichten hatte.

»Hm«, sagte er, »Towe müsste eigentlich wissen, was da zu tun ist. Er kennt doch das Verfahren, das in solchen Fällen zur Anwendung kommt. Durch solch ein Volksgericht an Bord wird dem Kerl viel wirksamer Ehrlichkeit beigebracht, als durch ein Jahr Gefängnis an Land. Ein Dutzend oder zwei mit dem Tamp und dann für den Rest der Fahrt das Großboot als Koje. Natürlich muss zuvor seine Schuld durch ein regelrechtes Verhör festgestellt werden.

»Das wird Towe schon einrichten«, nickte Paul.

»Wartet damit aber, bis es Tag geworden ist«, gab Jaspersen dem Abgehenden mit auf den Weg. »Während der Nacht will ich keinen Lärm an Deck haben.«

Paul setzte die beiden Matrosen, die ihn auf der Vorluk sitzend erwarteten, von dem Vorschlag des Steuermannes in Kenntnis.

»So ist es gut und richtig«, sagte Heik Weers befriedigt. »Und Julius Lassen, dem die Uhr gehört, der soll der Richter werden, und die anderen sind die Geschworenen. So kommt alles in die Reihe.«

Dem Griechen sollte, wenn er um acht Glasen vom Ruder kam, nichts von dem gesagt werden, was über ihm schwebte. Julius Lassen aber wurde geweckt und aufgefordert, in seiner Kiste nachzusehen, ob ihm etwa seine Uhr fehle.

»Meine Uhr?«, fragte er und klappte den Deckel auf. »Wahrhaftig Leute, sie ist weg! Junge, Junge! Zwanzig Jahre fahre ich nun schon zur See, und noch nie hat mir einer etwas gestohlen! Der Grieche, sagt ihr, ist das gewesen? Dem breche ich alle Knochen, sobald er kommt!«

»Nee, Julius«, sagte Towe, »das lass man, bleib mal ruhig bis morgen früh um sieben, dann wird Gerichtssitzung abgehalten. Dann wirst du zu deinem Recht kommen.«

Die ganze Steuerbordwache war damit einverstanden. Nach Ablauf seines Rudertörns kam der Grieche in das Logis. Er ahnte nicht, wovon hier soeben noch geredet worden war, und kroch mit größter Seelenruhe in seine Koje. Hier tastete er eine Weile am Kopfende des Lagers herum, wo er, nach Matrosenart, allerlei von seinen Habseligkeiten verstaut hatte. Endlich stieß er eine Verwünschung aus und sagte: »Da hat mir einer meinen Tabak gestohlen, ein ganzes Pfund! Hören die Diebereien an Bord dieses Kastens denn gar nicht auf? Ich wollte nur, ich könnte den Kerl fassen! Der sollte noch lange an mich denken!«

»Morgen früh kannst du uns mehr davon erzählen, Maat«, knurrte Towe. »Jetzt wollen wir schlafen!«

Gleich darauf schnarchten alle Mann der Backbordwache in schönster Harmonie. Kurz vor sieben Glasen wurden sie durch Julius Lassens grimmige Stimme, der wie ein wütender Löwe im Logis herumrumorte, aus dem Schlaf geweckt.

»Dunnerlüchting, Mann, was soll das bedeuten?«, rief ihm einer der anderen ärgerlich zu. »Halt deinen Mund, sonst kriegst eins an den Kopf!«

»So? Meinen Mund soll ich halten, wenn einer von der Backbordwache meine gute silberne Uhr gestohlen hat?«, entgegnete Lassen giftig.

»So? Einer von der Backbordwache sagst du? Kann das nicht auch einer von der Steuerbordwache gewesen sein? Dort ist der Grieche, dem haben sie heute Nacht ein Pfund Tabak gestohlen, wie er behauptet. Das kann doch nur in der Zeit gewesen sein, in der er den Rudertörn wahrnahm. Er sagt auch, er wüsste, wer es gewesen ist.«

»Dann sei so gut, Gazzi, und sag uns, wer es ist!«, wandte sich Lassen an den Griechen. »Meine Frau hat mir die Uhr mitgegeben, darum muss ich sie wiederhaben. Also wer ist es gewesen?«

»Das kann ich nicht sagen«, erwiderte Gazzi. »Ich habe nur so einen Verdacht.«

»Du, Julius«, nahm jetzt Towe Tjarks das Wort, »ich kenne den Spitzbuben!«

»Wer ist es?«, riefen alle auf einmal.

Towe sprang mit einem langen Satz auf den Griechen zu, packte ihn am Hals und zog ihn aus der Koje. »Der ist es!«, rief er.

Gazzi riss sein Messer aus der Scheide, ehe er aber davon Gebrauch machen konnte, hielt Heik Weers ihm den Arm fest.

»Nee, mein Junge«, sagte er. »So etwas ist auf deutschen Schiffen nicht Mode.«

Man band ihm die Hände zusammen und stieß ihn die Treppe hinauf an Deck, wo sich inzwischen die gesamte Mannschaft versammelt hatte.

Eine umgekehrte Waschbalje diente als Richterstuhl, auf dem Julius Lassen, als der am meisten Geschädigte, Platz nahm.

»Man führe den Gefangenen vor!«, befahl er ernst und streng.

Zwei Matrosen brachten den Delinquenten herbei.

»Bekennst du dich schuldig oder nicht schuldig?«, fragte der Richter.

Der Grieche schwieg verstockt.

»Na, mein Junge, wir werden dir die Zunge schon noch lösen. Towe Tjarks, mach' deine Aussage.«

Towe berichtete, was er in der vergangenen Nacht beobachtet hatte. Darauf wurde der Ausguckmann vernommen und zum Schluss musste auch Paul sein Zeugnis abgeben.

»Ihr habt alles gehört, Maaten«, wandte sich der Richter jetzt an die Geschworenen, die im Halbkreis herumstanden. »Was sagt ihr? Ist der Angeklagte schuldig oder ist er nicht schuldig?«

»Schuldig!«, riefen alle wie aus einem Mund.

»Hast du das gehört, Maat?«, fragte der Richter den Delinquenten. »Deine Schiffsmaaten haben dich schuldig befunden. Jetzt muss ich dein Urteil sprechen. Am liebsten würde ich dich kielholen lassen, aber das darf ich nicht, und so verurteile ich dich hiermit zu drei Dutzend Schlägen, die dir mit dem Ende vom Klüvereinholer aufgezählt werden sollen. Außerdem darfst du dich niemals wieder im Logis sehen lassen. Wenn du aber gestehst, dann soll dir ein Dutzend erlassen werden.«

Er wartete auf die Antwort des Verurteilten, der aber blieb hartnäckig stumm. »Fort mit ihm, Maaten!«, rief der Richter. »Legt ihn über den Spill! Ich würde ihm gern mehr geben, er soll sich nicht mehr an unserem Eigentum vergreifen!« Der Grieche wurde von vier Matrosen gepackt, über das Ankerspill gezogen und darauf festgebunden. Jetzt ergriff ihn die Angst, er flehte laut jammernd um Gnade, er wolle auch in seinem ganzen Leben nie wieder stehlen.

»Aha«, sagte Lassen, »ich hab' das doch gewusst, dass der Vogel noch ganz fein singen kann. Also weil er bekannt hat und auch nie wieder stehlen will, so soll ihm ein Dutzend erlassen werden. Was sagt ihr, Maaten?«

»Einverstanden!«, antwortete Towe für alle. »Zwei Dutzend sind reichlich genug.« Zwei Mann, die Matrosen Geert und Hajung, vollzogen die Bestrafung mit bestem Willen und Nachdruck. Der Grieche heulte erbärmlich, aber es half ihm nichts.

Darauf warf man sein Bettzeug und was ihm sonst noch gehörte aus dem Logis und befahl ihm, in dem mittschiffs stehenden Großboot, über dem die Jolle wie eine Art Dach festgezurrt war, Quartier zu nehmen.

Während der ganzen Zeit war der Kapitän mit dem zweiten Steuermann auf der Luvseite des Achterdecks auf- und abgeschritten. Beide hatten von dem, was da vorn vorging, gar keine Notiz genommen. Bei solchen Vorkommnissen wird die Mannschaft in ihrem Tun niemals gestört.

Es schlug acht Glasen. Der Rudersmann wurde abgelöst, die Backbordwache ging an ihre Arbeit, die Steuerbordwache holte sich ihr Frühstück aus der Kombüse und suchte dann die Kojen auf.

Viertes Kapitel

Die »Hallig Hooge«. - Irgendwo steckt hier ein Geheimnis.
Was im Logbuch zu lesen war. - Abschied von der »Senator Merk«

Der Nordostpassat brachte die *Senator* bis auf einen Grad an den Äquator heran. Hier geriet er in die sogenannten Mallungen, das zwischen beiden Passaten liegende Gebiet der Windstillen und der leichten, veränderlichen und meist ungünstigen Winde. Es gelang ihm jedoch, diese bei den Seefahrern wenig beliebte Gegend bald hinter sich zu bringen und dann den willkommenen Südostpassat zu erreichen. Unter dem achtzehnten Grad südlicher Breite kam er in eine Windstille, die zwei Tage anhielt; dann machte sich eine frische nordwestliche Brise auf. Die Rahen wurden vierkant gebrasst, und nun segelte das Schiff aus den Regionen des warmen Sonnenscheins hinunter in den rauen Ozean, dessen sturmgepeitschte Fluten das »Kap der Guten Hoffnung« umbranden, das nicht zu Unrecht auch das »Kap der Stürme« genannt wird.

Seit der Bestrafung des Griechen war das Leben im Mannschaftslogis ruhig und friedlich. Mit dem Verbannten verkehrte man nur, wenn der Dienst dies erforderte. Bei mildem Wetter konnte dieser über sein Quartier im Großboot nicht klagen, die Aussicht aber, auch beim Passieren des Kaps darin zubringen zu müssen, war keine angenehme. Die Mannschaft war jedoch fest entschlossen, ihn nicht wieder im Logis aufzunehmen. Seine Diebereien hätten die Leute ihm verziehen, aber dafür, dass er das Messer gegen einen Schiffsmaaten gezückt hatte, gab es keine Vergebung.

Eines Morgens kam Land in Sicht, ein kleines, kaum erkennbares Fleckchen auf Steuerbord voraus. Alle Mann schauten eifrig danach aus, war es doch das erste Land, seit man den Kanal verlassen hatte.

»Das ist das Eiland Tristan da Cunha«, sagte Towe zu Paul. »Nun wird der Alte den Kurs mehr östlich halten. Pass auf, bald kommen das schlechte Wetter und eine fixe Brise.«

Tristan da Cunha kam bald wieder aus der Sicht. Towes Prophezeiung erfüllte sich jedoch nicht. Die Brise flaute immer mehr ab, das Wetter wurde zwar kälter, es blieb aber schön.

Als die Backbordwache am nächsten Morgen an Deck kam, fand sie dort alles in Aufregung. Die *Senator* war in die Nähe eines großen Fahrzeuges gekommen, das sich so sonderbar benahm, dass niemand aus ihm klug werden konnte. Bald standen seine Segel voll, bald wieder schlugen sie back. Es schien sich willkürlich nach allen Strichen der Windrose zu drehen.

»Junge, Junge«, sagte Heik Weers, nachdem er das Fahrzeug lange betrachtet hatte, »der Kasten denkt wahrscheinlich, dass er noch in den Mallungen ist. Ich glaube, da ist gar kein Mensch an Bord!«

»Da soll kein Mensch an Bord sein?«, entgegnete der Matrose Hajung. »So viel ich sehen kann, ist dort alles in Ordnung!«

Der Kapitän ließ die Flagge heißen, in der Erwartung, dass auch der fremde Segler sich zu erkennen geben würde. Der aber achtete nicht darauf und gierte nach wie vor so planlos im Winde umher, als sei kein menschliches Wesen an Deck.

Inzwischen kam die *Senator* dem anderen Fahrzeug immer näher. Der Kapitän befahl, das Schiff beizudrehen und dann ein Boot klar zu machen. Die Fahrzeuge waren jetzt ungefähr eine Viertelmeile voneinander entfernt. »Gehen Sie an Bord von dem Kasten, Steuermann«, sagte der Kapitän zu Jaspersen, »sehen Sie sich das Ding mal an und sagen Sie mir dann, was mit ihm los ist!«

»Jawoll, Kaptein«, antwortete der Angeredete, dann rief er: »Vier Mann in das Boot! Towe Tjarks, Heik Weers und ...«

»Und ich, Steuermann!«, meldete sich Paul eifrig.

»Ja, Paul Krull und ... o, da ist ja einer im Boot, der Grieche! Na lass ihn, fiere weg!«

Das Boot hing in seinen Davits, den kranartig gekrümmten eisernen Trägern. Gazzi war hineingeklettert, um es für die Fahrt herzurichten. Auch die anderen drei kletterten hinein, es wurde ins Wasser hinabgefiert, der Steuermann sprang, an einer der Taljen hinuntergleitend, leichtfüßig in die Sternschoten, den hinteren Teil des Bootes, und ließ abstoßen.

Von kräftigen Riemenschlägen getrieben, schoss das kleine Fahrzeug schnell über die tiefblaue Flut. Bald hatte es den fremden Segler, eine große Bark, in Rufweite.

Der Steuermann stand auf, legte die Hände an den Mund und rief: »Bark ahoi!«

Er erhielt keine Antwort, auch zeigte sich niemand oberhalb der Reling. Nach wenigen Minuten lag das Boot langseit. Jaspersen schwang sich nach oben, kletterte über die Reling und entschwand den Blicken seiner Leute. Gleich darauf erschien er wieder und hieß Paul, Tjarks und Weers an Bord kommen. Gazzi musste im Boot bleiben, um es von der Schiffsseite freizuhalten.

»Junge, Junge, wie unheimlich das hier ist«, sagte Weers, indem er die Augen nach allen Seiten über das verödete Deck schweifen ließ. »Was das Auge nicht sieht, macht dem Herz keinen Schmerz, aber richtig ist das hier nicht auf dieser Bark. Wenn das mal kein Gespensterschiff ist. So ein fliegender Holländer, wer weiß.«

Alles an Bord der Bark befand sich in bester Ordnung.

»Wenn hier noch lebendige Menschen an Bord wären, dann müssten sie gehört haben, wie wir hier herumtrampeln und schon zum Vorschein gekommen sein«, sagte Jaspersen zu Paul. »Von den Booten fehlt kein einziges. Die Besatzung kann das Fahrzeug also nicht im Stich gelassen haben. Unbegreiflich!«

»Die Bark heißt *Hallig Hooge*«, sagte Paul, »der Name steht an den Pützen und auch an den Booten.«

»Unser Maat Ode Hinrichsen ist auf einer von den Halligen zu Hause«, bemerkte Towe, »ich glaube, sogar auf der Hallig Hooge.«

Der Steuermann ließ zunächst die Rahen backbrassen und auf diese Weise die Bark beidrehen, damit sie auf einer Stelle blieb, und dann schickte er Weers und Tjarks nach vorn mit der Weisung, das Logis zu untersuchen. »Paul und ich gehen achteraus in die Kajüte«, sagte er.

Die Matrosen machten sich zögernden Schrittes auf den Weg. Sie trauten der Sache nicht und fürchteten, unter Deck auf einen schrecklichen Anblick zu stoßen. Nicht umsonst erzählen sich die Seeleute während ihrer Freiwachen allerlei Geschichten von grausigen Begebenheiten auf der weiten, einsamen See, unter denen die eine oder andere wohl auch auf Wahrheit beruht.

»Irgendwo steckt hier ein Geheimnis«, sagte Jaspersen zu Paul. »Wenn ein Boot fehlte, dann könnte man an eine Meuterei denken, aber dafür spricht nichts. Es ist übrigens ein feines Fahrzeug. Lange kann es noch nicht verlassen sein. In diesen Breiten gibt es häufig schwere Böen, die ihm sonst längst die oberen Segel und auch die Stengen weggerissen hätten.«

Sie fanden den Deckel der Kajütsklappe zugeschoben. Jaspersen stieß ihn zurück. »Nun mach' dich auf alles gefasst, Paul«, sagte er, »man kann nicht wissen.« Sie stiegen die Kampanjetreppe hinab. Unten angelangt, blieben sie erstaunt stehen. Die Tafel in der Kajüte war weiß gedeckt und mit Geschirr für zwei Personen besetzt. In der Mitte stand eine Schüssel mit einem großen Stück gekochten Salzfleisches und eine andere mit weißen Hartbroten, die von den Seeleuten »Beschüten«, das sind Biskuits, genannt werden.

»Das Geheimnis wird immer undurchdringlicher«, sagte der Steuermann. »Ein Tisch fix und fertig für zwei gedeckt, und keine Seele an Bord! Guck in die Kammern, Paul, ich will mir das Logbuch holen.«

Auch in den Kammern fand sich alles in bester Ordnung. Das Bettzeug in den Kojen war sauber und glatt, viel einladender als der oft sehr fragwürdige Decken- und Matratzenkram in den Schlafbuchten der Matrosen vorn im Logis. Die einzige Unsauberkeit zeigte sich bei der kleinen Luke, die in den Vorratsraum hinabführte. Die Luke war offen und neben ihr lagen einige Strohstückchen, als ob man Proviant heraufgeholt und den Platz nicht wieder gesäubert hätte. Da der Raum dort unten natürlich stockfinster war, fragte Paul den Steuermann, ob er mit einer Lampe oder Laterne hinabsteigen solle.

»Jetzt nicht, mein Junge«, sagte Jaspersen. »Ich glaube, dem Geheimnis auf die Spur gekommen zu sein, und zwar durch dieses Logbuch. Die letzte Eintragung ist vor acht Tagen gemacht. Sie rührt von der Hand des ersten Steuermannes her. Der größte Teil der Besatzung lag am gelben Fieber nieder; einige waren bereits gestorben, darunter auch der Kapitän und der zweite Steuermann. Schau her, hier steht es:

»Letzte Nacht sind abermals drei von den Leuten gestorben. Bleiben noch fünf Arbeitsfähige. Während ich dies niederschreibe, fühle ich, dass das Fieber auch mich ergriffen hat. Gott erbarme sich der armen Dora, wenn ich nicht mehr bin!«

»Er ist in banger Sorge um seine Frau daheim gestorben«, fügte der Steuermann hinzu. »Jetzt wollen wir hören, was Weers und Tjarks vorn gefunden haben, und dann der *Senator* signalisieren und anfragen, was weiter geschehen soll.« Sie gingen an Deck. Die beiden Matrosen waren soeben aus dem Logis herausgekommen.

»Was habt ihr da noch entdeckt?«, fragte Jaspersen.

»Nicht viel, Steuermann«, antwortete Towe. »Der Bettenkram ist aus den Kojen herausgezogen, die Seekisten sind umgeworfen und alles, was darinnen war, liegt herum. Ein halber Schinken aus dem Kajütsproviant liegt dabei und auch ein kleines Fass, in dem wohl Wein gewesen ist. Ich denke mir, dass die Leute erst noch einmal gegessen und getrunken haben, bevor sie von Bord gegangen sind. War denn jemand in der Kajüte, Steuermann?«

Jaspersen erzählte, was er gesehen und gelesen hatte und schloss dann: »Wie der letzte Mann über Bord gelangt sein mag, das ist mir ein Rätsel. Vielleicht ist er gar nicht krank gewesen. Vielleicht konnte er bloß die schreckliche Einsamkeit nicht ertragen und ist einfach ins Wasser gesprungen.«

Es scheint der Steward gewesen zu sein, weil er vorher noch so sorgsam den Tisch deckte. Ja, aber für wen?«, setzt er hinzu.

»Die *Senator* signalisiert«, rief Heik Weers.

Jaspersen nahm das Teleskop, das ordnungsgemäß in den Klampen innerhalb der Kajütsklappe lag und entzifferte das Signal. Es lautete: »Sogleich zurückkommen und Bericht erstatten.«

»Vorwärts, ins Boot, Leute«, sagte er. »Ich denke, die *Hallig Hooge* wird uns einen hübschen Batzen Bergelohn einbringen, wenn es uns gelingt, sie in einen Hafen zu schaffen.«

Bald befanden sich die fünf wieder an Bord der *Senator Merk*. Der Steuermann teilte seine Wahrnehmungen und Vermutungen dem Kapitän mit, während Towe, Heik und Paul die Neugierde der übrigen Mannschaft befriedigten. Der Schiffer war hocherfreut über die Aussicht, ein so wertvolles Fahrzeug bergen zu können.

»Ich will ihnen was sagen, Steuermann«, schmunzelte er und rieb sich die Hände. »Sie gehen an Bord und bringen die Bark nach Kapstadt. Mehr als vier Mann kann ich Ihnen freilich nicht mitgeben, aber Sie sollen sich die besten aussuchen. Also welche wollen Sie haben?«

»Ich behalte drei von denen, die mit mir im Boot waren. Für den vierten, den Gazzi, bedanke ich mich.«

»Warum, Steuermann?«, entgegnete der Schiffer. »Nehmen Sie ihn nur mit; der Mann ist durchaus brauchbar, das wissen Sie, und hier an Bord führt er ein Hundeleben. Sie können ihn ja in Kapstadt ausmustern.«

»Nun, meinetwegen. Es wäre ja ohne Zweifel eine Wohltat für ihn. Gazzi, kommen Sie mal eben achteraus!«

Der Grieche kam in dienstfertiger Eile herbeigelaufen.

»Hören Sie, Gazzi«, sagte der Steuermann, »der Kapitän hat mich beauftragt, die Bark nach Kapstadt zu bringen. Wenn Sie wollen, nehme ich Sie mit. Aber das merken Sie sich, wenn Sie sich schlecht betragen, dann mache ich kurzen Prozess mit Ihnen.«

Der Mann machte ein vergnügtes Gesicht und versprach, sich allezeit so aufzuführen, wie es einem braven Seemann geziemte.

»Gut, halten Sie sich bereit und sagen Sie auch Towe Tjarks, Heik Weers und dem Leichtmatrosen Paul Bescheid, damit sie ihre Sachen ins Boot schaffen. Aber schnell, wir haben keine Zeit zu verlieren.«

Da die Seekisten des Steuermannes und der anderen vier, sowie die Bettstücke und die übrigen Habseligkeiten eine Ladung ausmachten, die für das Boot zu groß war, musste man zweimal nach der *Hallig* fahren. Der Abschied war kurz, aber herzlich. Die kleine Barkbesatzung wurde von den Zurückbleibenden im stillen beneidet, da sie von Kapstadt aus viel eher wieder in der Heimat sein konnte, als die Senatorleute aus dem fernen Melbourne, des Bergelohnanteils, der auf jeden der vier entfallen würde, gar nicht zu gedenken. Der Grieche war, so hatte der Kapitän bestimmt, von dem Gewinn ausgeschlossen. Er konnte froh sein, wieder in einer Koje schlafen und mit seinen Schiffsmaaten auf gleichem Fuß verkehren zu dürfen.

Als alles an Deck der *Hallig* geschafft war, ließ Jaspersen die Segel trimmen und schickte Paul ans Ruder. Bei der noch immer schwachen Brise begann die Bark langsam ihre Fahrt nach dem »Kap der Guten Hoffnung«.

»Die Senatorleute ins Boot!«, rief der Steuermann, der jetzt als selbständiger Schiffsführer wieder den Kapitänstitel innehatte. Während die Leute das Fallreep hinab kletterten, warf Paul die Fangleine los. Das Boot trieb achteraus ins Kielwasser und die letzte Verbindung zwischen beiden Schiffen war abgeschnitten.

Fünftes Kapitel

An Bord der »Hallig« - Warum Towe und Heik nicht an der Kapitänstafel speisen wollten. - »Da vorn ist jemand!« Warum Paul in Angst nach Towe rief.

Paul hatte den ersten Rudertörn. Die anderen schauten dem Boot so lange nach, bis es bei der *Senator* langseit war und binnenbords geheißt wurde. »Na denn adjüs, alte *Senator*«, sagte Heik Weers, indem er die rote Flagge mit den drei Türmen - auch die *Hallig Hooge* war ein Hamburger Schiff - zum dritten Mal dippte, »adjüs ok«. Wir werden uns wohl nicht wiedersehen. Aber der Kaptein wird sich wohl melden, wenn das Bergegeld klimpern wird.«

Fünf Mann waren eine winzige Besatzung für ein so großes Schiff. Bei gutem Wetter konnten sie es wohl regieren, allein wenn eine starke Brise aufkam, dann musste ihre Lage sehr ernst werden. Kapitän Jaspersen aber hatte guten Mut und festes Vertrauen zu seiner eigenen wie auch zu seiner Leute Tüchtigkeit.

»Wenn wir nur noch ein wenig mehr Brise kriegen, dann können wir in acht Tagen in Kapstadt zu Anker gehen«, sagte er. »Es wird am besten sein, wenn alle Mann in die Kajüte ziehen, da sind Kammern und Kojen genug, und zwar tipptopp. An Proviant fehlt es auch nicht, so viel ich bis jetzt gesehen habe. Um die Wachen wollen wir losen. Sollte das Wetter schlecht werden, dann bleiben wir natürlich alle zusammen an Deck.«

Er nahm vier Enden Kabelgarn in die Hand, zwei kurze und zwei lange. Die kurzen für die Backbordwache, die langen für die Steuerbordwache. »Hier, Tjarks, ziehen Sie zuerst.«

Der Matrose zog ein kurzes. »Backbord«, sagte er. »Genauso wie auf der *Senator.*«

»Nun Sie, Weers.«

Der zog ein langes. »Steuerbord«, sagte er.

»Nun Sie, Gazzi.«

Der Grieche zog. »Ein langes!«, rief Heik Weers. »Ja, also, Maat, jetzt haben wir beide die Wache für die Koje zu übernehmen und können schlafen gehen. Ist das nicht so, Kaptein?«

»Nee, Kinners«, lachte Jaspersen, »so gemütlich geht das hier denn doch nicht zu! Erst müssen wir vorn und achtern alles in die Reihe bringen. Ihr beide schafft das Bettzeug aus dem Logis und schmeißt alles über Bord. Zuerst aber könnt ihr Feuer in der Kombüse machen. Wir werden bald Hunger kriegen.«

»Jawoll, Kaptein«, sagte Weers. »Ich habe schon geglaubt, dass Sie das Wichtigste von der ganzen Geschichte vergessen haben!«

Bald war das Feuer im Gang und dicker Qualm stieg aus dem Schornstein auf. »Junge, Junge«, grinste Weers, »die *Senator* denkt jetzt, die *Hallig* sei ein Dampfer. Also, Grieche, das Feuer brennt und die Töpfe stehen auf dem Herd. Jetzt lass uns die Betten von Bord werfen, damit keiner von uns am Ende das Fieber bekommt.«

Das Logis mit den leeren Kojen sah unheimlich aus. Das Ölzeug der ehemaligen Mannschaft hing allenthalben an der Wand und schwang mit der Bewegung des Schiffes leise raschelnd hin und her. Die beiden Matrosen hielten sich bei ihrer Arbeit nicht unnütz auf. Der auf dem Fußboden liegende Wirrwarr, die Kleidungsstücke und Seestiefel, die Kisten, das Weinfässchen und sogar der halbe Schinken, alles flog über Bord.

»Für mich ist das so, als würde in jeder Koje ein Geist liegen«, sagte Weers zu dem Griechen, der nur Hochdeutsch zu reden verstand. »Die *Hallig* ist ein Spukschiff, Grieche. Du wirst schon sehen, dass ich recht habe.«

Die Kajüte mit den anstoßenden, verödeten Kammern machte auf Kapitän Jaspersen und Towe Tjarks denselben unheimlichen Eindruck wie das Matrosenlogis auf die anderen beiden. Zu verwundern war dies nicht. Auf diesem großen Schiff, das sicher eine Besatzung von mehr als zwanzig Mann gehabt hatte, befanden sich jetzt nur fünf Leute. Dazu kam das düstere Geheimnis, das über dem Verschwinden jener anderen hing. So oft Towe eine der Kammern öffnete, steckte er immer erst vorsichtig den Kopf hinein, in der Erwartung, etwas Schreckliches in dem dumpfigen Raum zu entdecken. Der Kapitän holte eine Laterne aus der Pantry und ging dann mit seinem Gefährten hinunter in den Vorratsraum. Hier sah er mit einem Blick, dass das Schiff auf das reichhaltigste mit Proviant ausgerüstet war.

»Na, Towe«, sagte er lächelnd zu diesem, »hungern brauchen wir auf der *Hallig* nicht, so viel sehe ich. Wir können hier leben wie die Prälaten.«

»Das ist wohl richtig, Kaptein«, antwortete der Matrose. »Aber mein Magen ist so voll von dem Grauen und ich glaube, mit meinem Appetit wird es für einige Zeit vorbei sein.«

»Dummer Schnack, Maat. Das gibt sich. Und unter lebendigen Menschen gibt es kein Grauen. Da ist ein schöner Schinken, den nehmt ihr mit nach oben. Auch die Fleischkonserven und den Büchsenspargel und Mehl und Rosinen. Weers sagte, dass er daraus feinen Pudding machen kann.«

»Das kann er!«, sagte Towe. »Und nun, da wir von Pudding reden, wird mir auch besser. Wenn es nur erst acht Glasen schlagen würde und Mittagszeit wäre!«

Den ganzen Tag über arbeitete die kleine Mannschaft unermüdlich, und als es Abend wurde, war alles gründlich gesäubert, gescheuert, gewaschen und gelüftet - »hydrogenisch« gemacht, wie Towe sich ausdrückte, der manchmal Bildungsanfälle bekam ... er wollte sagen »hygienisch«.

Das Wetter schien sich halten zu wollen, und da das Barometer hoch blieb, hielt der Kapitän es nicht für nötig, für die Nacht Segel wegzunehmen. Bei Sonnenuntergang waren von der *Senator* nur noch die Masten in Sicht; das Unterschiff lag bereits in der Kimmung. Bald wurde es finster. Klar funkelten die leuchtenden Sterne auf den friedlichen Ozean hernieder, über den die *Hallig Hooge* fast geräuschlos dahinglitt. In der Kombüse klapperte Heik Weers verheißungsvoll mit Schüsseln und Pfannen. Der Grieche stand am Ruder. Paul und Towe guckten über die Reling in das phosphorisch blinkende Wasser und plauderten von der Heimat. Keppen Jaspersen saß auf der Kajütsklappe und hing seinen Gedanken nach. Ein leichter Nebel zog herauf und die Luft wurde ein wenig unsichtig, so dass die Gegenstände an Deck in undeutlichen und verschwommenen Umrissen erschienen.

»Wir wollen die Seitenlaternen ausbringen«, rief der Schiffer und stand auf.

»Jawoll, Kaptein«, antwortete Paul, lief in die Kajüte und erschien gleich darauf wieder mit den angezündeten Laternen an Deck.

»Da, Towe, nimm du die grüne steuerbordische, ich bringe die rote backbordische aus.«

Während die beiden ihre Laternen sorgfältig an den dazu bestimmten Brettern in den unteren Wanten festzurrten, trug Weers das Abendbrot in die Kajüte. »Kommt Leute!«, rief Jaspersen, ehe er hinabging, »lasst das Essen nicht kalt werden!«

Paul folgte ihm, die beiden alten Janmaaten, Towe und Heik, zögerten. »Wird's bald?«, rief der Schiffer von unten. »Wo bleibt ihr?«

»Entschuldigen Sie, Kaptein«, sprach Towe die Kampanjetreppe hinunter, »Heik und ich, wir haben überlegt, dass wir lieber essen wollen, wenn Sie und Paul damit fertig sind. Das schickt sich besser für uns.«

»Torheit, Towe!«, rief der Kapitän zurück. »Disziplin muss sein, wo sie hingehört. Jetzt aber ziehen wir hier alle den gleichen Strang und können uns auf Zeremonien nicht einlassen. Also kommt herunter, Leute!«

Den alten Gesellen blieb nun nichts übrig als zu gehorchen. Sie gingen hinab, nahmen linkisch auf den Sesseln Platz und speisten zum ersten Mal in ihrem Leben an einer Kajütstafel. Gazzi versah inzwischen an Deck die Posten eines Rudersmannes, Ausgucks, Wachhabenden, kurz einer ganzen Mannschaft. Das Mahl verlief sehr einsilbig. Die Matrosen fühlten sich beklommen. Das Bewusstsein eines Unterschieds zwischen vorn und achtern lag ihnen trotz der kameradschaftlichen Offenherzigkeit und Freundlichkeit des Schiffers noch zu sehr in den Gliedern. Dazu kam, dass jeder der Tischgenossen fortwährend an die denken musste, die zuletzt hier zu Tisch gesessen hatten, noch vor ganz kurzer Zeit, und die nun sämtlich nicht mehr am Leben waren.

Ein gellender Schrei des Griechen schreckte alle aus ihren Betrachtungen auf. Blitzschnell sprang der Schiffer an Deck hinauf.

»Was gibt es?«, fragte er.

»Da vorn ist jemand!«, antwortete Gazzi mit unterdrückter, angstvoller Stimme. Er bebte am ganzen Leib.

»Schwatzen Sie keinen Unsinn. Außer uns ist hier niemand an Bord. Hüten Sie sich, Mann, mir die anderen unnötig zu beunruhigen. Es könnte Ihnen übel bekommen.«

»Kaptein, ich schwöre es Ihnen, ich habe es mit meinen Augen gesehen und mit meinen Ohren gehört, dass da vorn jemand über das Deck ging!«

»Geträumt haben Sie. Ich wiederhole Ihnen, außer uns fünfen ist hier keine Seele an Bord. Um Ihnen das zu beweisen, will ich selber nach vorn gehen und nachsehen.«

Er sprang die Achterdeckstreppe hinab auf das Hauptdeck und ging festen Schrittes dem vorderen Teil des Schiffs zu. Obwohl er überzeugt war, dass der Grieche nur in krankhafter Einbildung etwas gesehen haben könne, so war ihm selbst doch etwas eigentümlich zumute, als er so allein über das dunkle Deck hinschritt. In der Kombüse glühte noch das Feuer. Er blickte einen Moment hinein und setzte dann seinen Weg fort, dem ausgestorbenen Matrosenlogis zu. An der offenstehenden Klappe angelangt, hemmte er den Schritt.

»Da hinunterzugehen hat keinen Zweck«, sagte er zu sich selbst. »Besonders ohne Laterne. Es war ja auch bloß eine dumme Phantasie des Esels.« Er machte kehrt und ging eilfertiger zurück, als er gekommen war, wobei er einige Male ganz unwillkürlich hinter sich sah. Als er das Kampanjedeck wieder erreicht hatte, atmete er erleichtert auf. »Nichts zu sehen und zu hören«, sagte er zu Gazzi. »Also keine Gespensterseherei mehr, das bitte ich mir aus. Jetzt gehen Sie schlafen, ich nehme das Ruder.«

Der Kaptein stand seinen Törn und wurde nach zwei Stunden von Paul abgelöst. Jetzt erteilte er seiner kleinen Mannschaft einige Instruktionen.

»Solange das Wetter fein bleibt, hat der Mann am Ruder die Aufsicht über das ganze Deck«, sagte er. »Von nun an gehen wir Wache um Wache. Towe Tjarks und Paul bleiben an Deck bis Mitternacht und werden dann von Weers und Gazzi abgelöst. Ich selber werde jederzeit bereit sein, an Deck zu kommen. Die Steuerbordwache kann jetzt eintörnen. Schlaft einen tüchtigen Vorrat zusammen, das werdet ihr brauchen, wenn es schlechter wird.«

Heik Weers und Gazzi gingen unter Deck, der Schiffer und Towe spazierten auf der Kampanje hin und her.

»Hat der Grieche euch etwas von einem Gespenst erzählt, das er gesehen haben will?«, fragte Jaspersen.

»Jawoll, Kaptein. Wir haben ihn ja gefragt, was mit ihm war. Er will die Geister von all den Leuten gesehen haben, die das Schiff aufgegeben haben«, erzählte Heik.

»Ich habe keinem den Hals abgeschnitten«, sagte der. »Das lass man«, sagte Heik, »versucht hast du das aber, und sicher nicht nur einmal! Towe Tjarks würde heute nicht mehr leben, wenn du ihm an den Hals gekommen wärst mit deinem Messer. Dann sagte Paul, dass wir davon stillschweigen und alte Sachen nicht wieder aufwärmen sollten. Aber auch er wollte von Gazzi wissen, warum er so geschrien habe, dass der Kaptein an Deck kommen musste. Dann sagte der Grieche, er hätte vorn etwas laufen sehen, das könne er beeidigen. Darüber lachte Heik und sagte, das sei sein schlechtes Gewissen gewesen und er solle seine Dämlichkeiten für sich behalten!«

»Entsetzlich bange ist er gewesen, das weiß ich«, sagte der Schiffer. »Ich bin nach vorn gegangen, habe aber natürlich nichts gefunden. Wenn außer uns noch jemand an Bord wäre, dann hätte der uns längst mit Freuden willkommen geheißen. Jetzt will ich ein wenig schlafen. Ruft mich, wenn der Wind herumgehen sollte.«

Als er in die Kajütsklappe hinabgetaucht war, rollte Towe sich achter dem Scheilicht wie ein großer Hund zusammen und war im Nu eingeschlafen. Jetzt war Paul der allein noch Wachende an Bord.

Da das Schiff nur geringe Fahrt lief, erforderte das Steuern nicht viel Aufmerksamkeit. Obwohl kein Mond am Himmel stand, war es dennoch nicht ganz finster, da die prächtig funkelnden Sterne einige Helligkeit verbreiteten. Das Meerleuchten durchschimmerte wolkenähnlich die schwarze Flut und verwandelte das Kielwasser in eine lichte Gasse wirbelnden Silbers. Der Nebel, der bei Sonnenuntergang eingetreten war, hing noch immer dünn über See und Schiff, so dass der Vorderteil wie mit einem leichten Schleier verhängt erschien. Bei der Stille, die ringsum herrschte, war es Paul, als wäre er der einzige Mensch an Bord - und doch lag Towe Tjarks nur wenige Schritte von ihm entfernt an Deck, bereit, bei dem geringsten Anlass aufzuspringen.

»Ich wollte, ich hörte einen schnarchen«, sagte er zu sich selbst, »dann wäre doch nicht alles so tot.«

Plötzlich vernahm er vorn ein Geräusch, ein Klappern, als ob eine Leine von einem der Koffeenägel herabgeworfen worden wäre. Dem folgten das Rasseln eines Blockes und ein leichtes Segelflattern. Paul schlug das Herz bis zur Kehle und er rief laut nach Towe.

»Wat is?«, fragte dieser aufspringend.

»Da vorn!«, sagte Paul erregt.

Beide lauschten angestrengt, hörten jedoch nichts.

»Da hat einer ein Ende losgeworfen. Ich habe es ganz deutlich gehört!«, flüsterte Paul.

»Ach so«, sagte Towe. »Gazzi hat dich wohl angesteckt mit seinen Dummheiten. Wenn da aber ein Ende von der Nagelbank herunter ist, dann muss es festgemacht werden.« Damit begab er sich nach vorn. - »Nicht für tausend Mark ginge ich allein dorthin«, dachte Paul erschauernd. Towe kam bald darauf zurück.

»Hast recht gehabt, Paul«, sagte er. »Das Vor-Reuel-Fall ist losgeschmissen, aber es hat sich von selbst von dem Koffeenagel abgelöst. Wir müssen das Segel wieder aufheißen, ich werde den Alten auspurren.« Er lief die Kampanjetreppe hinunter und kam gleich darauf mit dem Kapitän wieder an Deck.

»Was gibt es denn?«, fragte dieser und warf einen forschenden Blick über das Deck.

»Das Vor-Reuel-Fall ist losgekommen und nun müssen wir die Rah wieder aufheißen«, antwortete Towe.

»Das Fall ist von jemand losgeworfen worden«, fiel Paul ein. »Ich habe genau gehört, wie es an Deck fiel, ganz genau! Und dann hörte ich auch, wie die Rah herunterkam und das Segel flatterte.«

»Merkwürdig«, sagte der Schiffer. »Du willst wohl mit Gazzi Kompaniegeschäfte machen? Das Fall war nicht ordentlich belegt, das ist der ganze Witz. Ich hätte vor dem Dunkelwerden das ganze laufende Gut untersuchen sollen. Wir wollen die Rah wieder heißen, Towe.«

Das Stück Arbeit wurde besorgt, und das kräftige Ausklingen Towes, als er mit dem Schiffer im Takt an dem Fall riss, stärkte Paul Herz und Nieren. Es war ihm, als nähmen ihm die fröhlichen, männlichen Töne eine Last von der Seele. Die Nacht verging ohne weitere Aufregung. Sobald es Tag war, wurde Paul in den Saling des Großtopps hinaufgeschickt, um nach der *Senator* auszuschauen. Das Schiff war nicht mehr in Sicht. Das Wetter schien gut bleiben zu wollen, was der kleinen Besatzung der *Hallig* nur angenehm sein konnte, wenngleich sie sich wohl ein wenig mehr Wind gewünscht hätte. Dem von der Reling herabspringenden Paul trat Towe Tjarks mit einem großen Blechtopf voll heißen Kaffees entgegen.

»Da ist Butter und eine große Kiste voll mit feinen Beschüten in der Pantry«, sagte er. »Junge, Junge, auf so einem verlassenen Fahrzeug lebt Janmaat wie ein Passagier erster Klasse! Fünfzehn Jahre fahre ich nun zur See, aber niemals habe ich so gut gelebt wie hier auf der *Hallig*. Trink den Kaffee mit Verstand, Paul, das ist echter Türkischer.«

»Echter türkischer?«, lachte Paul. »Wieso?«

»Wieso, fragst du? Ich habe das Kaffeekochen in Türkisch-Marokko gelernt, wo ich einmal gefangen gewesen bin.«

»Davon hast du mir noch nichts erzählt. Ist das schon lange her?«

»Ja, du warst damals wohl kaum auf der Welt. Ich erzähle dir das schon noch. Jetzt muss ich aber ans Ruder. Der Kaptein will eine Forschungsreise durch das Logis machen und sehen, wo die Spukgeister sitzen.«

Jaspersen nahm Paul auf seine Entdeckungsfahrt mit. Sie durchsuchten das ganze vordere Schiff, fanden aber keine Spur von einem lebenden Wesen, einige Ratten ausgenommen, die blitzschnell in ihren Schlupflöchern verschwanden.

Sechstes Kapitel

Von der Bugpumpe und dem gebildeten Towe.
Warum dem Kapitän, Heik, Towe und Paul das Blut in den
Adern erstarrte. - »Das hat ein Geist getan!« - Die Ratte.

Die Brise, die bisher nur schwach, aber gleichmäßig gewesen war, flaute am Nachmittag gänzlich ab, so dass die *Hallig Hooge* schließlich in einer Windstille lag. Kapitän Jaspersen ging auf dem Kampanjedeck missmutig auf und ab und ließ dabei zuweilen ein langes, leises Pfeifen hören, das den Wind wieder herbeibringen sollte. In diesem Punkt ist fast jeder Seemann abergläubisch.

Towe Tjarks sagte, er habe noch nie erlebt, dass das Pfeifen geholfen hätte, er wäre aber einmal mit einem Schiffer gefahren, der immer mit dem Finger an den Besanmast geklopft hätte, wenn er daran vorbeikam, und das sei ein sicheres Mittel, Wind zu schaffen. Allein Keppen Jaspersen und Towe Tjarks mochten pfeifen und klopfen so viel sie wollten, kein Lüftchen rippelte die spiegelplatte See und die *Hallig* lag so regungslos wie ein gemaltes Schiff auf einem gemalten Ozean.

»Heute gibt es keine Brise mehr«, sagte der Schiffer, als man beim gemeinschaftlichen Abendessen in der Kajüte saß. »Windstillen in diesen Breiten gefallen mir nicht, weil es in der Regel hinterher umso härter zu werden pflegt. Das Barometer steht jedoch so hoch, dass wir vorläufig noch keine Segel wegnehmen wollen.«

Ein lauter Ruf des Griechen, der den Rudertörn hatte, ließ alle plötzlich aufhorchen.

»Der hat wahrscheinlich wieder ein Gespenst gesehen«, sagte Towe, und alle begaben sich in eiliger Hast an Deck.

»Was ist nun wieder, Gazzi?«, fragte der Schiffer.

»Jetzt höre ich nichts mehr, Kaptein«, antwortete der Mann, »vorhin aber, als ich rief, da war jemand vorn auf dem Back bei der Bugpumpe. Ich hörte die Spake auf und nieder gehen.«

»Ich hatte Ihnen doch befohlen, die Dummheiten zu unterlassen!«, fuhr der Kapitän heftig auf ihn ein. »Wer sollte da vorn gepumpt haben?«

»Aber die Pumpenspake hat ganz deutlich gequietscht, wie sie noch stets gequietscht hat, wenn einer pumpte.«

»Die Ratten werden gequietscht haben«, entgegnete Jaspersen.

»Lauf, Paul, hol' die Laterne aus der Pantry, wir wollen diesem Mann beweisen, dass seine erbärmliche Furcht ihn wieder einmal genarrt hat.«

Die vier machten sich auf den Weg nach vorn. Paul ging mit der Laterne voran. Sie trapsten laut über das einsame Deck. Vor der Back machten sie halt und betrachteten die kleine Pumpe dort oben.

»Hier ist kein Gespenst zu sehen«, sagte Towe. »Wer hat beim Deckwaschen hier gepumpt?« - »Ich«, antwortete Paul.

»War die Pumpspake nach oben oder nach unten gerichtet, als du davongingst?«, fragte der Schiffer. »Erinnerst du dich daran vielleicht noch?«

»Nach unten«, antwortete Paul.

»Ganz gewiss?«

»Ganz gewiss, Kaptein.«

»Nun steht der Spak aber nach oben«, sagte Towe. »Das Gespenst hat wahrscheinlich Zimmergrimassen betrieben.«

»Was, Towe?«, rief Paul und sah dem alten Seefahrer belustigt in das ehrliche Gesicht.

»Na, dann Zimmergrimastik, wenn das richtiger ist, du weißnasiger Bengel.«

»Gymnastik meinst du wohl, Zimmergymnastik. Jaja, alter Towe, so ein bisschen Bildung macht sich ganz wunderschön.«

»Kommt, kommt, jetzt wollen wir uns im Logis umsehen«, rief der Schiffer, nahm Paul die Laterne aus der Hand und stieg die kurze, steile Treppe in den finsteren Raum hinunter. Die anderen folgten.

Das dumpfe Schweigen hier unten war bedrückend. Die leeren Kojen erschienen in der Phantasie der Seefahrer bei dem schwachen und ungewissen Schein der Laterne offenen Särgen nicht unähnlich, die auf ihre stillen Schläfer warteten.

»Das hier kann einem auf den Magen schlagen«, brummte Towe. »Aber es hilft nichts. Leuchten Sie ein bisschen hierher, Kaptein. Hier scheint etwas in der Ecke zu liegen, ein Bündel Zeug oder so etwas.«

Er ließ sich auf die Knie nieder und langte mit der Hand unter die vorderste Koje. In diesem Augenblick schlug die Tür heftig zu. Towe fuhr zurück, sprang auf und stieß dabei so gewaltsam gegen den Schiffer, dass dieser die Laterne fallen ließ, die zu Scherben zersplitterte und erlosch. Jetzt befanden sich die drei in pechschwarzer Finsternis.

»Das ist ein Streich von dem Griechen!«, rief Jaspersen. »Die Treppe muss gerade vor euch sein. Tastet euch an den Kojen entlang!«

Da hörten sie plötzlich ein lautes, schreckliches Wehklagen, das ihnen das Blut in den Adern erstarren ließ.

»Worauf wartet ihr noch, Leute?«, schrie der Schiffer aus aller Lungenkraft, um die grauenerweckenden Laute zu übertönen. »Vorwärts, an Deck! Die Treppe werde ich gleich haben!« Da tastete er jedoch vergeblich. »Hat keiner Zündhölzer bei sich?« Wieder begann das Klagen, wehevoll, herzzerschneidend, um zuletzt in einem schrillen Aufschrei zu enden. Unsere Seefahrer, die im wilden Verzweiflungskampf mit den rasenden Elementen nie auch nur die leiseste Spur von Furcht empfunden hatten, standen jetzt zitternd in abergläubischem Entsetzen, den kalten Angstschweiß auf den Gesichtern.

»Hier ist die Treppe!«, rief Jaspersen, sprang die Stufen hinan, stieß die Tür auf und stürzte an Deck hinaus, die anderen in eilfertiger Überstürzung ihm hinterher. »Der Teufel soll mich holen, wenn ich noch einmal an Bord eines verlassenen Schiffes gehen muss!«, sagte Heik Weers. »Nee, nicht für eine ganze Welt an Bergelohn!«

»Das wirst du dir wohl noch ein bisschen überlegen, Maat«, entgegnete Jaspersen. »Dass die Tür zufiel, war Zufall, sonst nichts.«

»Ein schöner Zufall!«, entgegnete Weers. »Schlingert das Schiff wohl herum? Nee, Kaptein, die alte *Hallig* steht so ruhig und fest wie eine Kirche an Land. Nee, Kaptein, diese Tür ist nicht von Menschenhänden zugeschlagen worden. Das hat ein Geist getan!«

»Ich meine, der Grieche hat das getan«, sagte Towe. »Müssen ihn uns mal ansehen.«

Sie gingen achteraus, wobei sie sich dicht beieinander hielten. Sie fanden Gazzi in einem Zustand größter Aufregung. Er hatte sowohl das Zuschlagen der Logistüre als auch die Klagetöne gehört. Seine Furcht war so unzweifelhaft echt, dass sogar Towe den Gedanken, er habe ihnen einen Schreck einjagen wollen, aufgab.

»Nee«, sagte er, »den Geist hat er nicht gespielt, aber er ist hier der Jonas, um dessen Schand- und Mordtaten willen auf der alten *Hallig* so ein Spuk in Gang ist.«

»Was sagt ihr, Maaten? Hieven wir ihn über Bord? Einen Jonas muss man ins Wasser werfen, das steht schon so in der Bibel!«

»Genug davon«, sagte der Schiffer streng. »Schämen Sie sich, Tjarks, von einem Schiffsmaaten so zu reden!« Damit ging er, gefolgt von Paul, in die Kajüte hinunter. Towe und Heik lehnten sich bei der Besanwant an die Reling und unterhielten sich noch weiter über die Heimsuchung der *Hallig* durch die unsichtbaren Gespenster.

»Ich will dir mal was sagen, Towe. Ich habe mich noch niemals gefürchtet und ich werde auf meine alten Tage auch nicht damit anfangen. Ich sage dir, ich bin imstande und hole die Laterne aus dem Logis, die wir da haben liegen lassen. Du musst aber mitkommen und aufpassen, dass die Tür nicht wieder zufallen kann, wenn ich unten bin.«

»Ist gut, Heik. Ich gehe mit dir. Meinen alten Schiffsmaat verlasse ich nicht. Wir nehmen einen von den Kompassklampen mit, sonst könnten wir die halbe Nacht im Düsteren herumwandeln.«

Und so stiegen die beiden alten Gesellen einmütig abermals in das unheimliche Logis hinunter.

»Hier ist der Schauplatz unseres Trauerspiels und da liegt unsere Laterne«, sagte Heik Weers ernst. »Jetzt kenne ich keine Furcht mehr. Was sagst du, Towe?« - »Ich auch nicht«, antwortete Towe.

Kaum hatte er dies gesagt, da erhob sich ein trappelndes und krabbelndes Geräusch in einer der Kojen und eine große Ratte sprang heraus und lief über die Planken des Fußbodens einem entfernten Winkel zu. Towe hob eine vor ihm liegende Holzleiste auf und warf damit nach dem widerwärtigen Tier. Ein kreischendes Gequietsch folgte.

»Die habe ich!«, rief Towe, bückte sich und nahm die erschlagene Ratte beim Schwanz vom Boden auf. »Junge, Junge, das Biest ist so groß wie eine Katze!«

Die Ratte musste sehr alt gewesen sein. Ihr Fell war fast haarlos, sie hatte nur noch zwei Zähne, die unverhältnismäßig lang waren und weit aus dem Maul ragten. »Das ist der Spuk gewesen«, sagte Heik. »Ich denk', nun wird hier Ruhe sein.«

»Seid ihr da unten, Towe und Heik?«, erscholl eine Stimme oben an der Luke. Die beiden Männer fuhren zusammen.

»Was bin ich jetzt erschrocken!«, rief Towe. »Jawoll, Kaptein, wir sind hier. Wir haben gerade in diesem Augenblick den Geist gebannt.«

Der Schiffer und Paul kamen herab und betrachteten die erlegte Ratte mit neugierigem Interesse.

»Das ist ja ein wahres Ungeheuer«, sagte der erstere. »Die hat gewiss schon manche lange Reise auf der *Hallig* gemacht, und tüchtig rangehalten hat sie sich auch, wenn aufgetafelt wurde. Wirf das über Bord, Towe.« - Alle vier gingen wieder an Deck.

»Ich glaube, die hat die Tür zugeworfen. Groß und stark genug war sie dafür. Meinst du nicht, Heik? Da geht sie hin! Wenn sie den Hai, der sie verschluckt, nicht vergiftet, dann ist das ein Wunder. Sie sieht verdammt ungesund aus!«

Die Nacht verlief ohne weitere Störung. Das Schiff lag ganz still, nur wenn in langen, regelmäßigen Abständen die Dünung dahergerollt kam, dann wälzte es sich träge zuerst ein wenig nach Backbord und dann wieder nach Steuerbord herüber, wobei die Segel gegen die Stengen und Stagen schlugen und scheuerten, die Reffzeisinge sacht gegen die Leinwand trommelten und klapperten und die Blöcke leise kreischten und quietschten.

Siebentes Kapitel

Sturm. - »Loggen!« - Warum dem Schiffer unheimlich zumute wurde. Eine furchtbare Woge. - Gräuel und Verwüstung. - Warum Heik Weers wie ein fauler Landlubber liegen muss. - Was Paul in der Kombüse sah.

Wie Keppen Jaspersen und die beiden alten, erfahrenen Matrosen Heik und Towe vorausgesehen hatten, war das schöne Wetter nicht von langer Dauer. Am nächsten Morgen, ehe die Sonne aufging, stand der ganze östliche Himmel in blutrotem Feuer, das von der glatten See dunkelglühend widergespiegelt wurde. Als der gewaltige Ball des Tagesgestirns über den Horizont emporstieg, erschien er wie von einem dünnen schwarzen Schleier verhüllt.

»Das sieht windig aus«, sagte der Schiffer. »Ich denke, wir tun gut, Segel zu bergen, solange dies noch bequem geschehen kann. Ist der Wind erst da, dann soll uns das schwer werden.«

Da das Schiff keine Fahrt hatte, brauchte niemand am Ruder zu stehen. Die gesamte Bordwache war daher für das Segelbergen disponibel. Sie bestand aus Towe und Paul. Gegenwärtig wurde sie noch durch den Schiffer verstärkt.

»Also ans Werk, Maaten!«, rief dieser. »Gei auf Vor- und Großreuel, Vor- und Großbramsegel und hol nieder Außenklüver und die Bram- und Stengenstagsegel!«

Alle Mann sprangen an die Geitaue und Niederholer, der Schiffer voran. Towes schallendes ›Holioho!‹ ertönte und bald waren die Kommandos ausgeführt.

»Jetzt nach oben!«, rief der Schiffer wieder. »Towe, mach den Vorreuel, das Vorbramsegel und die Stagsegel fest. Ich besorge dasselbe im Großtopp. Paul beschlägt den Außenklüver und nimmt dann noch das Gaffeltoppsegel weg und macht es fein säuberlich fest. Wenn die Steuerbordwache an Deck kommt, soll sie ihre Freude an unserer Arbeit haben.«

Bei der Windstille war das Bergen der Segel eine leichte Mühe. Bei auch nur mäßiger Brise hätte das Festmachen eines der Bramsegel die ganze Kraft von zwei Mann erfordert.

»Wenn nun der Wind kommt, dann kann er uns vorläufig nicht viel Schaden tun«, sagte der Schiffer, als er mit Paul die Leinen wieder über die Koffeenägel hing. Towe bereitete unterdessen in der Kombüse das Frühstück. Um sieben Glasen weckte Paul die andere Wache.

»Ist der Wind da?«, fragte Heik und richtete sich in seiner Koje auf.

»Jawoll, das weht mächtig«, antwortete Paul. »Wir haben die Segel eingeholt und sogar die Töpfe vom Koch in der Kombüse festgemacht!«

»Danke für die gütige Auskunft«, sagte Heik mit großem Ernst. »So etwas Ähnliches hatte ich mir schon gedacht. Bist du wohl noch so freundlich und bringst mir einen Pott Kaffee?«

Während Paul das Frühstück aus der Kombüse holte, steckte der alte Matrose seinen grauen, zerzausten Kopf aus der Kampanjeluke und schaute um sich.

»Wir werden bald unser Ölzeug nötig haben«, sagte er zu Gazzi, als er wieder unten war. »Die Backbordwache hat gut gewerkt und Segel geborgen, ohne uns auszupurren. Das sind brave Maaten.«

Als um acht Glasen das Barometer immer noch hochstand, wurden die weiteren Segelkürzungen, die der Kapitän geplant hatte, noch aufgeschoben. Paul und Towe gingen zur Koje und schliefen ungestört bis zum Mittag. Um zwölf Uhr maß der Kapitän die Sonnenhöhe, und als er das Besteck ausgerechnet hatte, teilte er seinen Leuten mit, dass das Schiff in den letzten vierundzwanzig Stunden kaum gelaufen sei. Towe murmelte etwas von einem Jonas an Bord in den Bart, schwieg aber, als der Schiffer ihn scharf und vorwurfsvoll ansah.

Im Lauf des Nachmittags sammelten sich im Nordwesten schwere dunkle Wolkenmassen. Jaspersen sah nach dem Barometer, es fiel schnell. Die Wache wurde ausgepurrt, und die kleine Mannschaft arbeitete unter Aufbietung aller Kraft auf den Rahen, um die Oberbramsegel wegzunehmen und die Fock, das Großsegel und den Besan zu reffen. Nachdem noch der Klüver geborgen war, blieb den Leuten nichts mehr übrig als zu warten, bis der Sturm losbrechen würde. Kapitän Jaspersen schritt auf dem Kampanjedeck hin und her. Er war erregt und voll schwerer Besorgnis. Die *Hallig* war ein Fahrzeug von mehr als tausend Tonnen. Ein solches in einem mäßigen Sturm mit einer Besatzung von fünf Mann zu regieren, grenzte bereits an das Unmögliche; was dort aber heraufgezogen kam, war kein gewöhnliches Unwetter. Alle Nerven des in zahllosen Stürmen erprobten Mannes waren qualvoll angespannt. Das Bewusstsein der auf ihm lastenden Verantwortlichkeit drückte ihn fast nieder. Er sehnte sich nach Befreiung aus der schrecklichen Ungewissheit nach dem endlichen Losbrechen des Orkans.

Die Leute saßen und lagen um die Kombüse her, schauten nach dem schwarzen Nordwesten und warteten.

»Pass acht!«, schrie der Kapitän plötzlich. »Pass acht, da kommt er!«

Ein furchtbares Brüllen erfüllte auf einmal die ganze Atmosphäre, mit sausendem, heulendem, pfeifendem Toben raste der Orkan daher. Er fuhr mit gewaltigem Stoß in die Segel und trieb das Schiff sogleich mit großer Schnelligkeit durch die sich im Nu hoch emportürmenden Wogen. Wäre die *Hallig* nicht so trefflich vorbereitet gewesen, und hätten Heik und Towe, die mit Windeseile ans Ruder gesprungen waren, das Fahrzeug nicht so gut wie möglich platt vor dem Wind gehalten, dann wären die Masten gleich in der ersten Minute über Bord gegangen.

Die Wogen gingen immer höher und stärker, die Farbe des Wassers war hart und bleigrau geworden. Beim Schlingern legte die Bark sich bis zum Schandeckel auf die Seite. Die schäumenden und brausenden Bugwasser erreichten in Lee die Höhe der Reling.

Immer wütender schnaubte der Sturm. Der Druck der wenigen Leinwand war so mächtig, dass das Fahrzeug die Wogen tief und fast auf gleicher Linie durchschnitt. Es schob sich wie ein Schneepflug durch den weißen, hoch vor dem Bug sich auftürmenden Schaumberg, der das ganze Vorgeschirr und die Back zeitweise völlig begrub, sich dann an den Seiten mit schwindelnder Schnelligkeit und einem Tosen wie von hundert Mühlrädern nach hinten zog und hier gleich einem blendenden, fast unübersehbaren Schneefeld zurückblieb. Ab und zu erhob sich der schwarze, schlanke Rumpf hoch aus dem schaumigen Bad, und dann glich das schöne Schiff einem Seevogel, der auf dem Gipfel einer Woge die Schwingen ausbreitet und schüttelt, ehe er von neuem in die Tiefe taucht.

Der Orkan wurde stärker. Dem Schiffer stiegen Bedenken auf, ob die Untermarssegel, obwohl aus gutem, neuem Segeltuch, dem ungeheuren Druck noch viel länger standhalten konnten. Er hätte gern das Schiff beigedreht. Es lag auf südöstlichem Kurs, und wenn der von achtern kommende Sturm noch lange anhielt, dann wurde es in die südlichen Regionen getrieben, und von dort aus wieder nördlich aufzukreuzen war eine Aufgabe, der die kleine Mannschaft der Größe des Schiffes wegen, nicht gewachsen war.

Die *Hallig* gehorchte dem Ruder mit Leichtigkeit auch bei diesem wilden Wetter. Towe hatte das bald erkannt und die Handhabung des Rades Heik Weers allein überlassen.

»Loggen!«, brüllte jetzt der Schiffer durch das Getöse des Sturms vom Kampanjedeck herab, unter dessen überragender Brüstung Paul, Gazzi und zuletzt Towe Schutz gegen den peitschenden Regen gesucht hatten. Er wollte die Fahrgeschwindigkeit der *Hallig* feststellen.

Dies geschieht durch das Log, das aus einer auf die Haspel, die Logrolle, gewickelten Leine besteht. An ihrem Ende ist ein dreieckiges Brettchen, der Logscheit, befestigt, der an einer Kante mit Blei beschwert wird. An der Logleine sind in Abständen von je 7,202 Metern Schnur- und Lederstückchen, die Knoten, eingedreht. Beim Loggen wird das Logscheit über das Hinterteil des Schiffes ins Wasser geworfen, wo es aufrecht stehen bleibt, das Schiff weitersegelt und die Logleine von der Haspel abrollt. Die Sache dauert genau vierzehn Sekunden, was mit einer kleinen Sanduhr gemessen wird. Man holt nun die Leine wieder ein und zählt dabei die abgelaufenen Knoten. Die *Hallig* lief deren zehn. Sie hatte also in 14 Sekunden zehnmal 7,202, also 72,2 Meter zurückgelegt und musste daher in der Stunde bei gleichmäßiger Geschwindigkeit 3600 : 14 = 257 x 72,02 = 18520 Meter laufen. Da 1852 Meter eine Seemeile sind, so hatte die *Hallig* also gegenwärtig eine Fahrgeschwindigkeit von zehn Seemeilen in der Stunde.

Außer diesem Log verwendet man auch noch ein Patentlog, bei dem eine im Wasser nachgeschleppte kleine Flügelschraube ihre Umdrehungen auf ein Zifferblatt überträgt. Aus der Umdrehungszahl ergibt sich die vom Schiff gelaufene Strecke.

Auf des Schiffers Ruf hatten Heik und Paul Logrolle und Sanduhr achteraus gebracht. Heik hielt die Rolle empor, Paul das Glas. Der Schiffer warf das Logscheit über die Reling.

»Törn!«, rief er. Paul stürzte das Glas um, und der Sand begann zu laufen. Als das letzte Körnchen aus der oberen Halbkugel in die untere gefallen war, rief er: »Stopp!«

Der Schiffer hielt die Leine fest und sah nach den Knoten.

»Zehn«, sagte er. »Leine einholen!«

Eine Logleine ist nur eine Schnur, trotzdem aber hatten alle Mann mit Ausnahme von Towe, der am Ruder stand, vollauf zu tun, sie wieder binnenbords zu holen.

Die ganze Nacht wütete der Sturm mit unverminderter Heftigkeit. Gegen sechs Glasen in der Mittelwache wurde im Großtopp ein Knattern wie von Flintenschüssen wahrnehmbar.

»Der Großreuel hat sich losgerissen!«, rief der Schiffer, »Hinauf zwei von euch und macht ihn wieder fest. Nehmt ein paar Nockbändsel als Extrazeisinge mit.«

Towe und Paul machten sich unverzüglich auf den Weg zur Großwant. Der Aufstieg ging nur langsam vor sich, da der Wind sie so fest gegen die Want drückte, dass sie sich zeitweise nicht zu rühren vermochten. Sie mussten dann warten, bis das Schiff nach Steuerbord überholte, wodurch sie wieder etwas loskamen. Die Wanten waren abwechselnd bald so straff wie Eisenstangen, bald so schlaff wie ein Netz.

Auf der Reuelrah angelangt, hatten sie einen heftigen Kampf mit dem wild schlagenden Segel zu bestehen, wobei sie sich noch um Leib und Leben an die Rah klammern mussten, um von der ungebärdigen Leinwand nicht hinabgeworfen zu werden.

Endlich war die Arbeit bewältigt, und sie stiegen wieder abwärts. Als Paul von der Reling herunter in das fußhoch das Deck überspülende Wasser sprang, vernahm er einen schrillen, durchdringenden Schrei, der das Tosen des Sturmes und das Brausen der See übertönte. Instinktiv eilte er nach vorn, von wo der Schrei gekommen war. In der Nähe der Logisklappe angelangt, sah er in der Finsternis eine unbestimmte Gestalt, die aber sogleich wieder verschwunden war.

Towe war ihm gefolgt, und nun standen beide vor der Logisklappe und sahen einander an. »Sollen wir hinuntergehen?«, fragte Paul.

»Nee, Paul, wozu?« Das ist ein Geist gewesen, mit dem ist nichts anzufangen.«

»Hast recht, Towe. Auch dürfen wir uns nicht aufhalten. Es könnte da achtern noch etwas zu tun geben.«

Die auf dem Kampanjedeck hatten den Schrei auch, aber weniger deutlich vernommen. Jaspersen fragte Towe danach.

»Jawoll, Kaptein«, sagte dieser. »Und nicht nur gehört haben wir ihn, ich habe den Geist auch gesehen. Und Paul auch.«

Dem Schiffer wurde etwas unheimlich zumute. Er war fest davon überzeugt, dass außer ihm und seinen Leuten kein menschliches Wesen an Bord sein konnte. Was sollten also Towe und Paul, die beide so ehrlich und zuverlässig und dabei so verständigen und klaren Sinnes waren, anderes gesehen haben als etwas Übernatürliches? Er war nicht abergläubisch, aber was für eine Annahme blieb ihm hier übrig?

Jetzt hatte er jedoch keine Zeit, sich über Geister an Bord den Kopf zu zerbrechen. Er musste alle Gedanken darauf richten, zu verhüten, dass die *Hallig* zu weit in den Süden getrieben wurde. Die Nacht verstrich und der Tag brach an. See und Luft sahen so drohend und gefährlich aus, dass auch das Herz des Schiffers, der über eine vollzählige Besatzung verfügte, dadurch schwer bedrückt werden konnte.

Obwohl die Bark unter die größten Fahrzeuge ihrer Klasse zu zählen war, so war sie doch gegenüber den an Größe und Gewalt immer noch wachsenden Wogen ziemlich wehrlos. Sie rollte und stampfte und arbeitete fürchterlich. Bald fuhr sie vorn in die Höhe, bis ein dreißig Fuß langes Stück ihres Kiels frei emporragte. Dann wieder fiel sie auf die Seite, bis die Nock der Großrah ins Wasser tauchte und die über die Reling hereinbrandende See die Großluk überflutete.

Ein Blick auf die Wogenberge sagte dem Schiffer, dass er nicht daran denken dürfe, das Schiff beizudrehen. Er musste damit warten, bis der Wind nachließ. Da er Towe Tjarks als einen intelligenten und erfahrenen Seemann kannte, beschloss er, mit ihm die Lage zu beraten, und forderte ihn auf, mit ihm in die Kajüte zu kommen.

Hier holte er die Karte hervor und breitete sie auf dem Tisch aus. »Gehen Sie her, Towe«, sagte er und setzte den Finger darauf. »Wir befinden uns jetzt hier, soweit das unter den obwaltenden Umständen zu bestimmen ist. Hält dieser Wind an, dann werden wir, fürchte ich, bald in kalte Breiten kommen.« - Towe schaute bedächtig auf die Karte.

»Je weiter südlich wir kommen, desto sicherer können wir erwarten, dass dieser Wind bald nach Westen herumholen wird. Anluven lassen können wir das Schiff gegenwärtig nicht. Das könnte uns die Segel kosten. Ich meine, wir lassen die *Hallig* noch eine Weile vor dem Wind laufen. Dabei können wir wenigstens nicht die Masten verlieren. Einmal muss der Sturm ja nachlassen und dann kommen wir wohl sachte wieder auf nördlichen Kurs.«

»Ich glaube nicht, dass der Sturm so bald vorüber sein wird«, entgegnete der Kapitän. »Im Gegenteil, ich fürchte, dass wir seine ganze Stärke noch gar nicht zu kosten bekommen haben. Wer besorgt das Frühstück in der Kombüse?«

»Gazzi. Heute ist er an der Reihe.«

»Gut. Dann gehen also Sie und Paul nach oben und bringen Preventerbrassen an der Großrah auf. »Wir müssen die Rahen herumholen, wir dürfen den jetzigen Kurs nicht länger beibehalten. In der Segelkammer liegen Reserveleinen.

Towe holte die Leinen, rief Paul, und beide machten sich ans Werk. Es war ein gefährliches Stück Arbeit, da die Preventerbrassen neben den Blöcken der eigentlichen Brassen draußen an den Nocken der Rahen befestigt werden mussten und das Schiff gewaltig schlingerte. Tüchtige Seeleute aber bringen so ziemlich alles fertig, und so langten auch die beiden Freunde wohlbehalten wieder an Deck an.

»Hol' an Steuerbord-Großbrass!«, grölte der Schiffer durch den Sturm. »Wenn ich die Hand aufhebe, dann luv', Heik!«

»Jawoll, Kaptein!«

Der Schiffer lief nach Backbord hinüber, um dort die Lee-Großbrass vorsichtig aufzurichten, das heißt, in kurzen Absätzen etwas lose zu geben.

»Sind sie klar, Leute?«

»All klar!«

»Luv' ein bisschen!«, brüllte er, zu Heik gewendet, und hob die Hand auf. »Holt, Leute!«

»Holioho!«, sang Towe, als er und seine beiden Maaten aus aller Kraft an der Brasse zu holen begannen. Sie taten jedoch nur einen kurzen Pull, denn ein durchdringender, angstvoller Warnruf des Schiffers unterbrach sie. Blitzschnell nahm Towe mit der Brasse einen Törn um den Koffeenagel, dann schaute er nach achtern, wohin der Schiffer deutete. Da gewahrte er ein wahres Ungeheuer von einer Woge, die wie in hüpfender Berg, alle anderen weit überragend, herangeeilt kam. Sie schien drei oder vier Seemeilen lang zu sein und schloss mit ihrer vielgipfeligen Höhe den Horizont vollständig ab, als ob sie der Abhang eines um dreißig Fuß erhöhten, im Sturm daher fahrenden Ozeanplateaus sei. Ihr Gebrüll war grauenhaft.

Der Anblick des heranstürzenden Ungetüms war fürchterlich. Kein Fleckchen Schaum zeigte sich auf der harten, glasigen Fläche des Wasserberges. Der Kapitän schrie noch einmal den Leuten zu, sich um Leib und Leben festzuhalten, um sich dann selber, ein Tauende ergreifend, flach an Deck zu werfen. Da war die Woge auch schon über ihnen und begrub das Fahrzeug vom Heck bis beinahe zum Großmast. Es wälzte sich auf die Seite, bis das Deck senkrecht stand.

Die Erschütterung und das Donnergetöse dieses Schlages können mit Worten auch nicht annähernd beschrieben werden. Die Bark tauchte aber aus der nach vorn und nach Lee weitereilenden See wieder auf, und der Kapitän und die Leute schauten um sich. Sie sahen den Rest der Flut wie einen schäumenden Wasserfall vom Kampanjedeck herabstürzen und mit ihm Hühnerhocken, Pützen, Holzgetrümmer und mitten darunter auch den anscheinend leblosen Körper des armen alten Weers.

Der Schiffer sprang achteraus und fasste mit eiserner Hand das wild hin und her wirbelnde Rad des Steuers. Es war ein Glück, dass er es festzuhalten und zu bändigen vermochte, sonst wäre das Schiff quer in den Trog der Seen geraten und verloren gewesen. Schon hatten die Segel mit schmetterndem Geknatter zu schlagen begonnen, da gelang es ihm, das Fahrzeug wieder vor den Wind zu bringen. Die Segel füllten sich aufs Neue und weiter jagte die *Hallig* auf ihrer tollen Fahrt.

Towe und Paul hoben Heik Weers auf, trugen ihn ins Logis und legten ihn hier in eine der Unterkojen. Dann eilten sie achteraus. Die Bark ließ sich wieder so gut wie zuvor steuern, der Wind schien etwas nachgelassen zu haben. Towe löste den Schiffer am Ruder ab.

»Was habt ihr mit Weers gemacht?«, fragte Jaspersen, wobei er des Sturmgetöses wegen noch immer mit aller Kraft schreien musste.

»Logis!«, schrie Towe zurück.

Das Achterschiff der *Hallig* gewährte einen wüsten Anblick. Das Kompasshäuschen war weggeschlagen, das Scheilicht zerschmettert, die Klappe der Kampanjeluk fortgerissen, ebenso das Steuerbordboot. Die Kajüte war halb voll Wasser. Seekisten, Bettzeug und anderer Kram schwammen darin hin und her und stießen gegen die Kammertüren.

Auch mittschiffs sah es schlimm aus. Der Roof, der achter der Kombüse gestanden hatte, war bis auf wenige Trümmer fortgerissen worden. Er hatte ehemals dem zweiten Steuermann, dem Zimmermann und dem Koch als Wohnung gedient. Die Kombüse war ein festes Bauwerk und gut in den Decksplanken verankert. So war sie dem Schicksal des Roofs entgangen. Um zu verhindern, dass noch mehr Wasser hinunterströmte, wurden Presenningen, das ist geteerte Leinwand, über das Scheilicht und die Kampanjeluk gedeckt. Gazzi und Paul mussten mit Pützen das Wasser aus der Kajüte schaffen, eine langwierige Arbeit, die jedoch auch ihr Ende erreichte.

Inzwischen ging der Schiffer nach vorn, um nach dem verunglückten Schiffsgenossen zu sehen, der regungslos und schwer atmend mit geschlossenen Augen in der Koje lag. »Er lebt! Gott sei Lob und Dank!«, murmelte er leise, während er dem Bewusstlosen vorsichtig das Ölzeug abzog. Darauf untersuchte und befühlte er ihn sorgfältig, wobei sich herausstellte, dass zwei Rippen und der rechte Oberschenkel gebrochen waren.

Nach kurzer Überlegung rief er Paul und Gazzi herbei, und alle drei schafften den Verletzten achteraus und in die Kammer des ehemaligen Kapitäns der *Hallig Hooge*, wo sie ihn in die Koje betteten. In der Medizinkiste fanden sich Schienen und Binden, und bald hatte der Schiffer mit geschickter Hand das gebrochene Bein fachmäßig eingerichtet und verbunden. Jetzt erst kam Heik wieder zum Bewusstsein. Er öffnete die Augen und sah dem noch immer um ihn beschäftigten Schiffer ins Gesicht. Sogleich wusste er, was mit ihm vorgegangen war.

»Sie haben mich versorgt, Kaptein«, sagte er mit schwacher Stimme. »Hab' ich viel abbekommen?« - »Das rechte Bein ist gebrochen, just über dem Knie. Wenn Sie sich recht still verhalten, wird es bald wieder in Ordnung sein. Zwei Rippen sind auch eingeknickt, das ist aber nicht schlimm.«

»Junge, Junge, da ist so viel Arbeit an Deck und ich muss hier liegen wie ein unnützes Stück Holz! Mein Gott! Nur noch vier Mann und so ein großes Schiff und dazu so ein Wetter!« - »Machen Sie sich keine Sorgen, Heik. Gott wird uns beistehen. Jetzt aber müssen Sie schlafen.«

Im Hinausgehen hörte er den alten Matrosen noch murmeln: »In so einer Not muss ich hier liegen wie ein fauler Landlubber und kann meinen Maaten nicht beistehen! Ich wollte, ich wäre gleich umgekommen!«

Dem wilden Tag folgte eine wilde Nacht. Der Sturm tobte mit ungeschwächter Kraft. Die *Hallig* jagte vor ihm her und schien mit jeder Stunde in kälteres Wetter zu geraten. Regen und Schloßen prasselten fast unaufhörlich hernieder und trafen die Gesichter und Hände der erschöpften Seefahrer wie Peitschenschläge. An Stelle Heiks stand jetzt Keppen Jaspersen am Ruder. Eine Wache zur Koje gab es nicht mehr; alle Mann mussten fortwährend an Deck sein. Abwechselnd, wenn die Umstände dies erlaubten, schlüpfte einer von ihnen in die warme Kombüse, um dort auf der Bank ein wenig zu schlafen.

Der Kapitän gestattete sich auch diese kleine Erholung nicht, er verließ das Deck nur, wenn er nach seinem Patienten sehen musste.

Die Reihe, sich in die Kombüse zurückzuziehen, war an Paul gekommen. Das Feuer in der Maschine glühte hell und füllte den kleinen Raum mit Wärme und rötlichem Licht. Man brauchte die Kohlen nicht zu sparen, da ein großer Vorrat an Bord war. Er streckte sich, so gut es ging, auf der Bank aus, und bald hatte ihn das Brausen des Sturms in den Schlaf gesungen. Sein Schlaf war jedoch kein fester, das ließen die heftigen Bewegungen des Schiffs nicht zu. Alle Augenblicke musste er sich auf der Bank wieder zurechtrücken. Als er dabei einmal halbverschlafen um sich blickte, da glaubte er in dem trüben, ungewissen Licht eine Erscheinung vor sich zu sehen - ein junges Mädchen mit bleichem, hagerem, verängstigtem Gesicht und lose flatternden Haaren. Im nächsten Augenblick war sie verschwunden. Er sprang auf und stürzte zur Türe, die er vorher halb zugeschoben hatte. Draußen war niemand. Zudem war die Finsternis an Deck so dicht, dass das Auge sie keinen Meter weit zu durchdringen vermochte. Er sagte sich, dass er geträumt haben müsse, trat in die Kombüse zurück, streckte sich wieder auf die Bank und sank in übergroßer Müdigkeit von neuem in einen unruhigen Schlaf, aus dem er nach zwei Stunden geweckt wurde, um den Mann am Ruder abzulösen.

Achtes Kapitel

»Der Geist hat eben wieder geschrien!« - Neue Havarien.
Entmastet. - Warum Heik sich bei Towe bedankt.
Das Quecksilber steigt. - »Land in Sicht!«

Vier Tage hatte nun schon der Sturm gerast. Die Kräfte der kleinen Mannschaft waren nahezu erschöpft. Seit dem Beginn des Unwetters hatte der Schiffer sich keine Ruhe gegönnt. Jetzt endlich aber gelang es der Überredungskunst des wackeren Towe, ihn zu bewegen, die Koje aufzusuchen, und wäre es auch nur für eine Stunde. - »Wenn das Wetter sich ändert, dann komme ich und hole Sie«, sagte der Matrose. »Bis dahin übernehme ich das Kommando an Deck.«

Mit Heik Weers ging es besser, obgleich das Schlingern und Stampfen des Schiffs ihm oft Schmerzen verursachten. Größer als die körperliche Pein aber war die seelische.

»Meine Rippen und mein Bein machen mir keinen Kummer«, erklärte er seinen Maaten, wenn sie ihn besuchten, »aber ich liege hier wie so ein seekranker Passagier und dabei möchte ich meine Arbeit tun.«

Gegen Abend wurde der Wind westlich. Man steuerte das Schiff so, dass er nach wie vor von achtern kam, denn auf Segelveränderung konnte sich die schwache Besatzung jetzt weniger einlassen als zuvor. Der Schiffer hatte irgendwo noch einen Kompass aufgetrieben und vor dem Ruder angebracht, damit das Schiff wieder richtig auf Kurs gelegt werden konnte, wenn das Unwetter nachließ.

Die Nacht war sehr kalt und stockfinster. Gegen zwei Glasen in der Mittelwache stand Paul wieder einmal am Ruder. Der Schiffer und Towe lehnten vorn an der Balustrade des Kampanjedecks und hielten Ausguck. Gazzi hatte sich zu einer kurzen Rast in die Kombüse zurückgezogen. Der Orkan brauste und heulte, die Seen waren von erschreckender Höhe und schienen jeden Augenblick wieder von achtern über die Bark herstürzen zu wollen, die aber wehrte sich vor ihnen wie ein Stück Kork. Sie war trotz der schweren Strapazen, die sie in den letzten Tagen hatte überstehen müssen, so dicht geblieben wie ein Topf. Die wiederholten Peilungen des Pumpensods hatten einen ganz normalen Wasserstand im Raum ergeben.

Auf einmal fasste Towe mit hastigem Griff des Schiffers Arm.

»Haben Sie das gehört, Kaptein? Der Geist hat eben wieder geschrien!« - »Ja«, antwortete der Schiffer, »so etwas wie einen Schrei habe ich auch gehört.«

Der ein ganzes Stück hinter ihnen am Ruder stehende Paul hatte ebenfalls den unheimlichen Ton vernommen, der wie ein überirdischer Klagelaut das Getöse der Elemente durchdrang. Er dachte an die Erscheinung in der Tür der Kombüse, an das bleiche Gesicht mit den großen, angstvollen Augen und dem wirr flatternden Haar. »Ob das eine Vorbedeutung ist?«, fragte er sich. »Sollten wir dem Verhängnis verfallen sein?« - Gleich darauf kam der Grieche in höchster Eile aus der Kombüse herausgerannt und tauchte in die Kampanjeluk hinab.

»Holen Sie ihn wieder herauf!«, gebot der Schiffer.

Towe ging und erschien bald mit Gazzi wieder an Deck.

»Er hat ein Gespenst gesehen, sagt er«, berichtete Towe, »und das Schiff und alle Mann wären nun verloren, sagt er.«

Er musste dies dem Schiffer ins Ohr rufen, um sich bei dem Lärm des Windes und der Wasser verständlich zu machen. Jaspersen zog den Griechen mit sich nach der Kombüse, dort konnte man in einiger Ruhe sprechen. - »Nun lassen Sie hören«, sagte der Schiffer. »Was hat Sie wieder so in Furcht versetzt?«

Zitternd und zähneklappernd erzählte der Gefragte, dass er auf der Bank geschlafen, dass dann aber plötzlich ein Gespenst mit einem weißen Totengesicht vor ihm gestanden habe. Vor Schreck sei er aufgesprungen, habe ein in dem Rad an der Wand steckendes großes Küchenmesser ergriffen, und nach dem Gespenst geworfen, das dann mit einem fürchterlichen Schrei verschwunden sei.

»Sie sind immer viel zu schnell mit dem Messer bei der Hand«, sagte der Schiffer. »Übrigens richten Sie gegen Geister und Gespenster damit nichts aus. Außerdem war es kein Geist. Sie sind ein furchtsamer Mensch, und da spielt Ihnen Ihre Einbildung manchen Streich. Sie können nun hierbleiben und ihren Schlaf beendigen.«

Dazu war Gazzi jedoch nicht zu bewegen. Viel lieber brachte er den Rest seiner Ruhezeit auf dem kalten Deck zu, nur um in der Nähe seiner Schiffsmaaten bleiben zu können.

Gegen vier Uhr morgens flaute der Wind urplötzlich ab, und es wurde mit einem Schlag so still, dass die Segel, die tagelang so voll und hart gestanden hatten, als wären sie aus Eisen, schlaff gegen die

Stengen schlugen. Das Schiff verlor seinen Halt und begann schwer zu rollen. See um See brach über das hilflose Fahrzeug her. Die ungeheuren Wassermassen rissen einen großen Teil der Schanzkleidung und Reling fort, schlugen die Türen der Kombüse ein und spülten alles, was an Deck noch wegzuwaschen war, über Bord.

Die Windstille dauerte etwa eine Stunde, dann brach der Orkan von neuem los, mit noch größerer Gewalt als zuvor. Diesmal fasste er das Fahrzeug von vorn. Paul, der sich mittschiffs befand, wollte achteraus flüchten, da aber war es ihm, als bräche das ganze Weltall über ihm zusammen. Er stürzte nieder, und fühlte eine Last auf sich, unter der er sich nicht regen konnte. Wasserfluten rauschten und gurgelten über und um ihn, dass er fast schon zu glauben begann, er sei über Bord. Er rief um Hilfe, aber seine Stimme war in dem Toben nicht vernehmbar.

Das Schiff rollte nach Steuerbord und nahm eine ungeheure See über. Das Wasser hob die auf Paul liegende Last ein wenig empor, so dass es ihm gelang, sich freizumachen. Er rappelte sich auf und stolperte der Großluk zu. Da hörte er den Schiffer rufen: »Hier sind Äxte, Leute! Kappt alles weg!« - Jetzt erst sah er, dass alle drei Masten über Bord gegangen waren. Die *Hallig Hooge* war ein Wrack, wehrlos der Gnade oder Ungnade der See überliefert. - Er arbeitete sich durch das Gewirr der Wanten, Pardunen, Leinen und Holztrümmer achteraus, und half den anderen, das Taugut durchzuhauen, das die langseit im Wasser treibenden Masten noch festhielt, deren Stöße die Schiffsseite zu durchbrechen drohten. Es kostete fast übermenschliche Anstrengungen, aber endlich war das letzte Tau abgehackt und die Bark von der furchtbaren Gefahr befreit.

Der Tag graute, aber kein Anzeichen sprach für ein Nachlassen des Sturms. Am Stumpf des Besanmastes wurde eine Presenning als Segel angebracht, und so trieb das Wrack vor dem Wind dahin, bald von den Wogenbergen emporgehoben, bald in die dunklen Wassertäler hinabgeworfen, wo es dann in sekundenlanger Stille lag.

Die Mannschaft, Paul und Towe - der Schiffer stand mit Gazzi am Ruder - kauerte vor dem niedrigen Aufbau des Scheilichts, um dort notdürftig gegen den eisigen Wind geschützt zu sein, »damit einem nicht auch noch die Haare vom Kopf geweht würden«, wie Towe bemerkte. Aber eine längere Ruhepause war den todmüden Freunden selbst dort nicht vergönnt, denn der Schiffer befahl Paul, zu versuchen, ob er in der Kombüse ein Feuer in Gang bringen und Kaffee kochen könne, und Towe musste nach Heik Weers sehen.

Paul fand die Kombüse in einem Zustand der Verwüstung. Beide Türen waren zersplittert, die Hälfte der Töpfe und sonstigen Utensilien über Bord gespült. Zum Glück stand der schwere Kasten mit den Kohlen noch an seinem Platz. Mit Hilfe einiger Holzstücke von den Türen und einer gehörigen Menge Teer brachte Paul nach langer Mühe ein Feuer zustande, und nun dauerte es auch nicht mehr lang, da war ein großer Kessel voll heißen, würzig duftenden Kaffees bereit, die durchkälteten und abgespannten Seefahrer zu laben.

Inzwischen machte Towe dem Patienten seine Visite.

»Soso«, sagte er, »da liegst du nun wie der Herr Baron auf seinem Kanapee und wir haben derweil alle Masten über Bord geworfen.«

»So etwas habe ich mir schon gedacht«, antwortete Weers und stöhnte zum Erbarmen. »Und ich bin ein Lubber, ein richtiger Landlubber, zu nichts mehr zu gebrauchen.«

»Wenn du so dämlich redest, bist du auch wirklich einer. Dein Bein kommt bald wieder in die Reihe, und sollte der alte Kasten wegsacken, ehe du wieder stehen und gehen kannst, dann bring ich dich an Deck, damit du sozusagen in deinem Beruf sterben kannst, wie das jeder ehrliche Janmaat auch machen würde. Das versprech' ich dir. Freut dich das nicht?«

»Towe, auf den ersten Blick habe ich dir angesehen, dass du ein fixer Seemann und ein guter Schiffsmaat bist. Ich danke dir auch!«

»Ist gut. Jetzt schlafe erst einmal, damit du dein Bein bald wieder bewegen kannst. Ich muss an Deck, sonst denkt der Alte, ich wäre hier eingeschlafen.«

Noch drei Tage und drei Nächte hielt der Sturm an. Am Abend des vierten Tages begann das Quecksilber im Barometer wieder zu steigen. Während der Nacht flaute der Wind nach und nach etwas ab und bei Tagesanbruch hatte er so weit nachgelassen, dass man aus einer Bramrah, die zu den Reservespieren gehörte, einen Notmast herstellen konnte, an dem ein Reuel angebracht wurde.

Die See ging noch immer sehr hoch, allein jetzt war kein Zweifel mehr - der Sturm hatte sich ausgetobt, das Wetter wurde besser.

Und als, wenn auch hinter Dunst und Nebel noch unsichtbar, die Sonne aufgegangen war, ertönte plötzlich der Ruf: »Land in Sicht! Gerade voraus!«

Neuntes Kapitel

Warum der Ruf den Halligleuten wie Rabengekrächze erschien.
Towe wird trübsinnig. - Eine Lotung. - Das Gebet auf dem
Kampanjedeck. - Warum Paul lachen muss.
In der Strömung. - Vor Anker.

Was für verschiedenartige Regungen vermag der Ruf: »Land!« in den Herzen seefahrender Leute erwecken!

Einige erblickten in der fern am Horizont aufsteigenden Küste das Land der Verheißung, das Land ihrer Hoffnungen und goldenen Träume, das ihnen ein sorgenfreies Dasein und unbegrenzte Gelegenheit zur Erwerbung der Güter dieser Erde darbieten soll.

Anderen, die nach vieljähriger Abwesenheit im Ausland zurückkehren, vielleicht reich an Erfolgen, vielleicht arm, enttäuscht und mit geknickten Hoffnungen, zaubert der Ruf das Bild der lieben, trauten Heimat vor die hungernde Seele, wo sie einst Vater und Mutter, Brüder und Schwestern und manchen treuen Freund zurückließen, um in der Ferne das Glück zu suchen. Und lange Zweifel steigen in ihnen auf: Wer von den Geliebten lebt noch? Wer schläft schon den langen Schlaf draußen auf dem stillen Friedhof?

Der Mannschaft der *Hallig Hooge* erschien der Ruf wie das Gekrächze eines Unglücksraben. Kapitän Jaspersen erstieg die Back, von der aus Paul das Land erspäht hatte.

»Wo?«, fragte er.

»Gerade voraus, hohes Land, ich habe es ganz deutlich gesehen. Jetzt hat es der Nebel wieder verdeckt.«

Der Schiffer legte das Glas ans Auge und schaute lange in die angegebene Richtung, ohne etwas zu entdecken.

»Bist du sicher, dass es Land war? Es können auch Wolken gewesen sein.«

»Nein, Kaptein, es war hohes, bergiges Land. Ich bin mir dessen ganz sicher.«

Der Schiffer sah keinen Grund, an dieser Behauptung zu zweifeln, hatte er so etwas doch bereits seit vierundzwanzig Stunden gefürchtet.

»Wie weit war es nach deiner Schätzung?«, fragte er.

»Das kann ich nicht sagen, einige Meilen aber sind es immerhin gewesen.«

»So! Nun guck´ scharf aus und rufe, wenn es wieder in Sicht kommt.«

»Jawoll, Kaptein.«

Der Schiffer ging wieder achteraus an seine unterbrochene Arbeit. Er wollte mit Towes Hilfe noch ein Segel anbringen.

»Haben Sie das Land auch gesehen?«, fragte der Matrose.

»Nein, die Luft da vorn ist so dicht, aber Paul kann sich auf seine Augen verlassen. Ich habe schon immer gefürchtet, dass wir den Crozetinseln zu nahe kommen könnten. Die müssen hier herum liegen.«

»Die Crozets?«, brummte Towe. »Das soll keine angenehme Gegend sein, was man so hört. Na, einerlei, es kommt nicht darauf an, wo man sich verläuft, ob bei den Crozets oder bei Westerstrand, nicht wahr, Kaptein? Schade, aber meine Katje hätte ich vorher gerne noch einmal gesehen.«

»Land!«, brüllte Paul von der Back mit Donnerstimme.

Der Schiffer und Towe rannten nach vorn.

Diesmal war kein Zweifel mehr möglich. Der Nebel war gestiegen. Gerade voraus, ein wenig Steuerbord, lag eine Insel mit einem hohen, spitzen Berg. Sie zeigte sich einige Minuten lang, dann senkte sich wieder eine Nebelschicht vor ihr nieder und entzog sie den Blicken der Seefahrer.

Wind und See trieben das Schiff direkt auf das Eiland zu, das wahrscheinlich von Klippen umfasst war. Da es unmöglich war, der *Hallig*, die nur eine Presenning und einen kleinen Reuel als Segelersatz führte, eine andere Richtung zu geben, ließ der Schiffer das einzige Boot, das der Zerstörungswut des Orkans entgangen war, mit Proviant versehen und zum Aussetzen klarmachen. Zwar war mit Sicherheit anzunehmen, dass es sich in diesem Seegang nicht lange über Wasser halten würde, aber es bot doch wenigstens eine Möglichkeit der Rettung, wenn auch nur eine ganz schwache.

Als das Boot klar war, ließ er den Backbordanker losmachen und über den Bug bringen, bereit zum Fallenlassen. Die *Hallig* war zu diesem Zweck vorn mit Davits versehen, die zum Glück bei dem Überbordgehen der Masten nicht mit fortgerissen worden waren. Ohne diese Hilfsmittel hätten die drei Mann es sonst niemals fertiggebracht, eine so gewaltige Last, wie der Anker war, über die Bugreling zu wuchten. Bei dem Rollen und Stampfen des Fahrzeugs war dies ohnehin eine Riesenarbeit.

Bei dieser Beschäftigung kam ihnen mehrmals, wenn der Nebel verwehte, das Land wieder in Sicht - eine zackige, schroffe, anscheinend ganz unnahbare Küste. Wind und Wogen brachten die

Hallig derselben näher, und die Seeleute sahen sich außerstande, die Katastrophe, der sie sich verfallen glaubten, abzuwenden.

»Leute, sputet euch!«, rief Jaspersen frisch und fröhlich. »Bald lassen wir den alten Kasten fallen und dann geht es an Land! Ich freue mich schon darauf, mir mal wieder ordentlich die Beine vertreten zu können!«

»Sagen Sie mal lieber, die Fische freuen sich schon auf uns«, brummte Towe trübsinnig, arbeitete dabei aber wie ein Bär. »Und ich wollte gerade heiraten und mit Katje einen Hühnerhof in Gang bringen, und einen Eierhandel. Nun wird sie zuhause sitzen und auf Towe Tjarks warten und warten, aber der wird nicht kommen. Der wird nur ins Himmelreich kommen.«

»Hallo Towe, alter Junge, was ist los?«, rief der Schiffer. »Nur Mut, alter Freund! Damals, als wir vor Westerstrand auf den Muschelsand aufgelaufen sind und die *Hammonia* in Stücke ging, da dachte ich auch, dass nun alles vorbei sei, mit dem Schlag auf den Kopf, den ich abbekommen hatte. Aber da kam mein Freund Towe angeschwommen und hielt mich über Wasser, bis das Rettungsboot uns herausfischte. Was, Paul? Hat Towe das alles vergessen?«

»Ich habe das nicht vergessen, Kaptein«, antwortete der Matrose, »da hatte ich aber meine Katje noch nicht und keine Aussichten auf den Hühnerhof und das Eiergeschäft. Aber ich will nicht mehr klagen, meine Maaten sind ja nicht besser dran als ich.«

Die Bark war jetzt dem Land so nahe, dass man das Donnern der Brandung hören konnte. Der Wind war zu einer leichten Brise abgeflaut, die See aber ging noch ebenso wild und hohl wie zuvor. Jede Woge verringerte die Entfernung zwischen der *Hallig* und der verderblichen Küste um viele Faden.

»Hole das Tiefseelot herauf, Paul«, sagte der Schiffer. »Wollen sehen, wie es im Notfall mit dem Untergrund bestellt ist.«

Paul eilte achteraus, die beiden anderen folgten ihm. Ersterer brachte zunächst die Lotleine an Deck, dann holte er eine Balje herbei und legte die Leine hinein. Dies ist nötig, um das Unklarwerden der Leine zu verhindern. Darauf brachte er das Lot herauf. Towe befestigte es an der Leine und ging dann damit nach vorn, dafür Sorge tragend, dass die Leine frei außenbords blieb. Das war nicht schwer, da ja die Wanten und Pardunen nicht mehr vorhanden waren. Paul hielt die Leine mitschiffs in der Hand, der Schiffer tat dasselbe auf dem Kampanjedeck. Towe erstieg mit dem Lot die Back.

»All klar?«, rief Jaspersen. »All klar!«, antworteten die beiden anderen. »Hiev!«, befahl der Schiffer. Towe warf das Lot ins Wasser.

»Nimm wahr achter!«, rief er dabei.

»Nimm wahr achter!«, gab Paul den Ruf weiter und ließ seinen Teil der Leine los, die dann blitzschnell aus der an der Reling des Kampanjedecks stehenden Balje und durch die Hand des Schiffers lief, bis dieser sie festhielt.

»Zweihundert Meter und kein Grund!«, rief er, während Towe und Paul achteraus gerannt kamen, das Lot wieder herauf zu holen.

»Schlecht ankern, wenn das nicht unter Land ebenso ist«, sagte Towe.

»Abwarten«, erwiderte der Schiffer. »Wir kriegen noch Grund genug.« Als das Lot aufgeholt war, gingen alle drei nach vorn, um das Land zu betrachten. Der Nebel war verschwunden.

»Wir haben wenig Aussicht auf Rettung«, begann der Kapitän nach einer kleinen Weile. »Durch jene Brandung kommt kein Boot. Wir wollen in die Kajüte gehen und dort zusammen mit Heik Weers unseren Herrgott bitten, uns wohlbehalten wieder nach Hause zu führen, und dann, Leute, wenn ich die Order gebe, bringen wir das Boot zu Wasser und kämpfen um unser Leben, so lange Kraft und Atem in uns ist. Gelingt es uns, in Lee von der Insel zu kommen, dann finden wir dort wohl einen Hafen oder eine Bucht, wo wir landen können.«

»So ist es richtig, Keppen Jaspersen«, sagte Towe beifällig.

»Ich wollte nämlich den gleichen Vorschlag machen. Katje hat mir erzählt, dass damals, als unsere *Hammonia* auf den Muschelsand aufgelaufen war, der Herr Pastor und all die anderen Leute achter hinter den Bootsschuppen gegangen sind, um für uns zu beten, und dass das geholfen hat. Das wissen wir beide, und Paul weiß das auch. Ich habe aber Heik Weers versprochen, dass ich ihn an Deck schaffen werde, damit er wie ein braver Janmaat sterben kann. Lassen Sie ihn also heraufholen, Keppen Jaspersen. Heik ist kein Lubber, da unten in seiner Kammer kann er nicht fröhlich sterben.« »Gut«, entgegnete der Schiffer. »Paul, geh mit und hilf ihm. Dann kann auch Gazzi am Ruder mit uns beten.«

Heik sah den beiden zu ihm Hereintretenden erwartungsvoll entgegen.

»Maat«, sagte Towe zu ihm, »nun kommen wir zu dir, um dich an Deck zu holen. Ich verspreche dir, dafür zu sorgen, dass du nicht als ein Lubber hier in dem muffigen Loch sterben musst.

Nun beiß' die Zähne zusammen und schimpfe nicht, wenn das ein bisschen weh tut.«

»Mann los, Maat, ich schimpfe nicht. Nun ist das also zu Ende mit uns. Gott sei uns gnädig! Keine Aussicht mehr?«

»O doch, das Boot. Gewiss ist das eine Aussicht, und du sollst auch deinen Teil daran haben.«

»Ich weiß, dass ich das Gleiche bekomme wie meine Maaten. Jetzt aber genug geredet. Auf geht's, Maaten!«

Sie fassten ihn mit aller Vorsicht und trugen ihn die Kampanjetreppe hinauf. Er biss die Zähne zusammen, konnte aber ein Stöhnen nicht ganz unterdrücken, und als sie ihn auf der Gräting am Ruder hinlegten, sahen sie, dass er ohnmächtig geworden war. Er kam jedoch sehr bald wieder zu sich, nachdem Paul ihm ein wenig Rum eingeflößt hatte.

Dann entblößten alle die Häupter, und Kapitän Jaspersen sandte ein kurzes, herzliches Gebet zum Himmel empor, eine Bitte um Erlösung aus dieser Not, oder wenn ihnen das Ende beschieden sein sollte, um Mut und Kraft, dem Tod unerschrocken wie echte Seeleute ins Auge zu sehen.

Der dumpfe Donner der Brandung tönte in seine Worte hinein, wie die Stimme des ihrer wartenden Verhängnisses. Aber ihre Herzen blieben fest, und als der Schiffer das Amen gesprochen hatte, das alle andächtig wiederholten, da sagte der auf seinen Ellbogen gestützt liegende Heik:

»Der Herr wird uns nicht verlassen, er hat auch Petrus nicht verlassen, als er im See versinken wollte und dann aber doch bat: Herr, hilf mir! Nun haben wir ihn auch gebeten und ich wette, er wird uns helfen.«

»So, Heik, das gefällt mir an dir«, sagte Towe. »Was sollten wir wohl anfangen, wenn wir unseren alten Heik Weers nicht hätten, was, Maaten? Das ist ein Mann, der hat den richtigen Katarakt.«

»Was hat er?«, fragte Paul, dem trotz des ernsten Augenblicks die Lachlust aus den Augen glänzte.

»Den richtigen Katarakt hat er, habe ich gesagt, und das ist wahr!«, entgegnete Towe mit Nachdruck, den Frager ernst und streng ansehend. »Ach so«, sagte Paul und platzte los. »Charakter wolltest du sagen, hahaha! Towe, Mensch - Katarakt - hahaha!«

»Auf ein oder zwei Buchstaben kommt es nicht an, mein gelehrter Junge«, antwortete der Matrose ruhig. »Meinetwegen dann Charakter. Hilf dir selber, dann hilft dir Gott, hat unser guter Pastor

Krull gesagt. Wir haben uns geholfen - dort stehen die Notmasten. Viel Staat ist damit nicht zu machen, aber ich sage, das war ein gutes Stück Arbeit für so eine kümmerliche Mannschaft, wie wir es sind. Wir haben uns geholfen, und jetzt ist der liebe Gott an der Reihe. Und er wird sich auch nicht lumpen lassen, das könnt ihr mir glauben. Und jetzt wollen wir die Flagge setzen, die alte Hamburger Flagge, denn so schickt es sich für das letzte Ende unserer Reise.«

Die rote Flagge mit den drei weißen Türmen wurde hervorgeholt, und kaum flatterte sie über der schwarzen Presenning am Stumpf des Besanmastes, da brach zum ersten Mal seit langer Zeit die Sonne wieder durch das schwere, bleifarbene Gewölk und übergoss das stark beschädigte Schiff und seine Mannschaft mit freundlichem Licht. Die schwer geprüften Leute nahmen dies als ein Glück verheißendes Omen, schwenkten die Kappen der Sonne entgegen und begrüßten sie mit freudigem Hurra. Darauf betteten sie Heik Weers sorgfältig in das Boot, das klar zum Aussetzen war.

Plötzlich rief der Schiffer, der seit einigen Minuten mit gespannter Aufmerksamkeit abwechselnd das Land und dann wieder das Wasser betrachtet hatte: »Wir sind in einer Strömung! Sie treibt uns westlich ab! Noch ist Aussicht auf Rettung!«

Die anderen machten dieselbe Wahrnehmung. Die Bark trieb schnell nach Westen, aber ebenso schnell auch auf das Land zu.

»Weg mit den Segeln!«, befahl Jaspersen.

Die Leinwand war im Nu herabgerissen, die Schnelligkeit des Fahrzeugs verminderte sich dadurch jedoch nicht. Das Land kam immer näher. Das Gebrüll der Brandung wurde betäubend. Die Strömung führte die *Hallig* in schräger Richtung der klippenumstarrten Küste zu. Alle Hoffnung entschwand wieder aus ihren Herzen. Kurz zuvor waren sie noch zum Sterben bereit gewesen, jetzt wollten sie wieder leben. Zur Rechten endete die Insel in einem schroffen, von turmhoher Brandung umtosten Kap. Nach Jaspersens Berechnung musste die Bark etwa zweihundert Meter von diesem Kap entfernt auf die Felsen rennen. Nur noch wenige Minuten und es war zu Ende.

»Gott befohlen, Paul!«, sagte der Schiffer und fasste die Hand des jungen Mannes. Da stieß Towe ein brüllendes Geschrei aus. Wollte er damit der Welt adieu sagen? Nein! Die *Hallig* raste nicht mehr auf das Land zu, sie wurde von der abschwenkenden Strömung längs derselben dahingerissen, direkt nach Westen. Aber auch direkt auf das Kap zu.

Keiner sprach ein Wort. Aller Augen waren auf den fürchterlich drohenden Felsen gerichtet, dem das Schiff mit immer größer werdender Schnelligkeit zueilte. Wenn es nur zehn Meter weiter nach Steuerbord trieb, dann kam es vorbei. Aber es blieb auf dem Verderben bringenden Kurs. Jetzt - jetzt musste es aufrennen.

Unwillkürlich schloss jeder die Augen, und aus jeder angstumschnürten Brust rang sich ein Stoßgebet empor, denn die menschliche Natur ist schwach.

Die *Hallig Hooge* aber trieb an dem Felsen vorbei, dicht außerhalb der Brandung. Abermals schwenkte die Strömung ab in verhältnismäßig ruhiges Wasser. Wieder eine Schwenkung, und von neuem trieb das Fahrzeug dem Felsenstrand zu.

Gerade voraus zeigte sich eine Öffnung in der schroffen, zerklüfteten Wand, nur schmal, aber dennoch weit genug, die *Hallig* durchzulassen.

Jaspersen sprang ans Ruder, das der Grieche längst verlassen hatte. Die Strömung drängte sich brausend in das Felsentor hinein und führte die Bark mit sich. Ein gewaltiges Tosen - dann war die Pforte passiert und die Abenteurer sahen sich in einem rings von hohem Land umgebenen stillen Hafenbecken.

Das Schiff hatte noch so viel Fahrt, dass es auf eine Gruppe von Felsen getrieben wäre, die über die Flut emporragten, wenn nicht auf des Schiffers hastigen Ruf: »Anker fallen!«, Towe Tjarks auf die Back gesprungen wäre und mit einem Hammerschlag den Bolzen entfernt hätte, der den kurz vorher unter den Kranbalken gebrachten Anker festhielt. Das schwere Eisen fiel in die Tiefe, die Kette rasselte durch die Klüse und die *Hallig Hooge* lag nach einer Minute sicher vor Anker.

Zehntes Kapitel

Der Jaspersenhafen. - Warum Gazzi sich in Heiks Kammer
geflüchtet hatte und ihm Towes Pfannkuchen nicht
schmeckten. - Kerguelenkohl. - Seemannsaberglauben.
Was der Kapitän von einem Seespuk erzählt.
Wie Paul das Gespenst entdeckt und fängt.

Kein Dock der Welt hätte dem Schiff einen besseren und geschützteren Zufluchtsort bieten können als dieses Becken. Die Seefahrer blickten einige Minuten stumm vor Erstaunen um sich.

»Junge, Junge!«, rief Towe Tjarks endlich als der erste, der seinen Gefühlen Ausdruck verschaffte. »Hereingekommen sind wir nun, aber wieder herauszukommen ist ein anderes Ding.« »So viel ich sehen kann, werden wir wohl zeitlebens hier liegen bleiben müssen. Na, dann hilft das nicht. Jetzt will ich mal unseren Heik aus dem Boot holen.«

»Mach dir keine Sorgen, wie wir zurückkommen, Towe«, sagte der Schiffer. »Die Strömung wird nicht immer so stark sein wie heute, und zeitweise wohl auch ganz nachlassen. Ich kenne das. Sorgen Sie jetzt dafür, dass wir etwas zu essen bekommen; wir bringen inzwischen Heik Weers in seine Koje, und nach dem Schaffen werden wir erst einmal schlafen - und nicht zu wenig.«

Towe ging in die Kombüse und kam bald mit einer Schüssel voll gebratener Speckscheiben wieder achteraus. Dazu gab es Hartbrot und Kaffee. Das war ein Göttermahl. Dann suchte jeder mit einem Gefühl behaglicher Sicherheit die Koje auf. Heik gab ihnen noch die Versicherung, Ankerwache halten und wahrnehmen zu wollen, wenn sich irgendetwas ereignen sollte, was allerdings kaum zu erwarten war.

Der Naturhafen, in den die *Hallig* auf so seltsame Weise hineingeführt worden war, hatte ungefähr Hufeisenform. Das ihn umschließende Land war Felsgestein, nach innen zu bergig und sehr hoch. Viel Vegetation war auf der Insel nicht zu erwarten, dazu war das Klima zu rau und kalt. Die Sonne scheint nur selten in diesen Breiten und dann nur wenige Stunden am Tag. Fast immer hängt schweres Gewölk unter dem Firmament, und selten ist die See frei von Stürmen. In diesem von allen Seiten geschützten Becken aber hatten die Winde keine Gewalt, und wenn auch der immerwährende Donner der Brandung von draußen deutlich zu hören war, hier drinnen war es immer still.

Kein Wunder, dass die kleine Mannschaft der *Hallig* von Herzen dankbar war für die Zuflucht, die sie hier wider alles Erwarten gefunden hatte. Paul wurde aus dem langen Schlaf zuerst wieder wach. Er sprang aus der Koje und zog seine Jacke an, um an Deck zu gehen. Zunächst aber stattete er dem in seiner Koje liegenden Heik einen Besuch ab.

»Hast eine lange Ankerwache gehabt, Maat«, sagte er leise, um die anderen nicht zu wecken. »Nach der Uhr in der Kajüte ist es Mitternacht. Ich habe also beinahe zwölf volle Stunden geschlafen.«

»Das hast du! Ich hoffe, dass es dir gutgetan hat. Nichts ist passiert in dieser Zeit, alles ist ruhig gewesen, nur manchmal war mir so, als ob jemand an Deck herumlaufen würde. Das kann ja aber nicht gut möglich sein.«

»Nee, Heik, das konnte es nicht. Du hast wohl geträumt. Jetzt schlaf aber. Ich halte Wache, bis die anderen auf sind.«

»Gut, Junge. Stopf mir eine Pfeife und drehe mich auf die andere Seite, allein kann ich das noch nicht.«

Paul erfüllte des alten Matrosen Wünsche, und ging dann an Deck. Die Nacht war klar, am Himmelsgewölbe glitzerten die Sterne und die stille Flut warf ihre Spiegelbilder funkelnd zurück. Schwarz und schweigend ragten die Felsenberge rings um den dunklen Hafen empor, der von dem dumpfen Getön der fernen Brandung ganz erfüllt zu sein schien. Sehr bald spürte Paul die Wirkung der Kälte. Er hielt sich daher nicht allzu lange bei der Betrachtung des imposanten Naturschauspiels auf, sondern machte sich auf den Weg zur Kombüse, um Feuer anzuzünden und Kaffee zu kochen. Er glaubte jedoch seinen Augen nicht trauen zu dürfen, als er hier das Feuer in vollem Gang und oben drauf einen Kessel mit kochendem Wasser fand. – Wer konnte vor ihm hier gewesen sein? Heik lag hilflos fest, alle anderen schliefen. Also ein Geheimnis mehr. Kein anderer als der Geist hatte hier seine Hände im Spiel.

»Hm«, dachte Paul. »Ob ich das Wasser zum Kaffeekochen verwenden soll? Zum Weggießen ist es eigentlich zu schade. Wir haben nicht mehr viel Wasser an Bord, und wer weiß, ob sich an Land etwas finden wird. Unsinn, ich bin doch kein Narr! Geister machen kein Feuer an, setzen auch nicht Wasser zum Kochen auf. Heik meinte, Tritte an Deck gehört zu haben. Es muss also einer aufgestanden sein und das Feuer angeschürt haben.«

Zehn Minuten später hatte er einen Blechtopf voll von heißem, duftendem Kaffee in den kalten Händen. Dabei wanderten seine

Gedanken weit fort nach der fernen Heimat an der Nordsee. Während er so traumverloren vor dem warmen Feuer stand, vernahm er Schritte, und gleich darauf trat Towe in die Kombüse. Der schnüffelte vergnüglich und ließ sich auch einen Pott voll Kaffee reichen.

»Hast ein schönes warmes Feuer gemacht«, schmunzelte er.

»Bist schon lange hier? - Paul sagte ihm, dass er vorhin erst gekommen sei, das Feuer aber bereits brennend und den Kessel kochend gefunden habe. Towe zeigte keine Verwunderung. Dann müsse eben ein anderer vor ihm da gewesen sein. Darauf fing er an zu plaudern.

»Wird ein Stück Arbeit geben, den alten Kasten wieder aufzutragen«, sagte er. »Wie gut, dass die schönen Reservespieren nicht mit über Bord gegangen sind.«

»Ja«, erwiderte Paul nachdenklich, »eine ganze Zeit wird es dauern, ehe wir wieder klar sind. Bis dahin werden sie uns zu Hause wohl längst für tot halten. Wenn wir dann aber unversehens wieder da sind, Towe - was?«

»Na, das wird eine Freude! Und dann kommen die Hochzeit und ein Hühnerhof und ein feines Eiergeschäft. Ein Eiergeschäft bringt Geld, Paul, das kann ich dir sagen. Und wenn das läuft, kaufen wir uns ein kleines gemütliches Häuschen, meine Katje und ich. Und dann ...«

»Stopp, Towe«, unterbrach Paul die Zukunftspläne des Matrosen.

»Zuerst müssen wir die *Hallig* aufgetakelt haben, und dann mit ihr aus diesem Loch wieder herausfahren. Bis dahin kann noch viel Zeit vergehen und auch noch manches passieren.« - So saßen die beiden vor dem knisternden Feuer, bis der Tag anbrach. Dann brachten sie frisch gekochten Kaffee in die Kajüte und weckten den Schiffer und den Griechen.

Obwohl es nicht an notwendiger Arbeit fehlte, beschloss Jaspersen, vor allem anderen eine Bootsfahrt zur Erforschung des Hafens zu unternehmen, um die Örtlichkeit kennenzulernen, wo die *Hallig* voraussichtlich manch langen Monat würde zubringen müssen. Der Proviant wurde aus dem Boot genommen und dieses zu Wasser gebracht. Gazzi blieb an Bord, um auf Heik Weers achtzugeben und sich in der Kombüse nützlich zu machen. Es wurde ihm eingeschärft, um Sonnenuntergang ein tüchtiges Mahl bereitzuhalten, denn solange sollte die Expedition ausgedehnt werden.

Aus dem Waffenvorrat des Schiffes versah sich jeder mit einem Revolver und Munition. Jaspersen nahm außerdem die Schrotflinte des verstorbenen Kapitäns mit sich. So ausgerüstet machten sich die drei Abenteurer auf die Fahrt.

»Glauben Sie, Keppen Jaspersen, dass die Insel bewohnt ist?«, fragte Towe, während er kräftig seinen Riemen handhabe. - »Ich habe über eine Woche die Sonne nicht nehmen, also auch kein Besteck ausrechnen können«, antwortete der Schiffer, »ich denke mir aber, dass wir hier eine von den Inseln der Crozetgruppe angelaufen sind. Trifft das zu, dann ist das Land unbewohnt und neu und wüst. Mit diesem Hafen aber, der - soviel ich weiß - noch auf keiner Karte verzeichnet ist, können wir sehr zufrieden sein.«

»Das hört sich gut an. Dafür muss er nun aber auch einen Namen bekommen.«

»Gut, nennen wir ihn Jaspersenhafen«, entgegnete der Schiffer lächelnd. Auch Towe erklärte sich damit einverstanden, fügte aber hinzu, dass sich Katjehafen auch sehr gut angehört haben würde.

Sie liefen die Klippen an, die im Mittelpunkt des Hafens lagen und der *Hallig* beinahe verderblich geworden wären. Diese bildeten eine fast zusammenhängende Steinmasse von zehn Faden Länge und fünf Faden Breite und waren oben flach, zwei hoch und spitz wie Kirchtürme aufragende Felsenobelisken an den Seiten ausgenommen. Von dort aus ging es dem Gestade zu, das bald erreicht war. Paul sprang zuerst an Land und machte die Fangleine des Bootes an einem Stein fest. Die beiden anderen folgten.

»Junge, Junge, hoffentlich ist die Insel nicht bewohnt!«, sagte Towe. »Na, man los!« - Sie schlugen unter des Schiffers Führung die Richtung nach der offenen See ein, um einen Ort zu finden, wo man einen Flaggenmast aufrichten und durch Notsignale die Aufmerksamkeit vorübersegelnder Schiffe auf die Insel richten konnte. Nach stundenlangem Steigen, Klimmen und Springen gelangten sie auf einen Gipfel, der eine ebene Fläche von etwa hundert Faden Umfang bildete. Von hier aus überschaute man die unendliche See. Obwohl nur eine schwache Brise wehte, so stand die Brandung doch noch immer gewaltig hoch und umtoste den Strand mit donnerndem Gebrüll. Auf Anordnung des Schiffers trennte man sich hier. Paul sollte die Forschung in südlicher Richtung fortsetzen, Towe hatte nach Osten und Jaspersen nach Norden zu wandern. Bei dem Boot wollte man sich wieder treffen. Vor allem galt es, Wasser zu finden. Dabei sollte jeder sein Augenmerk auch auf die Vegetation richten und Exemplare von Pflanzen, die er für nützlich und verwendbar hielt, mitbringen.

»Gefahr ist nicht zu fürchten«, sagte der Schiffer, als sie sich trennten. »Außer einigen Vogelarten gibt es dem Anschein nach kein lebendes Wesen auf dieser Insel.«

Es dunkelte bereits, als Paul müde und hungrig das Boot wieder erreichte. Er legte die Ergebnisse seiner Forschung auf den Boden des Fahrzeugs und setzte sich auf einen Stein. Das Schiff sah unheimlich und verlassen aus, wie es ohne Masten und zum Teil auch ohne Schanzkleidung dort drüben auf dem schwarzen Wasser des Hafens lag. Recht wie ein Gespensterschiff, dachte er. Ich wollte, Keppen Jaspersen und Towe kämen. Es wird bald ganz finster sein.

Kaum hatte er diesem Wunsch Raum gegeben, da erschien der Matrose, beladen mit erbeuteten Vögeln und Pflanzen.

»Mein Urgroßvater ist Waldhüter oder Wilddieb gewesen«, sagte er, und warf seine Last ins Boot. »Ich weiß nicht mehr, was von beiden, und ich bin als Apfel nicht weit vom Stamm gefallen. Schau her, Paul, Pinguine, Kaptauben und Kohlköpp. Junge, Junge, das gibt eine frische Suppe. Dann erzählte er, dass er die beiden Pinguine und die drei Kaptauben mit dem Revolver erlegt habe, und dass die Insel auf der anderen Seite von diesen Vögeln wimmelte. Auch gebe es mehr Vegetation als auf dieser Seite. Er redete noch, da kam auch der Schiffer an. Der kam mit leeren Händen, da er sich nur mit der Erforschung der merkwürdigen Strömung befasst hatte, die die *Hallig* in den Hafen geführt hatte. Sie stießen ab und ruderten dem Schiff zu.

»Warum der Grieche wohl keine Laterne am Fallreep angebracht hat?«, fragte der Schiffer. »Wenn es noch dunkler geworden wäre, dann hätten wir die Bark kaum gefunden.«

»Er wird wohl eingeschlafen sein«, bemerkte Towe. »Ist auch kein Wunder bei all der Arbeit hier.«

In der Nähe des Schiffes angelangt, rief er es an.

»Hallig ahoi!«

Keine Antwort.

»Springt an Deck, Towe«, sagte der Schiffer. »Nehmt die Fangleine mit und macht sie fest.«

Gleich darauf waren alle drei an Deck. Towe ging zur Kombüse.

»Da ist kein Feuer«, rief er. »Kein Mensch zu sehen!«

Der Schiffer und Paul erstiegen das Kampanjedeck und der Erstere rief in die Luke hinunter: »Ahoi da unten!«

Sie hörten Heik Weers Antwort geben, verstanden jedoch nicht, was er ihnen zurief.

Die Kajüte war dunkel.

»Gazzi! Wo stecken Sie?«, schrie jetzt der Schiffer.

»Hier«, kam die Stimme des Griechen dumpf herauf.

Sie gingen die Treppe hinunter, mit ihnen auch Towe. Da der Grieche sich nicht meldete, zündete Towe ein Streichhölzchen an und brachte die Lampe in Brand.

»Was zum Teufel ist hier unten los?«, fragte er, sich rings umsehend. Heik Weers lag in seiner Koje, und wenn er sich auch sonst kaum rühren konnte, so wurde jetzt doch seine Zunge lebendig genug. Neben ihm auf dem Fußboden kauerte Gazzi. Sein gelbes Gesicht war leichenblass, er fixierte die Eingetretenen mit weit aufgerissenen Augen und stand nicht eher auf, bis er sich überzeugt hatte, dass sich seine Schiffsmaaten und keine Gespenster vor ihm befanden.

»Diesen verdammten Griechen sollte man aufhängen, Keppen Jaspersen«, sagte Heik in hellem Zorn. »An der Nock von der Großrah! Er hat in seinem Leben schon so viele Leute umgebracht, dass ihre Geister nun überall, wo er geht und steht, hinter ihm her sind. Seit Stunden ist er hier, Kaptein, da kam er die Kampanjetreppe herunter wie ein Verrückter und hat sich hier bei meiner Koje neben mich gesetzt und sagt, als er in die Kombüse kam und Essen kochen wollte, da wäre ein Gespenst gekommen, das wie ein junges Mädchen ausgesehen hat und in die Kombüse hereinschaute. Und was tut er? Er kommt hierher und versteckt sich bei meiner Koje, und so sehr ich ihm auch zurede, er geht nicht mehr nach oben. Nicht einmal die Lampe wollte er anzünden. Man sollte ihn aufhängen!«

»Das sage ich auch!«, rief Towe entrüstet.

»Wenn ich Ihren Rat bräuchte, dann würde ich danach fragen«, sagte der Schiffer.

»Und gekocht hat er auch nichts«, rief Towe noch entrüsteter.

»Dann sehen Sie gefälligst zu, dass Sie schnell in die Kombüse kommen und besorgen Sie das selber. Wir haben Hunger!«

»Jawoll, Kaptein«, antwortete Towe und schob unwillig ab.

Paul folgte ihm auf des Schiffers Geheiß, um ihm zur Hand zu gehen.

»Bring den Kram aus dem Boot an Deck, Paul«, sagte der Matrose, »ich zünde inzwischen Feuer an.«

Paul schaffte das Geflügel und das Gemüse herauf, brachte das Boot achteraus unter das Heck und kehrte dann zu seinem Freund zurück, der sogleich wieder von dem Griechen und von dem Gespenst anfing, das dieser gesehen haben wollte. Paul hörte eine Weile stillschweigend zu, dann sagte er: »Ihr mögt darüber denken und reden wie ihr wollt, du und Heik, aber auch ich habe die Gestalt eines Mädchens hier an der Kombüsetür gesehen, genau so wie der Grieche sie beschrieben hat. Da ich aber soeben aus dem Schlaf gekommen war, redete ich mir ein, dass das wohl nur ein Traum gewesen sei.«

»Ich behaupte ja gar nicht, dass es hier an Bord der *Hallig* keinen Spuk geben würde«, entgegnete Towe, »denn jeder von uns hat hier schon etwas Gespensterhaftes gesehen oder gehört. Und ist das Verschwinden der alten Mannschaft nicht auch eine geheimnisvolle Sache? Das gelbe Fieber ist schuld, so steht es im Logbuch. Ich sage aber, die Leute sind vor lauter Angst und Furcht von Bord gegangen. Das ist aber kein Grund für Gazzi, uns kein Abendbrot zu machen. Ein Gespenst ist kein angenehmer Schiffsmaat, aber so ein Ding muss mich doch nicht daran hindern, meine Schuldigkeit zu tun. Mir können solche Halluzinationen nichts anhaben.«

Das Abendbrot, bestehend aus Pfannkuchen, konserviertem Fleisch und Tee, stand bald auf dem Tisch. Zur Herrichtung des Geflügels hatte die Zeit nicht gereicht. Der Schiffer war in bester Stimmung. Er glaubte herausgefunden zu haben, dass die Meeresströmung, die sie in das Hafenbecken hineingetrieben hatte, nicht zu den immerwährenden gehörte, sondern dass sie wahrscheinlich durch den anhaltenden Orkan, vielleicht auch durch einen unterseeischen vulkanischen Vorgang veranlasst worden war.

»Von solchen unterseeischen vulkanischen Störungen und Eruptionen weiß ich ein Wort mitzureden«, sagte er. »Es ist noch gar nicht lange her, da habe ich etwas erlebt, was ich mein Lebtag nicht vergessen werde.«

»Ach bitte, erzählen Sie, Keppen Jaspersen«, drängte Paul. «Wir sitzen hier so traulich beisammen - ach bitte!«

»Ein andermal«, sagte der Schiffer, wir werden noch oft genug hier beisammen sitzen.«

Und wieder auf die Strömung zurückkommend, äußerte er seine Ansicht dahin, dass dieselbe vielleicht ganz verschwinden würde, wenn das Wetter auf längere Zeit ruhig bleibe. Seitdem der Wind nachgelassen, habe sie jetzt bereits kaum noch eine Geschwindigkeit von drei oder vier Knoten.

Der einzige, dem Towes Pfannkuchen nicht zu schmecken schienen, war der Grieche, der unablässig verstohlen nach der Kampanjetreppe schielte, als fürchte er, dort jeden Augenblick eine Schreckgestalt erscheinen zu sehen.

»Du magst meine Pfannkuchen wohl nicht?«, fragte Towe. »Iss mal so viel du kannst. Du hast den ganzen Tag wieder nichts getan, als in Heiks Kammer zu sitzen, darum kannst du jetzt auch die ganze Nacht Ankerwache halten, nicht wahr, Kaptein?«

»Nein, das soll er nicht«, sagte der Schiffer. »In diesem sicheren Hafen braucht niemand Ankerwache zu halten. Und lasst mir den Mann jetzt endlich in Ruhe, er kann nichts für seinen Aberglauben, alle seine Landsleute sind abergläubisch.«

»Oh, dann bin ich aber froh, dass ich kein Grieche bin!«, rief Towe und lachte.

»Behalten Sie Ihre Freude für sich und lassen Sie uns hören, was Sie an Land gesehen und gefunden haben«, sagte der Schiffer. »Das wird richtiger das sein, als fortwährend an einem Schiffsmaaten etwas auszusetzen.«

»Jawoll, Kaptein. Ich habe also die Gegend entdeckt, wo die Vögel wohnen. Da fliegen nicht nur zwei oder drei umher, wie auf dieser Seite, nein, Millionen fliegen da herum, Kaptauben, Albatrosse, Pinguine und all so ein Zeug. Die Pinguine sitzen nur, die fliegen nicht. Und die Eier! Junge, Junge! Wenn ich einmal mit Katje so ein Eiergeschäft in Gang bringen könnte! Diese Eier sind so fein zu essen. Solange wir hier leben, müssen wir keine Nahrungssorgen fürchten. Und Kohl habe ich auch gefunden.« Er holte eine großblättrige Pflanze aus seiner Koje und reichte sie dem Schiffer.

»Großartig, was?«, sagte er triumphierend.

Jaspersen betrachtete die Pflanze, beroch sie, kostete davon und erklärte dann, seiner Meinung nach wäre das Kerguelenkohl, eine Pflanze, die zuerst auf den Kerguelen gefunden worden sei, einer Inselgruppe, die ungefähr in derselben Breite wie die Crozets, aber weiter östlich liege. Er habe von den guten Eigenschaften dieses Kohls manches gehört und gelesen, und wenn dies die richtige Art wäre, dann müsse man Towes Entdeckungen mit Freude begrüßen. Gleich morgen solle eine Probe davon gekocht werden, und habe diese einen Kohlrabigeschmack, dann wäre es der echte Kerguelenkohl.

»Aber wer soll das Zeug zuerst kosten?«, warf Towe ein. »Ich bedanke mich dafür, denn weiß man denn, ob das nicht vielleicht giftig ist? Ich will heiraten, wenn ich nach Hause komme. Lass einen von den ledigen Leuten den Kohl probieren. Da ist Heik Weers, der ist ein Junggeselle und hat in der letzten Zeit keine Arbeit hier an Bord getan.«

»Ich bedanke mich gleichfalls recht schön«, rief Heik aus seiner Koje herüber, »ich befinde mich in schwächsten Gesundheitsumständen und muss daher sehr Diät leben, hat der Doktor gesagt. Du hast das Zeug an Bord gebracht, alter Junge, darum musst du das auch probieren. Die Güte einer Entdeckung muss immer erst probiert werden, ehe man sie der Öffentlichkeit übergeben kann. Ist der Kohl ein gutes und gesundes Nahrungsmittel, dann wirst du als ein berühmter Entdecker gelten, und vergiftetest du dich damit, schadet es nichts!«

»So? Es schadet nichts, sagst du?«, rief Towe. »Ist Katje nachher nicht eine Witwe?«

»Genug davon!«, sagte der Schiffer. »Was hat Paul gefunden?« - »Auch ich habe Kohlpflanzen mitgebracht«, antwortete dieser, »auch viele Vögel habe ich gesehen, aber das Beste ist, dass ich gutes Trinkwasser entdeckt habe, und zwar einen ganzen munter plätschernden Bach voll.«

»Das ist eine willkommene Nachricht!«, rief Keppen Jaspersen erfreut. »Ich war bereits in Sorge, denn unser Wasservorrat geht stark zur Neige. Es ist zwar wohl möglich, dass irgendwo im Raum noch ein Wassertank vorhanden ist. Wir müssen nächstens danach suchen.«

»Vielleicht finden wir dabei auch das Nest, wo das Gespenst sitzt«, brummte Towe und warf einen spöttischen Blick auf den Griechen.

Der Schiffer bemerkte diesen Blick mit Missfallen und sagte:

»Wenn ich vorhin die Äußerung tat, dass Gazzis Landsleute alle abergläubisch seien und ihm daher aus seinem Aberglauben kein Vorwurf gemacht werden solle, so wollte ich damit keineswegs gesagt haben, dass deutsche Seeleute von dieser Torheit ganz frei seien. Im Gegenteil, unsere Janmaaten haben durchaus kein Recht, sich über andere zu stellen. Die meisten halten es heutzutage noch für Unglück verheißend, wenn eine Frau sich an Bord befindet, Kinder dagegen sollen guten Wind bringen. Dir Torheit geht noch weiter. Noch vor dreißig Jahren lebte an der Schlei im Schleswigschen eine alte Frau, die an die Seefahrer Wind verkaufte und auch wirklich manchen

Abnehmer fand. Sie gab dem Käufer ein Endchen Leine mit Knoten darin. Löste man den ersten Knoten, dann gab es guten Wind. Der zweite brachte schlechtes Wetter, der dritte Sturm. Man sollte so etwas kaum glauben. Man muss die abergläubischen Janmaaten aber auch gerecht beurteilen. Die geheimnisvolle Macht und Majestät der See ist sicherlich angetan, die Phantasie aller Menschen, die einen großen Teil ihres Lebens auf ihr zubringen, mit einer unendlichen Reihe von Vorstellungen und Mutmaßungen zu erfüllen. Die Verwirrnisse zwischen dem, was erklärlich ist, und dem, was unerklärlich bleibt, versetzten Geist und Gemüter vieler Seefahrer gar bald in einen Zustand, der allerlei Aberglauben zu fördern sehr geeignet ist.

»Ich muss gestehen, dass auch ich einmal sehr nahe daran war, abergläubische Anwandlungen zu haben. Sie brauchen mich gar nicht so anzusehen, alter Towe, ich rede in vollem Ernst. Ich will die Geschichte erzählen. Die *Hallig Hooge* ist gerade der rechte Ort dazu, wie ihr bald merken werdet.

Im Jahr 1880 fuhr ich als Steuermann auf der *Helene*, einem Vollschiff von ungefähr der gleichen Größe wie dieser Kasten hier. Wir lagen in dem kleinen Hafen von Port Morant auf Jamaika und warteten auf unsere Zuckerladung. Die Mannschaft bestand aus Leuten aus aller Herren Länder, zusammen vierundzwanzig Köpfe. Die meisten waren erfahrene Matrosen, und ich hatte allen Grund, mit ihnen zufrieden zu sein, einige Kindereien abgerechnet. Wir hatten uns diesen ruhigen Hafen ausgesucht, um hier das Schiff einmal gründlich zu überholen und seine Takelung schmuck und trimm zu machen. So kam es, dass die *Helene* zur Zeit der Begebenheiten, die ich erzählen will, bereits drei Monate auf derselben Stelle, unweit eines alten Wracks, gelegen hatte, dem Überrest eines vor Jahren hier gesunkenen Schiffes, das halb aus dem Wasser ragte. Es war vom Schilf umwachsen und von üppiger tropischer Vegetation übergrünt. Eines Abends saß ich in der Kajüte und legte mir die Schiffsarbeit für den nächsten Tag zurecht. Da kam der zweite Steuermann zu mir herein. Er war einer von jenen tüchtigen finnischen Seefahrern, die man auf den Schiffen aller Nationen antrifft und die man überall hochschätzt.«

»Nun, Söderström«, sagte ich, »was gibt es?«

»Ich weiß nicht, Steuermann«, sagte er verdrossen, »aber das kann nicht mehr so weitergehen. Die Maaten da vorn sind so voll von Furcht und Angst, dass beinahe nichts mehr mit ihnen anzufangen ist. Es muss etwas geschehen, und darum bin ich zu Ihnen gekommen.«

»Die Leute fürchten sich?«, fragte ich ganz erstaunt. »Wovor denn? Soll etwa das gelbe Fieber an Land ausgebrochen sein? Oder ist etwas Wahres an dem Gemunkel von dem Aufstand auf der Insel?« - »Keins von beiden«, sagte Söderström. »Ich wollte, es wäre so etwas, dann wäre die Geschichte nicht so dumm.«

»Da bin ich doch neugierig«, entgegnete ich. »Fürchten die Kerle sich vielleicht vor Gespenstern? Und warum habe ich überhaupt davon noch nichts gehört?«

»Sie haben sich wohl gehütet, mit dem Unsinn zu Ihnen zu kommen.«, antwortete Söderström. »Aber Sie haben es getroffen, Steuermann. Die Leute graulen sich wahrhaftig vor allerlei Spuk und Gespenstern. Schon seit Wochen wollen sie nachts einen Mann ohne Kopf an Deck herumwanken sehen, und dazu soll der Kerl ganz erbärmlich stöhnen und jammern. Sie sind schon seit Wochen nachts kaum noch an Deck zu bekommen, und keiner will allein die Ankerwache halten.«

»Das ist ja eine seltsame Geschichte«, sagte ich lachend, »Wenn sich wirklich ein Spukgeist an Bord eingefunden hat, dann hätte er eigentlich doch zuerst achtern in der Kajüte seinen Antrittsbesuch machen müssen. Aber Scherz beiseite. Halten Sie es für möglich, dass einer oder der andere der Kerle sich einen dummen Streich erlaubt? Ich habe schon einmal einen Bauchredner unter der Mannschaft gehabt. Der Schlingel ließ es eine Zeitlang im ganzen Schiff spuken, bis ich ihn endlich ertappte und ihm das Handwerk legte.«

»Nein, Steuermann«, antwortete Söderström. »Die Leute fürchten sich wirklich. Und zwei von ihnen, Bob und Bill, behaupten steif und fest, den Spuk in der vergangenen Nacht gesehen zu haben. Das haben sie nicht nur mir, sondern auch dem dritten Steuermann erzählt.«

»So«, sagte ich. »Na, dann wollen wir mal vorausgehen und hören, wie die Sache sich verhält.«

»Ich setzte die Mütze auf und machte mich mit dem Zweiten auf den Weg nach dem Mannschaftslogis. Als wir so unerwartet die Treppen herunterkamen, da mochte die Gesellschaft wohl meinen, dass sich jetzt auf einmal zwei Spukgeister statt des einen zeigten, denn einige der Matrosen fuhren mit lauten Schreckensrufen von ihren Kisten in die Höhe. Nachdem sich alles wieder beruhigt hatte, eröffnete ich der Schar den Zweck meines Kommens. Ich erzählte, was ich von dem zweiten Steuermann gehört hatte, und forderte weitere Mitteilungen. Das ließen die Leute sich nicht zweimal sagen. Sie nahmen alle zugleich das Wort, einer immer eifriger und lebhafter als der andere, und jeder versuchte, seinen Nachbarn in der Schilderung der erlebten Schrecknisse zu überbieten.«

»Ungefähr die Hälfte der Leute hatte den Spukgeist in dieser oder jener Form gesehen, aber alle ohne Ausnahme hatten ein Stöhnen und Klagen gehört.«

»Bob und Bill, meine beiden besten Matrosen, die Bootsmannsdienst taten, versicherten ernst und feierlich, dass sie in der vergangenen Nacht den Geist hier unten im Logis gesehen hätten. Er habe an demselben Deckstützbalken gestanden, an dem ich augenblicklich lehnte. Dieser Stützbalken hatte einen Fuß im Durchmesser und war bis auf das etwa zwei Hände breite obere Ende, welches grau war, schwarz gestrichen. Oben im Deck befand sich auf jeder Seite von ihm ein Ochsenauge, um das Tageslicht einzulassen. Die Leute hatten Nägel in den Stützen eingeschlagen und allerlei Kleidungsstücke daran aufgehängt.

»Also hier hat der Geist gestanden, was, Bill?«, fragte ich.

»Ja, genau da, wo Sie jetzt stehen«, rief Bill, ein kräftiger, sehr ansehnlicher Mann. »War gestern Nacht Mondschein?«

»Ja, schöner heller Mondschein in der Mittelwache.«

»Habt ihr den Geist angeredet oder versucht, ihn zu fangen?«

»Fangen - ich - den Geist? Nein, nicht für tausend Dollar hätte ich das versucht! Nicht um alles in der Welt!«

»Na, Bill, gesetzt den Fall, ihr hättet es versucht, dann wäret ihr schnell dahintergekommen, dass der Geist nichts anderes gewesen sein konnte, als dieser Stützen mit dem Zeug, das hier dranhängt, das Ganze beschienen vom Mond da oben durch die beiden Ochsenaugen. Was meinst du dazu, Bill?« Er schwieg, aber sein Gesichtsausdruck verriet mir, dass ich ihn keineswegs überzeugt hatte. Auch die anderen schauten ungläubig drein, und einer wagte endlich die Frage:

»Aber das Stöhnen und das Klagen, Kapitän?«

»Ach was«, antwortete ich, »einige von euch schnarchen natürlich fürchterlich, man kennt das ja, und alles Übrige ist Einbildung.«

Es wurde noch eine Weile hin und her geredet, aber es gelang mir nicht, die Leute von ihrer Meinung abzubringen. Sie hatten den Spuk gesehen und gehört, und das ließen sie sich nicht ausreden. Endlich wurde ich ungeduldig.

»Ich habe nicht Lust, noch weitere Worte an diesen Unsinn zu verschwenden«, rief ich. »Nur das noch will ich euch sagen: Erstens gibt es keine Spukgeister, und wer trotzdem an solche glaubt, ist ein törichter und abergläubischer Mensch, und zweitens gibt es keinen Spukgeist an Bord dieses Schiffes. Merkt euch das! Wenn ihr nicht auf andere Weise zu dieser Einsicht gelangen könnt, dann will ich euch gern die Gelegenheit geben, die ganze Nacht hindurch Jagd auf den Geist zu machen. Ihr wisst, was ich meine. Und nun gute Nacht!«

»Ich gab dem Zweiten die Anweisungen für den folgenden Tag, und dann ließ ich mir die Spukangelegenheit durch den Kopf gehen. Dadurch gelangte ich zur Lösung eines bisher unverständlich gebliebenen Rätsels. Vor kurzem hatten sich verschiedene der Leute mit der Bitte an mich gewandt, ihnen zu gestatten, an Bord anderer Fahrzeuge, die demnächst seeklar waren, anzumustern. Dieses Verlangen wunderte mich weniger deswegen, weil es gegen Gesetz und Ordnung verstieß, als deswegen, weil die *Helene* mit Recht in dem Ruf stand, ein Schiff zu sein, auf dem sich jeder, vom Kapitän bis zum Kajütsjungen, nur wohl und behaglich fühlen konnte.

»Ich hatte den Grund des seltsamen Ansinnens in dem Wunsch nach Veränderung und Unabhängigkeit und Abwechslung vermutet. Jetzt war ich jedoch eines Besseren belehrt. Es war der Spuk, der den Leuten das Schiff verleidete.«

»Und nun wunderte ich mich, warum die Matrosen erst um die Erlaubnis, an Bord anderer Fahrzeuge gehen zu dürfen, gefragt hatten. Eine Erlaubnis, die ich doch gar nicht gewähren konnte. Sie hätten ja einfach auch bei Nacht und Nebel verschwinden können.«

»Es lagen verschiedene Schiffe sowohl in Port Morant als auch in dem benachbarten Hafen Morant Bay, von denen bekannt war, dass sie nur unzureichende Besatzung hatten, und es geschah gar nicht so selten, dass Matrosen wie durch Zauberei plötzlich von einem Schiff verschwanden und an Bord eines anderen wieder auftauchten, wenn es sich so fügte, dass das letztere in der nächtlichen Morgenfrühe in See zu gehen hatte. Die Kapitäne und Steuerleute plagten sich da draußen wenig mit Skrupeln über die Art und Weise, wie sie die Lücken ihrer Mannschaft ergänzten.«

»Meine Matrosen dachten jedoch gar nicht daran, sich diese Umstände zunutze zu machen und einfach vom Schiff abzulaufen. Trotzdem beschloss ich, einen besonders scharfen Ausguck zu halten, sobald ich wahrnehmen würde, dass eins der im Hafen liegenden Schiffe sich anschickte, in See zu gehen.

Nachdem ich die Sache nach allen Seiten reichlich erwogen hatte, ohne zu einem endgültigen Resultat zu kommen, ging ich zur Koje. Vorher aber überzeugte ich mich davon, dass die Ankerwache auch richtig besetzt war. Während der beiden folgenden Tage ging alles an Bord seinen gewohnten Gang, und ich hörte nichts von dem Spukgeist. Aber auch meine Stunde sollte kommen. Eines Abends hatte ich dem Zweiten und den Bootsleuten Bob und Bill Urlaub gegeben, an Land zu gehen. Der Kapitän befand sich bereits seit Wochen in Kingston, und so saß ich ganz allein in der Kajüte und probierte eine neue Tonpfeife. Plötzlich vernahm ich einen Laut, der wie halbersticktes Stöhnen klang, und aus dem vorderen Teil der Kajüte und von Backbord zu kommen schien. Das Stöhnen wiederholte sich, und zwar in Zwischenräumen, in denen etwa ein Mensch schwere Atemzüge tut. Ich blickte auf die Lampe. Sie brannte hell und gelb und nicht etwa bläulich, wie dies bei Geistererscheinungen gebräuchlich sein soll. Auch ließ sich kein übernatürliches Wesen erkennen. Die unheimlichen Töne näherten sich, schienen jetzt aber aus dem Zwischendeck zu kommen. Ich hatte die Überzeugung, dass dies eine Veranstaltung der Matrosen sei, die vielleicht meine Nervenstärke erproben wollten. Die Kerle wussten, dass außer mir keiner von den Offizieren an Bord war. Kurz entschlossen zog ich meine Schuhe an, zündete eine Blendlaterne an, ergriff einen kurzen Knüppel aus Hartholz und machte mich auf, den Geist zu suchen.

Die Luken waren alle dicht gemacht bis auf einen Teil der Großluk. Hier stieg ich ins Zwischendeck hinab, trug die Leiter beiseite, damit ohne mein Wissen niemand entweichen könne, und ging nach achtern, wo das Stöhnen immer lauter wurde. Noch ehe ich jedoch den Kreuzmast passiert hatte, waren die Klagelaute direkt unter mir. Ich muss gestehen, dass diese Wahrnehmung mich just nicht angenehm berührte. Mein Stolz aber ließ keinen Rückzug zu, noch weniger aber der Gedanke, dass dem Spuk dennoch ein Schabernack zugrunde liegen könnte. Ich ging also zur Großluk zurück und stieg hinab ins zweite Zwischendeck, ohne aber diesmal die Leiter wegzunehmen. Den Strahl der Blendlaterne weit vorauswerfend, schritt ich vorsichtig und auf alles Mögliche gefasst wieder nach achtern. Meine Besorgnis war unnötig, denn in der Gegend des Geistergestöhns angelangt, hörte ich die Töne abermals unter meinen Füßen im Ballastraum. Jetzt wurde mir das Ding allen Ernstes unheimlich. Ich will nicht sagen, dass sich mir die Haare auf dem Kopf empor sträubten, aber so viel ist gewiss, dass meine Füße wie angewurzelt standen und mein Glaube an die Natürlichkeit aller Dinge wie auch mein Selbstvertrauen einigermaßen in Bedrängnis kamen. Ich zögerte und zweifelte und trat endlich mit dem Gedanken, die Untersuchung nach der Rückkehr meiner Matrosen und mit deren Beistand fortzusetzen, einen unrühmlichen und ziemlich eilfertigen Rückzug an. Aber auch in der Kajüte sollte ich keine Ruhe finden. Denn jetzt stöhnte hier der Spuk dem Anschein nach dicht unter den Planken des Fußbodens. Da fiel mir der Zimmermann ein, ein stämmiger Holländer. Ich pochte an seine Kammertür und purrte ihn aus dem Schlaf.

»Hören Sie das Gestöhn, Zimmermann?«

»Jawoll, Steuermann. Aber ich stecke mir den Kopf unter die Decken, dann höre ich es nicht.«

»Na gut, aber jetzt gehen Sie mit mir in den Raum und da wollen wir sehen, ob wir den Spuk nicht finden.«

»Donnerschlag! Nein, Steuermann, das mache ich nicht! Ich bleibe hier.«

»Sie kommen mit, Zimmermann! Seien Sie doch kein Kind!«, rief ich ungeduldig. »Ich bin gerade dort gewesen, aber ich möchte zu zweit sein, damit wir den Matrosen, die sich diesen Spaß machen, das Fürchten lehren!«

Das leuchtete dem Zimmermann ein. Er folgte mir zur Großluk und bald befanden wir uns im untersten Raum. Wir gingen über den Ballast dem Achterteil zu. Die spukhaften Töne wurden lauter und schrecklicher. Endlich standen wir am Achtersteven. Das Stöhnen kam trauervoll aus den Planken zu unseren Füßen, aber außer uns selbst war niemand zu sehen.

Ob ich mich fürchtete, weiß ich nicht. Wohl aber weiß ich, dass mir das Herz so gewaltsam in der Brust klopfte wie nie zuvor. Der Zimmermann war leichenblass geworden, und dicke Schweißtropfen perlten ihm auf der Stirn. Nachdem wir den unerklärlichen Tönen eine Minute lang gelauscht hatten, kehrten wir zusammen in die Kajüte zurück. Der Zimmermann wollte nicht eher wieder in seine Koje gehen, bis der zweite Steuermann wieder an Bord war, der die Kammer mit ihm teilte.

Als die Beurlaubtgewesenen endlich anlangten, gingen wir alle noch einmal hinab in den Ballastraum und hörten den

Schreckenstönen zu, die in dem Plankenwerk hin und her zu wandern schienen. Ihre Ursache blieb uns verborgen. Wir mussten zugestehen, dass die Matrosen im Logis doch nicht so grundlos in Furcht geraten waren.

Wir lagen noch zwei Monate länger in Port Morant, und da aus der Spukangelegenheit kein Geheimnis gemacht wurde, erhielt die alte *Helene* bald die Bezeichnung »Gespensterschiff«. Wir hatten noch manche fröhliche Gesellschaft in der Kajüte, Gäste sowohl von den wenigen hier einlaufenden Fahrzeugen als auch vom Land, und wenn ich diesen einen besonderen Genuss bereiten wollte, dann führte ich sie hinunter in den Raum und ließ sie den unablässigen Klagen des quälenden Geistes lauschen, der unser Schiff zu seinem Aufenthaltsort gemacht hatte.

Endlich war die Ladung, Zucker und Rum, eingenommen und der Tag der Abfahrt erschienen. Der kleine Schleppdampfer *Swan* aus Morant Bay war beordert, die *Helene* ein Stück hinauszuschleppen. Ich befand mich auf meinem Posten vorn auf der Back. Der Dampfer sollte soeben die Trosse empfangen, da rief mir der Kapitän desselben zu, ihm doch schnell eine Harpune zu reichen. Der Zimmermann langte meine neue Patentharpune hinüber. Gleich darauf entstand eine heftig tobende Bewegung im Wasser - ein Hurra von der Mannschaft des *Swan* und ... unser Spukgeist lag zappelnd und wütend um sich schlagend an Deck des kleinen Dampfers. Es war ein Trommelfisch, ein Kerl von ganz außerordentlicher Größe, der dort an Deck des Schleppers sein Leben aushauchte. Ein Fisch, der in den äquatorialen Gewässern nicht allzu selten ist und seinen Namen den hohlen, gurgelnden Lauten verdankt, die er bei seinen Bewegungen im Wasser hören lässt.

Das Tier war gegen sechs Fuß lang und wog gegen vierhundert Pfund. Wir teilten uns mit dem *Swan* die Beute und nahmen etwa zweihundert Pfund von dem wohlschmeckenden Fleisch des Fisches an Bord - als willkommene Ergänzung unseres Proviantvorrats. Den größten Teil davon musste der Koch natürlich einsalzen, damit er in der Wärme nicht verdarb. Dann hievten wir den Anker auf und verließen den Hafen. Trotzdem aber nun der Trommelfisch gefangen und den Leuten gezeigt worden war, der Spuk also eine ganz natürliche Erklärung gefunden hatte, hielt dennoch ein Teil der Mannschaft an dem alten Aberglauben fest, und die *Helene* behielt den Namen »Gespensterschiff«, solange sie noch existierte. Sie ist im Jahre 1885 auf der Bahamabank zugrunde gegangen, wie ich später hörte. Jener Fisch aber hatte sich, wie seine Art zu tun pflegt, den engen, verdunkelten Raum zwischen der *Helene* und dem schilfumwucherten Wrack im Hafen von Port Morant zum dauernden Aufenthaltsort ausersehen, der ihm noch dadurch passender erschienen sein mochte, dass auch unser Schiff mit seinem Kiel tief im Schlamm des Grundes gesessen hatte. Das Ding war also ganz natürlich zugegangen. Der Fisch hatte draußen im Wasser, dicht an den Planken der *Helene*, seine Lieder gesungen, und wir hatten jenen Ton davon binnenbords gehört.«

»Dann muss er aber eine gute Lunge gehabt haben«, sagte Paul, »dass man den Gesang durch soundso viel Fuß Wasser und dann durch die doppelte Holzbeplankung so deutlich hören konnte. Ich dachte immer, im Wasser müsste jeder Ton ersticken.«

»Da warst du im dicken Irrtum, mein Junge«, entgegnete der Schiffer. »Das Wasser ist der allerbeste Schallleiter, das wissen die Fischer schon längst. Wenn sie das Ohr an einen ins Wasser getauchten Riemen halten, dann können Sie genau hören, wenn in der Ferne ein Dampfer vorbeifährt. Zu demselben Zweck legen Lotsen das Ohr auf die Deckplanken ihres Fahrzeugs. Man hat Experimente zur Messung der Geschwindigkeit der Schallwellen im Wasser angestellt, da hat sich ergeben, dass das Wasser die in ihm erzeugten Schallwellen viermal so schnell als die Luft fortleitet. Daraus folgt, dass auf die gleiche Entfernung der Ton unter Wasser viermal so laut gehört wird als in der Luft.« »Das habe ich noch nicht gewusst«, erwiderte Paul »bei Gelegenheit muss ich das einmal probieren.« »Ich wusste das schon lange«, sagte Towe, »das Hören mit dem Riemen, meine ich. Ich habe mich immer darüber gewundert, wie das möglich sein kann. Aber jetzt, wo Keppen Jaspersen uns das so fein erklärt hat, weiß ich Bescheid. Auf die Schallwellen kommt es an, wenn es manchmal an Bord spukt. Merk dir das, Gazzi, auf die Schallwellen! Wenn der Geist - », er unterbrach sich und sah erstaunt den Griechen an, auf den auch die Blicke des Schiffers und Pauls gerichtet waren. Der Mensch zitterte heftig und hatte des Letzteren Arm gepackt.

»Mein Gott!«, stieß Gazzi hervor. »Siehst du es denn nicht?« Dabei lugte er scheu und angstvoll zum Scheilicht hinauf. Paul folgte seinen Blick. Die Presenning, die man über das zersplitterte Fenster gedeckt hatte, war an einer Ecke aufgehoben, und durch die Lücke schaute ein geisterbleiches Antlitz hernieder, dasselbe von wirrem Haar umgebene Mädchenantlitz, das er in jener Nacht in der

Kombüse gesehen hatte. Kalt wehte die Brise durch die Öffnung herein, die Lampe flackerte auf und erlosch, und alle saßen im Dunkeln. Der Schiffer sprang in Eile an Deck hinauf, Paul hinter ihm drein. Die Nacht war stockfinster, sie sahen nichts. Inzwischen zündete Towe unten wieder die Lampe an. Dann setzte er ruhig seine Pfeife in Brand und begab sich ebenfalls an Deck. Der Schiffer und Paul standen vorn an der Brustwehr des Kampanjedecks.

»Ich habe sie schon einmal gesehen«, sagte Paul, als Towe herankam. »Ich sagte nichts davon, weil ich geträumt zu haben meinte.« Und er berichtete dem Kapitän von dem Ereignis. »Jetzt aber will ich nicht ruhen, bis ich hinter das Geheimnis dieses Gespenstes gekommen bin«, fügte er hinzu. »Ich werde es stellen, und es soll mir Rede stehen.«

»Das dürfte dir Schwierigkeiten bereiten«, entgegnete der Schiffer. »Wenn dieses Wesen - Geist, Spuk, Gespenst oder was immer es sein mag - gesonnen wäre, Mitteilungen zu machen, dann würde es nicht immer entfliehen, wenn es merkt, dass man seiner ansichtig geworden ist.«

»Lassen Sie ihn nur machen, Keppen Jaspersen«, warf Towe ein. »Er ist ein Pastorssohn, und die Geistlichkeit hat sich von Adams Zeiten her schon immer mit dem Gespensterbannen befasst. Wie der Vater, so der Sohn, sage ich. Wenn einer von uns diesem Geist die Beichte abnehmen kann, dann ist sicher Paul der Mann dazu.«

Damit ging er wieder unter Deck, um zu hören, wie sein Freund Heik über diese Sache dachte. Nachdem der Kapitän mit Paul noch dies und das über die seltsamen Vorgänge an Bord geredet hatte, verfügten auch sie sich in ihre Kammern, und bald lagen, mit Ausnahme Pauls, alle Mann in festem Schlaf. Der junge Mann konnte kein Auge schließen. Je mehr er über die Erscheinung nachdachte, desto fester wurde in ihm die Überzeugung, dass man es hier nicht mit einem Geist, sondern mit einem leibhaftigen Mädchen zu tun habe, dass sich irgendwo im Schiff verborgen halte. An welchem Ort und aus welchem Grund, das war freilich ein Rätsel. Schon mehrmals hatte er daran denken müssen, dass in dem Logbuch, das der verstorbene Kapitän geführt hatte, von einem weiblichen Wesen die Rede gewesen war.

»Ich muss dahinterkommen«, sagte er zu sich selbst, »und zwar je eher je besser.«

Entschlossen sprang er aus der Koje, kleidete sich schnell und geräuschlos an und ging an Deck. Das hohe, bergige Land ringsumher ließ die Nacht noch dunkler erscheinen. Als er an der Treppe stand, die zum Hauptdeck hinabführte, war ihm so unheimlich zumute, dass er schon daran dachte, lieber wieder umzukehren. Misstrauisch schaute er zur Kombüse hinüber. Dort drinnen musste es längst wieder kalt sein, da über zwei Stunden vergangen waren, seit Towe zuletzt mit dem Feuer zu tun gehabt hatte.

Aber was war das? Wirbelten da nicht soeben Funken aus dem Schornstein auf, als ob jemand das Feuer schürte?

Das kann kein Geist sein, dachte er. Geister machen sich nicht mit Feuer zu schaffen, die haben nicht das Bedürfnis sich zu wärmen. Er zog die Schuhe aus und stahl sich unhörbar die Treppe hinab und über das finstere Deck. Wieder erschienen einige Funken über den Schornstein, in der schwarzen Dunkelheit schnell erlöschend. Die Kombüsentür auf Steuerbord war geschlossen, die auf der Backbordseite stand halb offen. Beide Türen waren notdürftig wiederhergestellt worden. Mit äußerster Vorsicht und auf den Fußspitzen schlich er herzu und lugte hinein. In der Maschine brannte ein helles Feuer. Davor auf der Bank saß ein junges Mädchen, die Hände im Schoß. Sie schaute unverwandt in die Glut, die ihr abgehärmtes, liebliches Gesicht mit rötlichem Schimmer übergoss. Sie saß ganz still und achtete der Tränen nicht, die über ihre Wangen herabbrannten. Das war kein Geist, das war ein armes, leidendes Menschenkind. Jetzt begann sie sich zu regen. Sie krampfte die Hände ineinander, hob sie empor und schluchzte, als müsse ihr das Herz brechen.

»O Vater, lieber Vater«, rief sie leise, »warum musstest du mich verlassen!«

Tiefes Mitleid erwachte in Pauls Herzen. Auch seine Augen füllten sich mit Tränen. Ohne sich länger zu besinnen, trat er in die Kombüse. Das Mädchen starrte ihn einen Augenblick entsetzt an, dann sprang sie auf und stürzte auf die Steuerbordtür zu, um sie aufzureißen. Paul, der befürchtete, dass sie sich in ihrer Angst über Bord werfen könnte, hielt sie mit sanfter Gewalt zurück. Da stieß sie ein markdurchbohrendes Geschrei aus.

»Hilfe!«, schrie sie. »Mörder! Lassen Sie mich los! Vater! Vater!« Dann sank sie ohnmächtig zusammen und Paul hatte alle Mühe, sie vor einem schweren Fall zu bewahren und auf die Bank niederzulassen.

Elftes Kapitel

Was die anderen dazu sagten. - Wie Heik Weers den
Robinson für einen Raubmörder und Brandstifter hält.
Paul und Dora. - Sie ist ein Engel.

Das Geschrei hatte alle Mann aus dem Schlaf geschreckt. Der Schiffer, Towe und Gazzi kamen in eiliger Überstürzung herbeigelaufen.

»Paul, wo bist du?«, rief der Erstere.

»Hier in der Kombüse«, ich habe den Geist.

Das Erstaunen der drei beim Anblick des bewusstlosen Mädchens ist nicht zu beschreiben.

»Junge, Junge!«, sagte Towe, »ich habe mir das Gespenst ganz anders vorgestellt. Das hier hat gar keinen Totenkopf. Das ist ja ein ganz hübsches Mädchen.«

»Wollen sie achteraus bringen, ehe sie wieder zu sich kommt«, sagte der Schiffer kurz entschlossen. »Hier können wir sie nicht lassen.«

Er nahm die Leblose auf und trug sie unter Pauls Beistand in die Kajüte, wo sie in des jungen Mannes Koje niedergelegt wurde, bis eine andere für sie hergerichtet sein würde. Paul benetzte ihr Antlitz mit kaltem Wasser, Keppen Jaspersen kramte in der Medizinkiste nach Wiederbelebungsmitteln, und als er nichts Derartiges fand, riet Towe, der Patientin einen Schluck Grog zu geben.

»Von dem schlechten Rum, den wir hier neulich in dem einen Fass vorgefunden haben«, fügte er hinzu. »Der brennt so furchtbar, dass sie davon aufwachen müsste.«

Sie standen noch ratlos, da schlug das Mädchen die Augen auf und blickte wirr und abwesend um sich.

»Fürchten Sie sich nicht«, sagte Paul mit sanfter Stimme, »Sie sind unter Freunden. Hier tut Ihnen niemand etwas zu Leide.«

Es schien, als hätte sie die Worte verstanden. Sie stieß einen tiefen Seufzer aus und sank wieder in Schlaf.

»Ich denke, wir können sie nun vorläufig sich selbst überlassen.«, sagte der Schiffer leise. »Sie hat den Schlaf sehr nötig. Wenn sie dann erwacht, wird sie hoffentlich bei klarem Verstand sein. Was mag das arme Kind ausgestanden haben! Sie wird die Tochter des Kapitäns sein. Der Steuermann gedachte ihrer im Logbuch. Ich übergebe sie hiermit deiner Pflege und Aufsicht, Paul. Du hast sie gefunden, nun sollst du auch für sie sorgen. Verstanden?«

»Das will ich von Herzen gern tun«, antwortete der junge Mann. »Ich werde sie hegen und pflegen, als wäre ich ihre Mutter.«

»Nun, dann wird ihr nichts fehlen«, lächelte der Schiffer. »Aber nun kommt, sonst stören wir sie in der Ruhe.« Sie gingen aus der Kammer. Paul schob die Türe bis auf einen schmalen Spalt zu.

»Ich möchte wohl wissen, wo sie all die Zeit gewesen ist«, fragte Towe, sich an den Pfosten von Heiks Kammertüre lehnend. »Sie wird uns viel zu erzählen haben.«

»Ihr könnt euch damals da vorn unmöglich gewissenhaft umgesehen haben«, meinte Keppen Jaspersen scherzend. »Die Seekisten und Kojen habt ihr überholt und durchkramt, aber nach Damen euch umzusehen, dazu fandet ihr keine Zeit.«

»Nee, Kaptein, an Frauensleut haben wir nicht gedacht. Was sagst du, Heik?«

»Nee, Towe, mit keinem einzigen Gedanken«, antwortete er. »Nee, Kaptein, ganz gewiss nicht. Hätte ich gewusst, dass auf der *Hallig Hooge* ein Frauenzimmer versteckt gewesen ist, ich wäre nicht für tausend Mark hier an Bord gekommen. Schiff und Mannschaft haben immer Unglück, wenn ein Frauenzimmer mit auf See geht. Jetzt ist mir auch klar, warum ich mir das Bein und die Rippen brechen musste und warum unsere Masten über Bord gegangen sind!«

Nach und nach legte sich die Erregung, die dies jüngste Ereignis hervorgerufen hatte, und jeder kroch wieder in seine Koje. Nur Paul blieb auf, weil er sich verpflichtet hatte, über seinen Pflegling zu wachen. Er setzte sich in der Kajüte so, dass er die Tür der Kammer des Mädchens im Auge behielt, zündete seine Pfeife an und versank in Nachdenken. Dabei wurde er müde. Vergebens wehrte er sich gegen seine zunehmende Schläfrigkeit. Das ungewohnte Umherstreifen über Berg und Tal hatte ihn angegriffen, und so war es kein Wunder, dass der Schlaf ihn endlich übermannte. Draußen war es bereits heller Tag, als er mit einem Ruck hochfuhr. Towe stand vor ihm, einen Pott Kaffee in der Hand.

»Da, trink!«, sagte er. »Wie geht das weiter mit dem Gespenst?«

»Das Mädchen schläft noch, soviel ich weiß«, antwortete Paul. Er stand auf, ging auf den Fußspitzen zur Kammertüre, schob diese leise zurück und schaute hinein. Towe war ihm sacht gefolgt.

»Mein Gott!«, flüsterte der Matrose, »wie sieht sie blass und elend aus! Ich dachte ja, ich wollte ihr einen Pott Kaffee bringen, aber ich sehe, es ist besser, wenn wir sie schlafen lassen.«

Paul schob die Tür wieder zu und ging dann mit Towe an Deck, nachdem er auf Towes Rat seine dicke Jacke angezogen hatte. Es war eiskalt. Sie beeilten sich, in die warme Kombüse zu kommen, wo sich bald auch der Schiffer und Gazzi einstellten. Denn auch in der Kajüte war die Temperatur recht ungemütlich, obwohl die ganze Nacht die große Hängelampe gebrannt hatte.

Der Schiffer erinnerte sich, gleich zu Anfang in einem Winkel des Vorratsraumes den eisernen Ofen gesehen zu haben, der in den kalten Gegenden in der Kajüte aufgestellt werden sollte. Er befahl Towe und Gazzi, ihn heraufzuschaffen und an seinen Platz zu bringen. Das war bald geschehen, und von nun an brauchten sie unter Deck nicht mehr zu frieren.

Da das Wetter gut war, wurde abermals ein Ausflug an Land beschlossen. Der Schiffer hielt es für ratsam, die Insel so genau wie möglich kennenzulernen. Paul sollte als Wächter und Koch an Bord bleiben.

Nach dem Frühstück wurde Proviant für einen Tag ins Boot geschafft. Gazzi betätigte sich bei den Vorbereitungen am eifrigsten. Er war überhaupt, nachdem der Spuk gebannt war, der Munterste und Heiterste von allen.

Die Forschungsreisenden machten sich auf die Fahrt, und Paul blieb mit seinen beiden Patienten an Bord. Er räumte die Kombüse auf, sorgte, dass das Feuer nicht ausging, und begab sich dann in die behaglich gewärmte Kajüte, deren Scheilicht von Towe und Gazzi in aller Eile wieder dicht gemacht worden war.

Das Mädchen schlief noch immer. Er stattete daher Heik Weers einen Besuch ab. Seit das Schiff ruhig im Hafen lag, hatte sich der Zustand des Seefahrers wunderbar gebessert. Draußen auf See hatten ihm die heftigen Bewegungen des Fahrzeugs nicht nur fortwährend große Schmerzen bereitet, sondern auch verhindert, dass die Knochen sich wieder aneinanderfügten. Bei dem Eintritt des jungen Mannes hellte sich sein mürrisches Gesicht auf und ein freundliches Lächeln verbreitete sich bis in den struppigen grauen Bart.

»Sieh doch, Paul«, sagte er, »Weißt du, ich glaube, jetzt wird alles besser mit mir. Wenn das ewige Liegen nur nicht so langweilig wäre. In der Kajüte ist es jetzt so schön warm, ich glaube, ich könnte ganz gut schon ein bisschen an Deck sitzen und Segel nähen. Meinst du nicht auch?«

»Nein, Heik, das geht noch nicht. Du musst Geduld haben. Ich will sehen, ob ich nicht ein Buch für dich auftreiben kann, dann hast du Unterhaltung. In der Kapitänskammer stehen zwei Kisten, in die noch keiner hineingesehen hat. Vielleicht finde ich darin etwas zu lesen.«

Der Schiffer hatte ihm vor der Abfahrt aufgetragen, diese Kammer, die selbstverständlich bedeutend größer war als alle anderen, für das junge Mädchen herzurichten. Er schaffte daher die Kiste und das Bettzeug desselben in die Kammer des ehemaligen Steuermannes, die als solche durch allerlei nautische Instrumente und ähnliche Dinge kenntlich gemacht worden und bisher unbenutzt geblieben war. Darauf machte er sich über die Kisten her, und da sie verschlossen waren, brach er eine nach der anderen vorsichtig auf. Die erste enthielt Kleidungsstücke des verstorbenen Schiffers, Briefe und andere Dinge. Er erachtete sich nicht für berechtigt, darin zu kramen, umso weniger, als dessen Tochter und Erbin an Bord war und sich, so hoffte er inständig, sehr bald selbst damit beschäftigen würde.

Die zweite Kiste enthielt nichts als Damengarderobe.

»Nun ist für sie gesorgt«, dachte er erfreut. Und was für feine Kleider! Jetzt wollen wir sehen, was die dritte Kiste enthält. Aha, Bücher. Er wählte drei davon aus, klappte die Kisten wieder zu und kehrte zu Heik zurück.

»Hier ist etwas gegen die Langeweile«, sagte er. »Erstens ein Band Seegeschichten. Was sagst du dazu? Das wäre gleich etwas, nicht?«

»Seegeschichten?«, entgegnete Heik verächtlich. »Bleib mir mit dem Zeug vom Leib. Ich habe von der See genug, davon will ich keine Geschichten mehr hören. Die taugen allesamt nichts.«

»Schön. Dann ist hier ein Buch mit Bildern, das handelt von Christoph Kolumbus. Wie ist es damit?«

»Was für ein Christoph?«

»Christoph Kolumbus.«

»Den Mann kenne ich nicht. Lass das andere Buch sehen.«

»Das ist der Robinson.«

»Der Robinson? Das war doch der Raubmörder, den sie in Hamburg hingerichtet haben? Der hat doch einmal die ganze Stadt in Brand gesteckt. Hast nicht von dem großen Hamburger Brand gehört? Gib mir das Buch, Paul, das will ich lesen.«

»Da, Heik«, sagte Paul und lachte. »Du irrst dich zwar gewaltig in der Person, aber das macht nichts. Robinson war weder ein Raubmörder noch ein Brandstifter. Aber lies nur.«

»So? Der ist das nicht? Schade! Vielleicht verwechsle ich ihn mit einem anderen Spitzbuben. Gib mir das Buch. Das ist ja schön dick, das reicht, bis ich wieder gesund bin. Ich lese langsam, weil ich ohnehin die Hälfte buchstabieren muss. Bildung hatte ich mein Lebtag nicht. Aber ich bin manchmal mit Leuten an Bord gewesen, die ordentlich gebildet waren.«

Paul händigte ihm das Buch aus und ging dann an Deck, wo er die Zurrings von den Reservespieren nahm, damit diese Arbeit bereits getan wäre, wenn die Spieren zu neuen Masten verwendet werden sollten. Danach bereitete er in der Kombüse das Essen für die Pfleglinge, eine aus allerlei Konserven zusammengesetzte, kräftige Suppe.

»Großartig!«, lobte er sich selbst, als er sein Machwerk kostete. »Ich denke, die nächste Reise fahre ich als Koch. Damit wird der grimmige Heik endlich einmal zufrieden sein.« Er hatte sich nicht getäuscht. Schon nach dem ersten Löffel schmatzte der alte Matrose vor Vergnügen.

»Aber das Buch, Paul! Zwei Seiten habe ich jetzt schon gelesen. Das war aber ein Stück Arbeit von eineinhalb Stunden. Vielleicht kannst du mir daraus etwas vorlesen, wenn du mal Zeit hast. Nee, Junge, was ist die Suppe aber gut! Lauf und hole dein Gespenst und gib ihr auch davon!«

»Nein«, entgegnete Paul, »sie soll schlafen, so lange sie mag, das wird sie am ehesten wieder herstellen. Gebe Gott, dass sie klar im Kopf ist, wenn sie aufwacht. Sie muss Schreckliches erlebt haben, denn nicht umsonst hat sie »Hilfe! Mörder!« gerufen, als ich sie festhielt.«

»Das werden wir schon alles noch zu hören bekommen. Jetzt lies mir etwas vor, Paul.« - Paul setzte sich auf Heiks Seekiste und las. Heik lauschte anfangs mit großer Aufmerksamkeit, bald aber verriet ein lautes Schnarchen, dass er sanft eingeschlafen war.

Paul legte das Buch in die Koje und ging leise durch die Kajüte bis an die Tür seiner Kammer, die jetzt der Aufenthalt des jungen Mädchens war. Als er die Tür sacht ein wenig zurückschob, da erwachte sie. Sie redete einige verworrene Worte, dann aber rief sie ganz deutlich: »Vater!« - Er schob die Türe weiter auf. Als sie ihn erblickte, erschrak sie heftig und versuchte, sich in ihren Decken zu verbergen.

»Haben Sie keine Furcht!«, sagte er begütigend. »Wir meinen es gut mit Ihnen und werden dafür sorgen, dass niemand Ihnen Böses zufügt.«

Sie schaute ihn mit ihren großen Augen furchtsam und zweifelnd an. »Wer sind Sie?«, fragte sie bebend. »Und wo bin ich? O, tun Sie mir nichts!«

»Nein, beruhigen Sie sich. Sie befinden sich an Bord der *Hallig Hooge* und in völliger Sicherheit. Ich bitte Sie, ängstigen Sie sich nicht länger. Alle Mann würden für Ihren Schutz und Beistand gern das Leben einsetzen.«

Diese Worte des jungen Mannes verfehlten ihre Wirkung nicht. Das Mädchen musterte ihn lange und forschend, dann legte sie die Hand an die Stirn, als müsse sie nachsinnen.

»O, was ist geschehen?«, rief sie dann leise. »Wie war es doch? ... Jetzt erinnere ich mich ... Mein Gott! Wie entsetzlich! ... Mir träumte von meinem Vater ... O Barmherziger, er ist ja tot!«

Sie weinte laut auf und barg das Antlitz in den Decken. Nach einer kleinen Weile erhob sie wieder den Kopf.

»Fassen Sie Mut, meine Liebe«, bat Paul, dem das Herz bei so viel Weh und Leid blutete. »Sie sind unter lauter Freunden, die Sie behüten und beschützen und glücklich heimbringen werden. Warten Sie, bitte, einen Augenblick, ich laufe und bringe Ihnen sogleich etwas zu essen, denn Sie werden sicherlich hungrig sein.«

Sie streckte den Arm aus, als wolle sie ihn zurückhalten.

»Sind alle tot? Alle?«, fragte sie, ihn in banger Erwartung anblickend. - »Ja. Außer Ihnen fanden wir niemand mehr an Bord. Nun liegen Sie aber still, ich hole ihnen eine Kumme gute Suppe.«

Damit lief er schnell davon.

»Das wird ihr gut bekommen«, sagte er zu sich selbst, während er die leckersten Bissen aus dem Kessel fischte. Ich glaube nicht, dass ihr etwas Ernstliches fehlt.« Er kostete einen Löffel von der Suppe. »Ah«, sagte er, »köstlich! Ich freue mich darauf, zu sehen, wie ihr das schmecken wird. Übrigens würde ich niemals zugeben, dass meine Schwestern mit in See gehen. Man sieht ja hier, wohin das führen kann ... Junge, Junge, die Suppe ist wirklich fein! Die muss ja jeden gesund machen, der überhaupt etwas von Suppe versteht.«

Er füllte sich eine Kumme voll und löffelte sie in einem Zug aus. »Damit sie Zeit gewinnt, sich ein bisschen zu sammeln«, entschuldigte er sich vor sich selbst. Dann trug er des Mädchens Portion samt einem sorgfältig polierten Löffel achteraus.

Die Kammertür war zugeschoben. Er klopfte bescheiden an.

»Herein!«, tönte es leise. Er trat ein.

»Da bin ich wieder. Hoffentlich lege ich mit meiner Kochkunst bei Ihnen Ehre ein.«

Er reichte ihr Kumme und Löffel und trat dann zurück, die Augen erwartungsvoll auf die Patientin gerichtet, die unbefangen und mit bestem Appetit zu essen anfing.

»Sie sind so gütig«, sagte sie dabei. »Ich danke Ihnen von Herzen.«

»Es schmeckt Ihnen also?«, fragte er.

»Vortrefflich. Seit langer Zeit habe ich nicht etwas so Gutes gegessen.«

Paul lächelte vergnügt und hochbefriedigt, als er ihr die geleerte Kumme und den Löffel wieder abnahm.

»Wie ruhig es hier an Bord ist«, bemerkte sie, sich wieder zurücklehnend.

»Das ist, weil wir im Hafen vor Anker liegen«, antwortete er, »und alle anderen sind an Land. Es ist außer Ihnen niemand an Bord als ich und ein Matrose, der mit gebrochenem Bein und eingeknickten Rippen in seiner Koje liegt. Ich heiße übrigens Paul Krull und bin Leichtmatrose, versehe aber schon längst Vollmatrosendienst. Darf ich nun auch um Ihren Namen bitten?

»Ich heiße Dora Ulferts«, sagte das Mädchen.

»Sie sind die Tochter des verstorbenen Kapitäns dieses Schiffes, nicht wahr?« - »Ja«, antwortete sie und brach in Tränen aus. Paul versuchte sie zu trösten, so gut er konnte, und hatte auch endlich die Genugtuung, sie wieder gefasst zu sehen. Er erbot sich, ihr noch eine Kumme von seiner guten Suppe zu bringen. Sie dankte jedoch und sprach den Wunsch aus, an Deck gehen zu dürfen.

»Sind Sie auch schon kräftig genug, Dora?«, forschte er besorgt.

»O, gewiss, die frische Luft wird mir wohltun. Freilich - », sie unterbrach sich und warf einen zweifelnden Blick auf ihre Bekleidung. Paul verstand. »O, das wollen wir bald kriegen!«, rief er eifrig. »Ich habe die Kapitänskammer für Sie in Ordnung gebracht, dort werden Sie wohnen. Auch alle Ihre Kleider sind da, in der einen Kiste, wissen Sie. Jetzt bringe ich Ihnen noch warmes Wasser hinein, dann sind Sie wie zu Hause. Ziehen Sie sich nur recht warm an, denn es ist kalt an Deck. Wir haben schlechtes Wetter gehabt und alle Masten verloren. Sie werden Ihr Schiff kaum wiedererkennen. Ach bitte, Dora, nicht weinen! Fassen Sie Mut. Der liebe Gott wird schon weiter helfen, Ihnen und uns auch.«

Damit verließ er sie. Eine halbe Stunde später erschien das junge Mädchen an Deck. Sie hatte sich umgekleidet, das vorher so wirre Haar geordnet, trug einen warmen Mantel und ein Schaltuch um den Kopf. Sie sah jetzt so fein und vornehm aus, dass der herbeieilende Paul unwillkürlich die Mütze vor ihr zog. Er führte sie über das Deck, erzählte ihr von dem Sturm, zeigte ihr die Havarien und teilte ihr mit, dass das Schiff bald neue Masten erhalten sollte. Ein Zimmermann sei leider nicht an Bord, aber seine Maaten und er hofften zuversichtlich, diese Arbeit trotzdem ausführen zu können.

»Wie viel Mann sind Sie hier an Bord?«, fragte sie.

»Im ganzen fünf, den Kapitän und den mit dem gebrochenen Bein in der Koje liegenden Matrosen mitgezählt. Es geht ihm aber jetzt schon besser.«

»O, bitte, lassen Sie mich ihn pflegen!«, rief sie. »Mein Vater hat mich den Samariterdienst erlernen lassen und ich habe auch schon einige Mal an Bord Hilfe leisten dürfen. Darf ich den Mann sehen?«

»Jetzt schläft er«, antwortete Paul. »Es wäre lieb von Ihnen, sich seiner anzunehmen. Aber er ist ein alter Brummbär, das sage ich Ihnen gleich.« - Sie lächelte. »O, ich weiß mit Seeleuten umzugehen, habe ich doch drei lange Reisen mit meinem guten Vater gemacht. Wann erwarten Sie die anderen an Bord zurück?«

»Nach Sonnenuntergang. Sie erforschen die Insel. Dort drüben am Strand liegt das Boot, das einzige, das uns geblieben ist.«

Als Paul später in der Kombüse das Mahl bereitete, leistete das Mädchen ihm mit ruhiger Hand die besten Dienste. Es stellte sich bald heraus, dass sie vom Kochen viel mehr verstand als er, und wahrscheinlich auch mehr, als selbst der große Towe davon wusste, der den vorzüglichen Labskaus mischen und die feinsten Pfannkuchen backen konnte, soweit das Wasser salzig war, wie er selbst behauptete.

Das Essen war fertig, die Forschungsreisenden konnten nun kommen. Dora erbot sich, dem invaliden Heik einen Blechpott voll Tee zu bringen.

»Bitte, warten Sie noch einen Augenblick«, entgegnete Paul. »Ich will erst sehen, wie seine Stimmung ist.«

»Du, Heik«, sagte er, als er dessen Kammer betrat, »freue dich, nun bist du bald wieder auf den Beinen. Ich habe nämlich eine geprüfte Samariterin für dich engagiert, die soll von jetzt an nach dir sehen.« »Was hast du ankaschiert?«, entgegnete der alte Matrose mürrisch und argwöhnisch. - »Eine geprüfte Samaritern!«

»So? Wo hast du die denn auf einmal herbekommen? Ich kann mir denken, was du vorhast, aber bleib mir mit deinem Gespenst vom Leib, hörst du? Ich will von dem Weiberkram nichts wissen.«

»Sei vernünftig, Heik, alter Junge. Das arme Mädchen hat niemanden mehr auf der Welt, als uns, sie ist die Tochter des verstorbenen Schiffers der *Hallig Hooge*, wir müssen daher sehr gut zu ihr sein, du auch, Heik, hast du verstanden?«

»Meinetwegen«, brummte dieser. »Kannst sie schon herbringen.«

Paul ging und kam gleich darauf mit dem jungen Mädchen wieder, die den Blechpott mit Tee trug. Bei ihrem Anblick verschwand der bärbeißige Ausdruck von des alten Matrosen verwittertem Antlitz. Er machte eine Bewegung, als wolle er an die Mütze greifen und sagte in merklicher Verlegenheit:

»Nehmen Sie es mir nicht übel, dass ich hier so liege. Ich kann nicht anders, Sie werden wohl schon gehört haben. Ihr Unglück tut mir von Herzen leid. Das kommt aber davon, wenn Frauensleute zur See gehen. Ich wollte, ich könnte aufstehen, dann wäre das schicklicher, mit Ihnen zu sprechen. Entschuldigen Sie, dass ich so auf der Seite liege, wie ein Fischerewer bei Ebbe auf dem Schlick, aber ich kann nichts dafür. Stimmt's, Paul?«

»Nee, Heik, alter Freund, dafür kannst du nichts.«

Dora verweilte etwa eine Viertelstunde bei dem Patienten, dem sie versprach, dass er schon nach acht Tagen wieder aufstehen könne, wenn er ihre Weisungen genau befolgen würde.

Als sie ihn verlassen hatte, brüllte er nach Paul.

»Das Mädchen ist ein Engel!«, rief er begeistert, als dieser kaum die Kampanjetreppe herunter war. »Ein Engel, sag ich dir, Junge! In acht Tagen soll ich wieder aufstehen, sagt sie. Junge, Junge, wenn doch alle Frauensleute so wären wie die liebe, gute Dora!«

Kurz vor Sonnenuntergang stieß das Boot drüben vom Strand ab.

Zwölftes Kapitel

Im Hellegatt. - Dora erzählt ihre Geschichte.

Beim Abendessen ging es in der Kajüte diesmal geradezu feierlich her. Die Seefahrer hatten sich nicht nur mit besonderer Sorgfalt gewaschen und gekämmt und in ihr bestes Zeug geworfen, sie waren auch bemüht, ihre besten Manieren in Benehmen und Rede hervorzukehren, und dies alles zu Ehren ihrer neuen Schiffsgenossin.

Kapitän Jaspersen hatte seinen Platz am oberen Ende der Tafel, Dora Ulferts saß zu seiner Rechten, Paul ihr gegenüber, und dann kamen Towe auf der einen und Gazzi auf der anderen Seite.

Doras Stimmung war traurig, da sie unwillkürlich der Zeit gedenken musste, zu der sie mit ihrem Vater zum letzten Mal an diesem Tisch gegessen hatte. Wie war alles jetzt so anders! Damals fühlte sie sich glücklich in der Liebe des treuen Beschützers, jetzt saß sie, eine verlassene Waise, in der Mitte lauter fremder Menschen. Trotzdem musste sie dankbar dafür sein, dass das Schicksal sie zu guten und rechtschaffenen Leuten und nicht unter brutale Gesellen geführt hatte.

Seit dem letzten der schrecklichen Ereignisse, die sie an Bord der *Hallig Hooge* erlebt hatte, fehlte ihr jede Erinnerung an das, was inzwischen mit ihr vorgegangen war, bis zu dem Augenblick ihrer Begegnung mit Paul in der Kombüse. Es lag ihr daher viel daran, zu erfahren, wie und warum die jetzige Besatzung auf das Schiff gekommen war.

Keppen Jaspersen berichtete ihr, was er und seine Schiffsmaaten erlebt hatten, seit sie der *Senator Merk* den Rücken gekehrt hatten. Dabei verschwieg er ihr natürlich die Spuk- und Geistergeschichten, zu denen sie die Veranlassung gegeben hatte. Es war neun Uhr geworden, als er mit seiner Erzählung zu Ende war. Die Seemänner mussten die Begierde von Dora Ulferts, eine Schilderung der Vorgänge an Bord der *Hallig Hooge* zu vernehmen, bis zum folgenden Abend zügeln, da bei den drei Forschungsreisenden sich infolge ihrer anstrengenden Märsche durch das Inselgebirge eine starke Müdigkeit einzustellen begann.

Ehe der Schiffer sich zurückzog, sah er nach dem Barometer. Es war erheblich gefallen.

»Das fürchtete ich«, sagte er zu Paul.« Das Wetter war zu gut, um von Dauer zu sein. Heute Nacht wird es Wind geben und nicht zu wenig. Nun werden wir erfahren, wie unser Hafen sich benimmt, wenn es draußen weht. Er liegt ja gänzlich geschützt, es könnte aber sein, dass die Strömung, die uns hier hereinsetzte und von der ich heute nichts mehr bemerken konnte, sich bei Sturm wieder in Bewegung setzt, und wenn der Wind von Westen kommen sollte, dann könnte sie einen Ausläufer durch unser Hafentor schicken und die *Hallig* in Gefahr bringen. Wir müssen daher Ankerwache halten. Und zwar du die erste, Paul, denn du hast den ganzen Tag nichts zu tun gehabt.«

Es dauerte gar nicht lange, da kam der Sturm dahergebraust. Paul hielt seine Ankerwache, indem er sich in der Kombüse vor dem hellen Feuer auf die Bank streckte.

Wer nie das Meer befahren hat, der kennt das sonnige Behagen nicht, das den Seemann beschleicht, wenn er den Wind pfeifen, heulen und toben hört und sich dabei im sicheren Hafen geborgen und bewahrt weiß. Paul konnte unbesorgt schlafen, denn auf dem Wasser rings um die *Hallig* zeigte sich kaum hier und da ein leichtes Rippeln, während draußen ein voller Orkan über die See hinbrauste.

Es wehte auch noch, als es bereits wieder Tag geworden war. Zerfetzte Wolken jagten in rasender Eile unter dem grauen Firmament dahin, man konnte erkennen, dass das Wetter sich vorläufig nicht wieder ändern würde.

Da es sich an Deck schlecht arbeiten ließ, beschloss der Schiffer, dass Hellegatt einmal gründlich zu überholen, um zu sehen, was dort an brauchbaren Dingen für die neue Takelung fest verstaut war. Das Hellegatt ist ein Verschlag im unteren Schiffsraum zur Aufbewahrung von Inventar und Material. Es liegt in der Regel ganz vorn, unmittelbar über dem Kiel. An Bord der *Hallig* befand sich die kleine Luke, die in diesen Raum hinabführte, im Fußboden des Mannschaftslogis. Eine eiserne Leiter, am Mittelstützen befestigt, führte in die Tiefe. Paul stieg mit der Laterne hinunter, der Schiffer folgte, und Towe und Gazzi blieben im Logis, um die heraufzureichenden Gegenstände in Empfang zu nehmen.

Es fanden sich da unten zwei eiserne Wassertanks, einer ganz, der andere halb voll. Dazu sechs Fässer mit gesalzenem Schweinefleisch und sieben mit Rindfleisch. Weiter entdeckte man einen großen Blechkasten voll Hartbrot, einen großen Vorrat von Kohlen, eine Menge Tauwerk aller Art, alt und neu, und viele Blöcke und sonstiges Gerät.

Das Tauwerk und die Blöcke wurden zunächst in das Logis hinaufgeschafft und dann von dort an Deck. Darüber verging eine gute Stunde. Dann fiel dem Schiffer ein, dass er niemand mit der Bereitung des Frühstücks beauftragt habe. Er war inzwischen ins Logis hinaufgestiegen, im Hellegatt befand sich nur noch Paul.

»Geh in die Kombüse, Paul«, rief Jaspersen ihm zu. »Wir brauchen dich jetzt hier nicht mehr.« - »Jawoll, Kapitän«.

Paul langte nach der Laterne, die er auf einen der Tanks gestellt hatte. Dabei fiel sein Blick auf etwas Weißes, das am hinteren Schott lag. Er kroch mit der Laterne dorthin, es war ein wollenes Tuch, das nur Dora Ulferts gehören konnte.

»Hier also muss ihr Versteck gewesen sein«, sagte er zu sich selbst und begann weiter umherzuleuchten. Inmitten einer alten Manilatrosse fand er ein aus Segeltuchlappen und Werg hergestelltes Lager oder Nest. In welcher Angst musste das arme Mädchen sich befunden haben, um hier unter den Ratten und Kakerlaken eine Zuflucht zu suchen dachte er. »Es ist wahrlich ein Segen, dass sie von diesem Jammer jetzt nichts mehr weiß«.

Er nahm das Tuch auf und brachte es mit sich an Deck.

»Was hast du denn da?«, fragte Towe.

»Ein Schaltuch. Ich habe die Stelle gefunden, wo Dora sich versteckt gehalten hat. Ein richtiges Nest von Werg, Kabelgarn, Segeltuch und so einem Kram.«

»Das arme Kind!«, sagte Towe kopfschüttelnd und voll von Mitleid. »Aber nun mach mal ein bisschen schneller. Dora hat Tee gekocht und das ganze Frühstück hergerichtet. Sie hat hier jetzt wohl als Koch oder Steward angemustert, wie es scheint.«

Der Sturm hielt den ganzen Tag an, bei bitterer Kälte und treibendem Schnee, weshalb nur solche Arbeit vorgenommen wurde, die in der warmen Kajüte verrichtet werden konnte.

Nach dem Abendessen erzählte Dora ihre Geschichte.

»Sie wissen, dass mein Vater Kapitän der *Hallig Hooge* gewesen ist«, begann sie. »Er besaß einen Anteil an dem Schiff und führte es schon seit einer Reihe von Jahren. Die letzte Reise ging von Hamburg mit Stückgut nach Shanghai, wo wir Tee als Rückfracht einnahmen. Ich hatte schon mehrere Reisen mit dem Vater gemacht. Am Anfang sträubte er sich dagegen. Aber als meine Mutter gestorben war, und deren Schwester, bei der ich während seiner Abwesenheit wohnen sollte, ihr bald ins Grab nachfolgte und wir sonst keine Angehörigen mehr hatten, da nahm er mich mit.

Unsere Matrosen waren brave und tüchtige Leute, die alle schon mehrere Reisen an Bord der *Hallig Hooge* gemacht hatten. Eine Ausnahme machten zwei Deutschamerikaner, die zur letzten Reise in Hamburg angemustert worden waren. Sie hielten sich für besser als die anderen und benahmen sich mehrfach so roh und streitsüchtig, dass der Vater sie beide einmal für mehrere Tage in Eisen legen ließ. Die Heimreise ging gut vonstatten, bis wir auf die Höhe des Kaps der Guten Hoffnung kamen. Hier begegneten wir bei flauer Brise einer Brigg, die die englische Fahne verkehrt, also als Notsignal, geheißt hatte. Wir hielten auf sie ab und fragten, wo es fehle. Die Antwort war, man brauche einen Arzt. Als wir dieses Verlangen nicht erfüllen konnten, bat der Engländer um Wasser. Davon hatten wir genug. Mein Vater ließ zwei Fässer füllen und in das inzwischen zu Wasser gebrachte Großboot schaffen. Der Steuermann und vier Matrosen ruderten zu der Brigg hinüber, die nur so wenig arbeitsfähige Leute an Deck hatte, dass die Unsrigen an Bord gehen und bei der Übernahme der Wasserbehälter helfen mussten. Auf des Steuermannes Frage, was den anderen denn zugestoßen sei, antwortete der englische Kapitän, die Leute lägen am Skorbut danieder, befänden sich aber bereits wieder auf dem Weg der Besserung. Die Brigg kam aus einem südamerikanischen Hafen, dessen Namen ich vergessen habe, und war in Ballast auf der Fahrt nach Batavia. Als unsere Leute wieder an Bord waren, brassten wir voll und setzten die Fahrt fort. Zwei Tage später erkrankte einer der Matrosen, die auf der englischen Bark gewesen waren. Mein Vater suchte ihn im Logis auf und erkannte sogleich, dass der Mann das gelbe Fieber hatte. Die Arzneien aus der Medizinkiste waren wirkungslos. Schon am Abend desselben Tages wurde der Mann durch den Tod von seinen Leiden erlöst. Wenige Minuten später übergab man ihn dem großen Grab, der See.

Am nächsten Tag wurden zwei weitere Matrosen von dem Fieber befallen. Mein Vater gab dem zweiten Steuermann, dem Zimmermann und dem Koch, die im Deckhaus wohnten, in der Kajüte Quartier und ließ die Kranken ins Deckhaus schaffen. Aber auch sie starben bereits in der Nacht darauf. Wir gerieten alle in große Besorgnis, wie man sich wohl denken kann. Als aber am folgenden Tag keine weitere Erkrankung folgte, schöpften wir wieder Hoffnung. Dem Kapitän des englischen Fahrzeugs wurden die schwersten Vorwürfe gemacht, weil er unserem Steuermann verheimlicht hatte, dass das gelbe Fieber bei ihm an Bord war, so dass unsere Leute sich dort die Ansteckung hatten holen müssen.

Am Tag darauf ergriff die schreckliche Krankheit wiederum zwei Matrosen und auch den zweiten Steuermann. Auch diese drei starben innerhalb von vierundzwanzig Stunden. In vier Tagen hatten wir also fünf Matrosen und den zweiten Steuermann verloren. Ein grausamer Lohn dafür, dass wir notleidenden Seefahrern Hilfe geleistet hatten.«

»Mein Vater rief die Mannschaft achteraus, sprach den Leuten Mut zu und sagte, das beste Mittel gegen das Fieber sei, nicht daran zu denken und heiter vorauszuschauen. Der Rat war gut genug. Wie konnten die Leute ihm aber folgen, wenn die leeren Kojen ihnen fortwährend die Todesgefahr vorhielten, in der sie schwebten? Als die Matrosen wieder nach vorn gegangen waren, nahm der Vater mich mit sich in seine Kammer. Ich werde die Unterredung nie vergessen. Sie war unsere letzte.«

Hier brach das arme Mädchen in lautes Weinen aus. Paul ergriff in überwallendem Mitgefühl ihre Hand. Der Schiffer und Towe wandten sich ab und taten, als müssten sie sich mit ihren Pfeifen zu schaffen machen. Aus des alten Heik Weers Koje vernahm man ein merkwürdiges Geschnäuz.

Das Mädchen hatte sich bald wieder gefasst und fuhr fort:

»Der Vater sagte mir, dass auch er jetzt das Fieber in seinem Körper verspüre, drum wolle er mir Lebwohl sagen, ehe seine Gedanken sich verwirrten. Es sei ihm schrecklich, mich ganz allein zurücklassen zu müssen, aber eine innere Stimme sagte ihm, dass mich Gott nicht verlassen würde. Er wurde zusehends kränker. Ich brachte ihn in seine Koje und gab ihm die Medikamente, die er auch für die anderen Kranken verwendet hatte. Sie nützten nichts. Am nächsten Tag war er tot.

Die übrigen starben im Lauf der Woche. Den Obersteuermann, die beiden Deutschamerikaner und mich ausgenommen. Ich bat Gott inbrünstig um den Tod, da ich doch nun so ganz allein und verlassen in der Welt stand. Aber ich blieb gesund. Der Obersteuermann, der die Kranken mit größter Treue und Aufopferung gepflegt hatte, fiel endlich dem schrecklichen Fieber auch zum Opfer. Dann war ich mit den beiden bösen Menschen allein an Bord. Kaum hatten sie den Steuermann ins Wasser gesenkt, da kamen sie eilig achteraus, stiegen in den Vorratsraum hinunter und holten eine Kiste mit Genever an Deck. Ich flehte sie an, von dem Schnaps nichts zu trinken, aber sie verlachten mich, und bald hatten sie drei von den zwölf vierkantigen

Flaschen, die die Kiste enthielt, ausgeleert. Ganz betrunken stolperten und wälzten sie sich an Deck umher. Ich fürchtete mich so entsetzlich vor ihnen, wie ich mich vorher nicht vor dem Fieber gefürchtet hatte. Sie befahlen mir unter Verwünschungen, das Steuer wahrzunehmen, da sie wussten, dass ich zu steuern verstehe. Ich gehorchte in meiner Herzensangst. Zum Glück war die Brise noch immer sehr mäßig, so dass ich das Rad mit Leichtigkeit handhaben konnte.

Die Leute beachteten mich anfangs nicht weiter. Sie hatten ein Spiel Karten zum Vorschein gebracht und sich zu Luwart an Deck gelagert, die Kiste mit dem Genever neben sich, und so spielten sie unter fortwährendem Singen, Schreien und Fluchen um meines Vaters Nachlass - die nautischen Instrumente, die Kleider und das Geld und zuletzt um das ganze Schiff. Der Schnaps hatte sie nahezu wahnsinnig gemacht.

Plötzlich fiel ihnen ein, dass mein Vater sie einmal hatte in Eisen legen lassen, und sie beschlossen unter wütendem Gebrüll, dafür an ihm Rache zu nehmen. Er liege zwar längst bei den Haien, aber sie hätten ja seine Tochter in ihrer Gewalt, und der wollten sie das Leben so sauer machen, dass er blutige Tränen weinen sollte, wenn er das von oben mit ansehen würde. Dabei tranken sie unablässig. Endlich konnten sie kaum mehr reden. Trotzdem verstand ich noch, wie der eine den Vorschlag machte, ich solle den Vortopp von oben bis unten labsalben, und zwar gleich auf der Stelle. Der andere lachte vor Vergnügen. Sie standen auf und kamen achteraus gestolpert. Im höchsten Schrecken ließ ich das Ruder los, rannte die Kampanjetreppe hinab und schloss mich in meiner Kammer ein. Sie kamen mir nach, fielen beide die Treppe hinunter, pochten aber trotzdem gleich darauf mit den Fäusten an meine Tür. Ich gab keine Antwort. ›Du bist jetzt unser Decksjunge‹, rief der eine, ›du wirst das Vortopp labsalben. Hast du gehört?‹

Ich sagte nichts, bebte aber in Todesangst. Da schrien sie mir auf englisch zu - wie sie überhaupt stets lieber englisch als deutsch geredet hatten, weswegen sie von meinem Vater oft genug zur Rede gestellt worden waren - da schrien sie mir also zu, sie ließen mir noch fünf Minuten Zeit, meine Zunge zu finden. Wenn ich dann die Tür nicht öffnen würde, würden sie sie einschlagen. Und weil ich so unhöflich gewesen sei, Gentlemen keine Antwort zu erteilen, würde man mir ein Dutzend mit dem Tamp aufzählen, ehe man mich mit der Teerpütz in den Vortopp hinaufjagte.

Sie stolperten wieder an Deck. Ich hob die gefalteten Hände auf und fiel auf die Knie, aber beten konnte ich nicht. Kein Wort wollte mir über die Lippen. Jeden Augenblick meinte ich, sie wieder herabkommen zu hören. Fürchterliche Minuten vergingen, Aber sie kamen nicht. Ich überlegte in wahnsinniger Angst. Wenn es mir gelänge, unbemerkt in einen anderen Schlupfwinkel zu fliegen, dann wäre ich fürs Erste vor ihnen sicher, denn sie waren zu betrunken, um genau nach mir suchen zu können. Ich lauschte. Sie schrien, sangen und tobten an Deck wie Besessene. Ich steckte den Kopf aus der Kampanjeluke. Meine Verfolger schwankten auf der Back umher. Sie waren in Streit geraten und schlugen aufeinander ein. Plötzlich zog der eine sein Messer und stieß es dem anderen in die Brust. Der fiel nieder und rührte sich nicht mehr. Entsetzt stieg ich vollends an Deck, blieb aber an der Achterdeckstreppe wie versteinert stehen. Der Mörder stand eine Weile taumelnd vor seinem Opfer, dann bückte er sich, hob den Erschlagenen auf, schleppte ihn an die niedere Reling und warf ihn über Bord. Dabei verlor er das Gleichgewicht und stürzte kopfüber ebenfalls ins Wasser.

Noch immer sehe ich das Schreckliche vor mir, noch immer höre ich den letzten Verzweiflungsschrei des Mörders. Auf einmal war alles still, totenstill. Ich weiß nicht, wie lange ich so dastand. Eine Regenbö kam, der Schauer durchnässte mich. Weiter weiß ich nichts. Ich habe keine Erinnerung an das, was danach kam. Nur dunkel und verworren schwebt mir vor, als wäre ich fortwährend auf der Flucht gewesen vor den beiden Wüterichen, die mich mit erhobenen Messern und geschwungenen Tauenden verfolgten, dass es mir im letzten Augenblick doch immer wieder gelungen sei, mich in einem Versteck zu bergen. Der letzte Schrecken kam über mich in der Kombüse, als Paul mich ergriff.«

Doras Geschichte war zu Ende.

Alle saßen schweigend und in Gedanken versunken. Towe Tjarks war der Erste, der wieder etwas zu sagen hatte.

»Ich freue mich sehr darüber, dass die beiden Halunken zu rechter Zeit der Teufel geholt hat«, grinste er.

»Erinnern Sie sich gar nicht mehr, wo Sie sich versteckt hielten, Dora?«, fragte Paul.

»Nein, gar nicht«, antwortete Dora.

»Ich fand heute früh ihr weißes Schaltuch, dadurch entdeckte ich den Ort.«

»Und wo fanden Sie es?«

»Im Hellegatt. Das ist ein dunkles Loch, wo die Trunkenbolde sie schwerlich gefunden hätten.«

»Ich kann mich nicht darauf besinnen, denke aber, dass mir mit der Zeit alles wieder ins Gedächtnis kommen wird.«

Die Erzählung und die damit verbundenen Aufregungen hatten das junge Mädchen angegriffen. Sie zog sich daher frühzeitig zur Ruhe zurück. Towe saß noch eine Weile bei seinem Freund Heik und beide tauschten ihre Gedanken über das Gehörte aus. Gazzi packte sich in seine Koje. Der Schiffer und Paul aber machten noch einen Rundgang über das Deck, wobei auch sie über Doras Erlebnisse und Verlassenheit viel zu reden hatten.

Während der Nacht legte sich der Wind, und am Morgen war das Deck so hoch mit Schnee bedeckt, dass man ihn mit Schaufeln entfernen musste. Dora richtete inzwischen in der Kombüse das Frühstück her.

Der Tag wurde darauf verwendet, genau festzustellen, wie viel Proviant man noch zur Verfügung habe. Es ergab sich, dass die Vorräte noch gut zwölf Monate, vielleicht auch noch länger ausreichen konnten. Da aber noch nicht zu bestimmen war, wann die Bark hier fortkommen und in einen Hafen gelangen würde, wollte man, wenn das Wetter einigermaßen günstig sei, am folgenden Tag eine Jagdpartie an Land unternehmen und alles zur Strecke bringen, was an Gevögel und Wild waidgerecht erschien. Letzteres anzutreffen, hatte niemand große Hoffnung. Die tranigen Seevögel konnten auch nicht zu den Leckerbissen gerechnet werden, allein, wenn sie sorgfältig hergerichtet, mit anderen passenden Dingen aufgetischt und gehörig gewürzt wurden, dann konnten sie doch eine ganz angenehme Abwechslung in das ewige Einerlei von Salzfleisch, Hülsenfrüchten und Mehlspeisen bieten. Und dann mussten doch auch Fische zu haben sein. Bis jetzt hatte man noch nirgends die Angeln ausgeworfen. Auch der Kohl durfte nicht vergessen werden.

»Wenn man auch sonst kein Wild auf solchen öden Inseln wie den Crozets findet, so soll man doch oft Schweine auf ihnen antreffen, wie ich gelesen habe«, sagte Paul. »In früheren Jahren haben wohlmeinende Schiffer die Tiere paarweise ausgesetzt, und jetzt soll es auf vielen Eilanden förmlich von ihnen wimmeln, denn diese nützlichen Geschöpfe vermehren sich schnell. Wenn ich nicht irre, trägt auch eine der Crozets auf der Karte den Namen ›Eberinsel‹. Ist das nicht so?«

»Das ist richtig«, antwortete der Schiffer, »aber diese Eberinsel liegt ein gutes Stück östlich von der unsrigen. Soviel ich feststellen konnte, befinden wir uns hier so ziemlich auf der westlichsten Insel der ganzen Gruppe. Vielleicht unternehmen wir eines Tages, wenn das Wetter beständig sein wird, eine Entdeckungsreise im Boot. Jetzt ist noch keine Zeit dazu, da vor allen Dingen die Bark wieder eine Takelung erhalten muss. Bis jetzt ist die Luft immer so dick und so wenig sichtig gewesen, dass ich selbst mit dem Kieker kein anderes Eiland wahrnehmen konnte, obwohl einige ganz in der Nähe liegen müssen.«

An den nächstfolgenden Tagen fing es regelmäßig mit Sonnenaufgang an, heftig zu wehen, und ebenso regelmäßig flaute der Wind mit Sonnenuntergang wieder ab. Von der Jagdpartie musste daher vorläufig Abstand genommen werden. Dafür wurde desto mehr an Deck gearbeitet, indem man die Reservespieren zu Masten herrichtete. Die Werkzeugkiste des verstorbenen Zimmermanns enthielt vortreffliche Geräte, und Towe wie auch Paul wussten diese meisterlich zu handhaben. Letzterer hatte auf seinen früheren Reisen oft dem Zimmermann zur Hand gehen müssen, was er stets mit Eifer und Interesse getan hatte. Der Schiffer und Gazzi bereiteten das schwere Taugut für die Wanten, Stagen und Pardunen vor, Dora arbeitete in der Kombüse und in der Kajüte, und so hatte jeder tagsüber vollauf zu tun.

Dafür waren die Abende an der Tafelrunde nach all der Arbeit in der Kälte umso traulicher und gemütlicher. Wenn, mit Doras gern erteilter Erlaubnis, jeder seine kurze Kalk- oder Holzpfeife in Brand gesetzt hatte, wenn die große Hängelampe ihr mildes Licht über dem Tisch verbreitete, wenn einer nach dem anderen ein interessantes Erlebnis aus seinem Gedächtnis hervorkramte und zum Besten gab, dann vergaß man beinahe, dass man hier unter dem 46. Grad Südbreite sturmverschlagen auf einem Wrack saß, abgeschnitten von der übrigen Welt, ohne zu wissen, ob es möglich sein würde, jemals wieder in diese zurückzukehren.

Dreizehntes Kapitel

Auftakelungspläne. - Das Abenteuer mit der vulkanischen Insel.

Nach einer langen Beratung mit Towe Tjarks und Heik Weers hatte der Schiffer beschlossen, der ehemaligen Bark die Takelung eines Dreimastschoners zu geben, da die Reservespieren zur Anfertigung der für eine Bark nötigen Rahen und Stengen nicht ausreichten. Dies erforderte auch eine Veränderung des gesamten Segelwerks, das jedoch die geringste Sorge unserer Seefahrer war.

Towe und Paul hatten bald einen einwandfreien Untermast zurechtgezimmert, nun aber stand die große Frage, wie die vier Mann diesen gewaltigen Baum aufrichten und an seinen Ort pflanzen sollten.

»Was gemacht werden kann, wird gemacht, und dies kann gemacht werden«, sagte Towe zuversichtlich - und es wurde gemacht.

Gleich zu Anfang, als man die erste Bootsfahrt im Hafen unternahm, war dem Schiffer die eigentümliche Gestalt der kirchturmähnlich aufragenden Felsklippen inmitten des Beckens aufgefallen, und er hatte sich gesagt, dass einer dieser Obelisken vielleicht bei der Aufrichtung neuer Masten nutzbar gemacht werden könnte. Das Wasser war unmittelbar neben den Klippen so tief, dass das Schiff ganz dicht herangeholt werden konnte. Wenn man einen Stropp um den oberen Teil eines der Obelisken legte, eine Gien, das heißt, eine schwere Talje daranhakte und den Gienläufer um die Winsch nahm, dann musste es eine Kleinigkeit sein, den Mast aufzulüften und an seinen Platz zu bringen. Der Obelisk vertrat dann die Stelle des sonst bei solchen Gelegenheiten verwendeten, aus zwei Spieren hergestellten Bockes.

Vom Fockmast ragte noch ein etwa zehn Fuß hohes Stück über dem Deck empor, der Besanmast war in beinahe gleicher Höhe abgebrochen, vom Großmast aber war nur noch ein ganz kleiner Stumpf vorhanden.

»Junge, Junge«, sagte Towe, als man eines Abends die neue Takelung und die Arbeit, die sie der schwachen Mannschaft verursachen musste, lang und breit besprochen hatte. »Junge, Junge, was werden die Leute in Hamburg die Augen aufreißen, wenn wir mit unserm Untier von Dreimastschoner die Elbe heraufkommen. Sie werden uns für Yankees halten und meinen, der Präsident der Vereinigten Staaten sei an Bord.

Aber, wie wäre das nun, Keppen Jaspersen, wenn Sie uns heute Abend die Geschichte von den Rupptatschonen erzählen würden. Wir sitzen so fröhlich beisammen und haben uns alle so lieb, und da hört sich so eine Geschichte immer fein an.«

»Von was für einer Geschichte redet er, Paul?«, fragte der Schiffer verwundert.

Paul zuckte die Achseln und sah Towe fragend an.

»Die Geschichte von den Meeresströmungen und den vulkanischen Rupptatschonen«, sagte der Matrose. »Sie hatten ja wohl auch so etwas mitgemacht, Kaptein.«

Der Schiffer lachte. »Aha, jetzt verstehe ich. Gut, ich will mein Erlebnis erzählen. Aber einen Augenblick Geduld. Ich will etwas in meiner Kiste suchen, was dazu gehört. Hole ein Licht aus der Pantry, Paul, du musst mir dabei leuchten.«

Nach einer kleinen Weile nahmen beide wieder am Tisch Platz. Jaspersen entfaltete ein Zeitungsblatt, glättete es, reichte es Dora und bat sie, eine Stelle, die er mit dem Finger bezeichnete, vorzulesen.

Das Mädchen legte Towes wollenes Hemd, das sie an verschiedenen Stellen ausgebessert hatte, beiseite und las:

»Vulkanische Insel. Die Bark *Fürst Bismarck*, in Danzig zu Hause und kürzlich daselbst nach einer längeren Reise wieder eingetroffen, beobachtete am 23. März dieses Jahres in der Sundasee, nicht weit von der durch den Ausbruch von 1883 bekannten Vulkaninsel Krakatua, ein unterseeisches Erdbeben, bei welchem plötzlich ein Eiland, etwa zwei Seemeilen von dem Fahrzeug entfernt, über der Oberfläche des Meeres erschien. Um dieselbe Zeit stürzte der Obersteuermann Jasper Jaspersen durch einen Zufall über Bord. Man warf ihm sogleich einen Rettungsring nach, das Schiff wurde beigedreht, und zehn Minuten nach dem Unglücksfall war ein Boot zu Wasser gebracht. Die Leute suchten eine lange Zeit nach dem Verunglückten, fanden ihn aber nicht, und so muss angenommen werden, dass er unmittelbar nach seinem Sturz im Wasser weggesunken ist. Die Schiffer werden gut tun, an der oben bezeichneten Stelle einen scharfen Ausguck nach der neuen Insel halten zu lassen, die zweifellos auch bald von anderen Fahrzeugen gemeldet werden wird.«

Der Bericht war zu Ende. Dora reichte das Blatt zurück und sah den Schiffer lächelnd an. Der nickte ihr freundlich zu.

»Ich lebe noch«, sagte er, »obwohl mein Tod hier gedruckt steht. So etwas ist bei uns Seeleuten nichts Seltenes. Und nun will ich erzählen.

»Wir schrieben also den 23. März 1884. Den ganzen Tag war es windstill gewesen, zur Nacht aber kam eine leichte Brise auf, und ich rief die Leute meiner Wache an die Brassen. Als alle Enden wieder belegt waren, spazierte ich auf dem Kampanjedeck auf und ab und dachte an nichts Böses. Auf einmal fühlte ich, wie die Planken unter meinen Füßen erbebten. Es war wie das Zittern eines Zimmerfußbodens, wenn draußen auf der Straße ein schwerer Lastwagen vorbeirollt. Es ging vorüber, ehe ich es noch recht wahrgenommen hatte. Ich wusste aber, dass die Empfindung nicht nur Einbildung bei mir gewesen war. Ich trat an den Rudersmann heran und fragte ihn, ob er nicht auch etwas gespürt hätte.

»Jawoll, Steuermann«, sagte der Mann. »Das Schiff hat gebebt.«

Kaum hatte er dies gesagt, da erbebte die Bark von neuem und stärker. Diesmal schien es, als striche sie mit dem Boden über eine Bank von Steingeröll dahin. Aus der Kajüte kam das Geklirr herabfallenden und zerbrechenden Glases. Die Leute der Wache, die halb schlafend an Deck herumgesessen hatten, ließen Rufe des Erstaunens und Schreckens hören. Der Schiffer kam in Unterkleidern die Kampanjetreppe herauf.

»Was ist, Steuermann?«, fragte er in Hast.

»Wahrscheinlich ein unterseeisches Erdbeben«, antwortete ich, »oder der Kiel ist auf einer Korallenklippe entlang gescheuert.«

»Wollen loten, Steuermann«, rief er.

Da die Bark nur ganz geringe Fahrt lief, warf ich das Handlot gleich achtern über Bord und ließ die ganze Leine auslaufen, ohne jedoch Grund zu finden. Inzwischen war auch die Backbordwache an Deck gekommen. Alles starrte nach oben oder über die Seite. Man schnüffelte und spuckte und fragte, was eigentlich los wäre.

Ein ungeheurer, rollender Donnerschlag gab die Antwort, und zugleich stieg auf der Steuerbordseite, vielleicht kaum eine Seemeile entfernt, eine rote blendende Feuersäule aus der See empor. Sie erhellte alles auf einen weiten Umkreis. Die Sterne erbleichten vor ihrem Schein, und das Firmament nahm eine gelbe Farbe an. Wir erkannten unsere Gesichter so deutlich wie am Tag, ebenso das ganze Takel- und Segelwerk. Nach etwa zwanzig Sekunden sank die Feuersäule in sich zusammen, und schwärzer als zuvor lag die Nacht wieder auf unseren geblendeten Augen. Das Erlöschen der Flamme war von keinerlei Geräusch begleitet.

Ich sprang auf die Reling, weil ich glaubte, draußen auf der See eine schwarze Masse zu sehen. Ich hatte eine Pardune erfasst und lehnte mich weit nach außen, um deutlicher zu sehen. Meine Aufregung war groß, das Grausen, von dem die ganze Mannschaft befallen war, hatte sich auch meiner bemächtigt.

Während ich so auf der Reling stand, rollte eine schwere, durch den vulkanischen Ausbruch veranlasste Dünung heran. Das Fahrzeug legte sich auf die Seite, aber kein Laut ließ sich vernehmen. Schweigend wälzte sich der ungeheure Wasserberg durch die Finsternis, und da er auch fast unsichtbar war, machte das unerwartete Überholen des Schiffes einen umso beängstigenderen Eindruck.

Das war der Augenblick, in dem ich über Bord fiel. Ob ich in meinem Schreck die Pardune losgelassen hatte, weiß ich nicht - genug, meine nächste Empfindung war, dass ich mich tief unter Wasser befand.

Ich glaube nicht, dass man noch schneller denken kann, als ich dies tat, bis ich wieder an die Oberfläche kam. Ich bin oft genug über Bord gewesen, zum letzten Mal bei Westerstrand - weißt du noch, Towe? -, aber an keinen Fall erinnere ich mich so deutlich wie an diesen. Während der wenigen Sekunden, bis ich wieder an die Oberfläche kam, gewann ich eine ganz klare Vorstellung meiner Lage. Ich fragte mich, ob man an Bord meinen Sturz bemerkt habe, und ob ich wohl gerettet werden würde. Ich sagte mir auch, dass ich sicher verloren sei, wenn man mich nicht sogleich vermisste.

Als ich wieder oben war, sah ich mich nach der Bark um. Sie hatte nur eine Fahrt von drei Knoten gehabt, und doch schien sie mir jetzt schon meilenweit entfernt zu sein. Ich versuchte zu schreien, aber ich fand, dass mir die Stimme versagte. Da sah ich dicht bei mir einen Rettungsring treiben. Freudig schwamm ich darauf zu, war er mir doch ein Beweis dafür, dass mein Sturz nicht unbemerkt geblieben war. Ich zog den Ring über den Kopf, brachte ihn unter meine Arme und fühlte mich nun vorläufig gesichert.

Aus der Ferne vernahm ich die Stimmen der Leute an Bord, auch hörte ich deutlich, wie man Tauwerk an Deck niederwarf. Wieder versuchte ich zu schreien, konnte aber nur gebrochene Töne hervorbringen. Der Schreck musste meine Stimmwerkzeuge gelähmt haben. Die Bark entfernte sich mehr und mehr. Sie hatte den Wind fast von achtern und musste daher einen großen Bogen beschreiben, ehe sie herkam. Ich hätte darauf geschworen, dass Stunden vergingen, ehe man das Boot zu Wasser brachte. Endlich hörte ich von weitem das Rucken der Riemen in den Dollen. Das Boot suchte mich. Noch einmal wollte ich rufen, brachte aber nur ein heiseres Gegröl heraus, das niemand hörte.

Ich lauschte und lauschte, das Boot kam nicht näher. Es entfernte sich vielmehr. Die Leute irrten sich in der Richtung. Ich befand mich meiner Meinung nach südwestlich von der Bark. Sie suchten mich in südlicher Richtung. Immer schwächer wurde das Geräusch der Riemen. Hätte ich ordentlich rufen können, dann wäre ich gerettet gewesen. Ich hörte noch die Stimme des Kapitäns, der das Boot anrief. Dann hörte ich nichts mehr und sah nichts mehr. Das Schiff war verschwunden. Wo vorher seine schattenhafte Gestalt noch gewesen, da flimmerten jetzt die Sterne.

Vom Firmament kam nur ein ganz geringer Lichtschein, auch hatte das Wasser keinen Schaum, der etwa hätte leuchten können. Trotzdem erblickte ich jetzt in einiger Entfernung jene schwarze Masse, nach der ich ausgeschaut hatte, als das Schiff überholte und ich über Bord fiel. Was konnte das sein? Ein Haufen treibenden Seetangs, oder gar durch den vulkanischen Ausbruch neu entstandene Insel?

Sehr groß konnte die Masse nicht sein, das glaubte ich gegen den Nachthimmel erkennen zu können. Was es aber auch sein mochte, schlimmer als hier konnte es mir nicht mehr ergehen, wenn ich mich dicht dabei oder auch mitten darin oder darauf befand. Ich schwamm also darauf zu.

Bald war ich bei der dunklen Masse angelangt, und nun erkannte ich, dass dieselbe tatsächlich Land oder vielmehr der Gipfel einer unterseeischen Gesteinsformation war, der ungefähr zwölf Fuß über dem Wasserspiegel aufragte. Ein schwacher Dampf schien von ihm emporzusteigen. An seinem Rand zeigte sich eine leichte Brandung. Der Strand, dem ich mich näherte, mochte sich einige hundert Fuß nach rechts und nach links erstrecken, mehr konnte ich nicht sehen.

Jetzt spürte ich Grund unter den Füßen und erhob mich. Ich watete gegen dreißig Schritt durch immer seichter werdendes Wasser und erreichte endlich den trockenen Strand. Ich war völlig erschöpft, meine Arme und Beine kamen mir wie Bleigewichte vor. Die Luft war schwül, aber nicht wärmer, als sie um die Mittagszeit an Deck der Bark gewesen war. Überall stiegen dünne Dampfsäulen von dem

Felsenboden auf, die das Atmen jedoch nicht erschwerten. Ähnliche Dämpfe hatte ich bisweilen daheim von feuchten Strohhaufen aufsteigen sehen. Ich schleppte mich noch eine Strecke landeinwärts und sank dann nieder, ob in Ohnmacht oder nicht, das weiß ich nicht mehr. Als ich wieder erwachte, stand die Sonne schon hoch, etwa fünfzehn Grad über dem Horizont.

Ich blickte erstaunt um mich, und es dauerte eine Weile, ehe ich meine Gedanken gesammelt hatte. Die Erinnerung kehrte zurück wie ein Blitzschlag, und ich fuhr jäh empor.

Es war kein Zweifel, das Eiland, auf dem ich mich befand, musste über Nacht durch das unterirdische Erdbeben entstanden sein.

Ich kann es nicht anders beschreiben, als eine gewaltige Masse von Bimsstein, oben abgeflacht und auf allen Seiten sanft nach dem Wasser abfallend. Der Boden hatte durchweg die helle Farbe des genannten vulkanischen Erzeugnisses. Er war so sauber und klar wie die Schale eines frisch gelegten Hühnereies und zeigte nirgends die geringste Spur einer Verunreinigung. Allenthalben aber waren Löcher und Risse darin, ähnlich den Öffnungen eines Schwammes, und es wird mir immer unbegreiflich bleiben, wie ich in der Nacht die fünfzig Schritte landeinwärts hatte gehen können, ohne mir den Hals oder wenigstens Arme und Beine zu brechen.

Was mein Erstaunen jedoch im höchsten Maß erregte und mich im ersten Augenblick an den Boden fesselte, war der Anblick eines Schiffes, das, auf der Seite liegend, ungefähr hundert Schritte von mir entfernt auf einer leichten Bodenerhebung sich befand.

Es währte eine ganze Zeit, bis ich meinen Augen traute. Zuerst glaubte ich, ein launiges Spiel der vulkanischen Gewalten vor mir zu sehen, eine Steinmasse, der sie die Form eines Fahrzeugs verliehen hatten. Allein, als ich näher hinzuging, sah ich, dass ich es wirklich mit einem Schiff zu tun hatte. Allerdings mit einem Schiff in überaus wunderbarer, märchenhafter Verkleidung, da dasselbe dicht mit unzähligen, hundertfältig verschiedenen Muscheln und Korallengebilden überkleidet war.

An zahlreichen Stellen sprudelten klare Seewasserquellen aus seinem Rumpf hervor, die im Sonnenlicht wie Regenbogen funkelten und sich gar prächtig von der mit grünen, moosartigen Algen durchsetzten Muscheldecke abhoben. Das Schiff wies noch die drei Untermasten auf, von denen der Fockmast sehr weit nach vorn, der Besanmast sehr weit nach hinten stand. Auch die Wanten der Masten waren noch vorhanden, als einziger Rest der Takelung, den die See dem Fahrzeug gelassen hatte. Das ganze Schiff sah aus wie ein aus Muscheln und Moos zusammengesetztes Kunstwerk. Auch die Masten und Wanten waren dick damit überzogen. Seine Form war altertümlich. Es erschien kaum zweimal so lang wie breit. Stumpf und bauchig wölbte sich der Bug, das Heck aber erhob sich zu turmartiger Höhe. Ich bin in der Schiffsbaukunst früherer Zeiten nicht bewandert, so viel aber schien mir ganz gewiss, dass dieses Schiff mindestens dreihundert Jahre auf dem Grund der See gelegen hatte und dass seine Erbauung so ziemlich in das Zeitalter des Kolumbus fallen musste.

Der vulkanische Ausbruch, der diese Insel vom Meeresboden emporhob, hatte auch das alte Fahrzeug wieder zum Vorschein gebracht und an das Licht der Sonne befördert.

Meine Lage gestattete mir jedoch nicht, hier lange zu staunen und zu bewundern. In dem Augenblick, in dem ich meine Augen von dem alten Schiff ab und wieder der unermesslichen Weite der See zuwandte, packten mich Angst und Mutlosigkeit.

Was sollte hier nur aus mir werden? Ich hatte kein Boot, nichts, woraus ich ein Floß hätte anfertigen können, denn das Holz des muschelbedeckten Schiffes war längst verkalkt und versteinert. Der Durst begann mich zu peinigen, auf diesem dampfenden Felsen aber war kein Tropfen trinkbaren Wassers vorhanden. Wenn nicht bald Regen fiel, dann musste ich hier elend verschmachten. Ein Gedanke, der mich mit Entsetzen erfüllte.

Das Schiff lag so ziemlich im Mittelpunkt des Eilandes, das fast kreisrund und leicht gewölbt war, etwa wie der Deckel eines großen Topfes. Beim Umherschauen entdeckte ich in einer der Spalten des Bodens einen toten Fisch von der Größe eines sechzehn- bis achtzehnpfündigen Dorsches. In der Hoffnung, durch Stillung meines Hungers auch den wütenden Durst etwas zu mildern, zog ich den Fisch aus dem Loch, schnitt ihm ein Stück aus dem Rücken und aß es. Der Saft des Fleisches erfrischte mich, und um den Fisch möglichst gegen die Einwirkung der Sonnenhitze zu sichern, schleppte ich ihn in den Schatten des Schiffes und legte ihn hier unter einen der kleinen Wasserfälle, die aus dem Wrack sprudelten. So blieb er möglichst lange frisch.

Jetzt gewahrte ich auch noch eine Menge anderer Fische in den zahlreichen Löchern und Spalten. Zwei davon brachte ich noch auf die Seite, zugleich aber sagte ich mir, dass die große Hitze die Fische bald in Fäulnis übergehen lassen würde, und dass dann die Luft auf dem Eiland für mich unerträglich und schädlich werden würde.

Ich setzte mich unter den Bug des Schiffes und schaute hinaus über die See. Vielleicht hätte ich froh sein sollen über die Fristung meines Lebens. Ohne diese wunderbare vulkanische Insel wäre ich ja sicherlich trotz Ringboje schon elend zugrunde gegangen und von den Haien gefressen worden, allein die Einsamkeit war so niederdrückend, mein Verhängnis schien so unabwendbar, dass ich in der Verzweiflung meines Herzens diesen Felsen hätte verfluchen mögen, da er mir nichts als die Verlängerung meiner Leiden zu verheißen schien.

Nur ein winziges Hoffnungsfünkchen lebte noch in mir: Das Eiland lag inmitten einer viel befahrenen Wasserstraße, und es war anzunehmen, dass ein Fahrzeug, dem das Eiland in Sicht kam, vom Kurs abweichen und herankommen würde, um die neue, auf keiner Karte verzeichnete Insel näher in Augenschein zu nehmen. Das war ein Hoffnungsfünkchen, aber nur ein schwaches; wenn ich dagegen in Betracht zog, dass ich nichts zu trinken hatte und sehr bald auch ohne Nahrung sein würde, dass ein Schiff schon sehr nahe kommen musste, um ein so flaches und kleines Stückchen Land bemerken zu können, und dass ich es auf dem sonnendurchglühten Bimssteinriff schwerlich länger als vierundzwanzig Stunden aushalten würde, dann erschien mir meine Lage als verzweifelt.

Glücklicherweise diente das Wrack dazu, meine Gedanken von dem, was mir bevorstand, abzulenken, denn ich bin fest überzeugt, dass ich den Verstand verloren hätte, wenn mein Auge auf diesem flachen Stück Bimsstein keinen Ruhepunkt gefunden hätte.

So unterzog ich denn die versteinerte, muschelüberzogene Struktur einer eingehenden Besichtigung. Es überkam mich dabei eine eigentümliche, feierliche Ergriffenheit. War es doch, als habe das Meer seine Toten wiedergegeben.

Ich überlegte, ob ich nicht an Bord des Fahrzeugs Schutz vor der Sonnenhitze finden könnte. Ich ging herum nach der überhängenden Seite, wo ich den Bord mit den Händen erreichen konnte. Die Muscheln waren glatt und scharf, dennoch gelang es mir bald mich emporzuschwingen.

Hier oben war der Anblick des Fahrzeuges noch viel überraschender und wunderbarer als von außen. Das Deck war gleichsam ganz aus großen und kleinen Muscheln von den verschiedensten Farben und Gestalten zusammengesetzt. Große, milchweiße Korallenformationen wuchsen allenthalben empor, neben anderen unterseeischen, vielästigen Pflanzentieren, für die ich keine Bezeichnung wusste, viele davon auf das lebhafteste gefärbt. Dazwischen wucherten allerlei Gewächse, Algen und Tang, letzterer von merkwürdiger Ähnlichkeit mit den bei uns daheim wachsenden Farnkräutern. Dieser Überzug des Decks war so dicht, dass ich nicht erkennen konnte, ob die Luken offen oder geschlossen waren, und ich gewann die Überzeugung, dass ein Dutzend Männer mit Picken und Brecheisen eine Woche lang zu tun gehabt hätte, um durch diesen dicken und eisenfesten Muschelpanzer in das Innere des Schiffskörpers zu dringen.

Was Wrack schien mir eine spanische oder portugiesische Karavelle gewesen zu sein; das glaubte ich aus seiner Gestalt erkennen zu können. Worin aber mochte die Ladung bestanden haben oder noch bestehen? Vielleicht barg es ungezählte Schätze an Gold- oder Silberbarren, oder in gemünzten Edelmetallen, in Dublonen oder Dukaten. Solch alte Schiffe hatten häufig die kostbarsten Ladungen, da sie die Ausbeute der neuentdeckten Länder nach dem Mutterland zu schaffen hatten.

Gern hätte ich alle Kostbarkeiten der Welt für den Anblick eines herankommenden Seglers oder Dampfers, für einen kleinen Quell frischen Trinkwassers gegeben.

Mit fieberhaften Augen suchte ich den Horizont ab. Es war nichts in Sicht.

Der Nachmittag kam, die Sonne brannte in unerträglicher Glut vom Himmel hernieder, der Durst quälte mich entsetzlich. Ich kletterte vom Schiff hinab und schnitt mir wieder ein Stück aus dem Fisch. Der Saft war nur für den Augenblick eine Wohltat. Das Salzwasser, welches das Fleisch angefeuchtet hatte, brannte mir im Schlund und vermehrte meine Leiden.

Eine leichte Brise fuhr über die See, ein halbes Dutzend schwarzer, nasser Rückenflossen zeigte sich über dem Wasser in der Nähe der Insel. Das waren die Haie, die sich von ihrem Schreck erholt hatten und nun sehen wollten, ob durch das Erdbeben vielleicht etwas für sie Genießbares heraufbefördert worden war.

Die Nacht verbrachte ich an Bord des Schiffes unter dem balkonartigen Vorbau des Achterdecks. Nie vorher hatte ich ähnliche Leiden durchgemacht. Ich hatte ein Gefühl im Schlund, als bestände er aus glühendem Eisen, mein Kopf war schwer und schmerzte fürchterlich, meine Glieder waren steif, meine Haut spröde und brennend. Kurz vor Tagesanbruch fiel ich in eine Art von Betäubung. Als ich daraus erwachte, sah ich die Sonne aufgehen, und keine halbe Meile von dem Eiland entfernt eine Brigg. Sie hatte alle Leesegel stehen und lag auf nördlichem Kurs.

Ich kletterte mühsam auf das hohe Kampanjedeck und schwenkte meine Arme wie ein Wahnsinniger. Ich wollte auch rufen, aber meine Stimme war noch schwächer als in der Nacht, in der ich über Bord gefallen war.

Wenn die Brigg mich im Stich ließ, dann war es mit mir zu Ende. Ich wusste, dass ich weder die körperliche noch die geistige Kraft mehr besaß, nochmals einen Tag ohne Wasser und ohne Hoffnung auf dem Eiland zuzubringen.

Plötzlich holte die Brigg die Leeschot ihres Großsegels auf. Die Leesegel wurden weggenommen, und dann hielt sie auf das Eiland zu. Nun erkannte ich, dass ich gerettet war.

Als die Brigg das Boot zu Wasser brachte, kletterte ich die zackige Schiffsseite hinab, fiel dabei vor Schwäche nieder, erhob mich wieder und eilte dann schwankenden Schrittes zum Strand.

»Wer seid Ihr, Maat, und was ist dies für ein Land?«, rief mir der Mann zu, der den vordersten Riemen führte, indem er mir die Hand entgegenstreckte.

Er hatte englisch geredet.

Ich deutete auf meinen Mund, und es gelang mir, das Wort »Water« hervorzustoßen.

Im Handumdrehen hatten die drei mich ins Boot gezogen, und dann ruderten sie aus Leibeskräften zur Brigg zurück.

»Er ist halbtot vor Durst!«, riefen sie dem über die Reling schauenden Schiffer zu.

Man hob mich an Deck, der Schiffer eilte in die Kajüte und erschien sogleich wieder mit einem Glas voll Wasser und Wein.

»Da«, sagte er, »damit wollen wir anfangen. Hernach gibt es einen größeren Schluck.«

Der Trunk belebte mich außerordentlich. Es dauerte aber noch eine Weile, ehe ich reden konnte.

»Waren Sie allein dort drüben?«, fragte er.

»Ja«, antwortete ich.

»Was ist das aber für ein Land?«

»Ein vulkanisches Eiland, gestern Nacht durch ein unterseeisches Erdbeben entstanden.«

»Alle Donner!«, rief er. »Und was ist das da mittendrauf für eine Veranstaltung von Muscheln und Tanggewächsen?«

»Das ist ein altes Schiff, das wohl länger als dreihundert Jahre auf dem Grund gelegen hat.«

»Und bei der Gelegenheit wieder hochgekommen ist?«

»So ist es«, sagte ich.

»Habe ich mein Lebtag schon so etwas gesehen oder gehört?«, rief der alte Engländer. »So etwas muss man wirklich mit Augen sehen, um es zu glauben! Steuermann, lassen Sie die Seesegel wieder setzen. Wir wollen machen, dass wir hier fortkommen. Es ist hier nicht geheuer. Sie aber kommen mit mir in die Kajüte, da können Sie sich stärken und mir Ihr Abenteuer ausführlich erzählen!«

Eine tüchtige Mahlzeit und eine Flasche Wein dazu machten einen neuen Menschen aus mir. Wir saßen dann eine lange Zeit beieinander. Ich erzählte mein Erlebnis, und der Schiffer machte seine Notizen und plauderte von dem Aufsehen, das es geben würde, wenn er daheim über seine Entdeckung berichtete.

»Und Williams-Eiland soll die Insel heißen!«, rief er. »So taufe ich sie nach meinem Namen, das ist mein gutes Recht!«

Da streckte der Steuermann den Kopf zum Scheilicht herein.

»Keppen Williams!«, rief er.

»Was ist?«

»Das Eiland ist wieder verschwunden!«

Wir eilten an Deck.

Wo das Eiland gewesen war, breitete sich jetzt ununterbrochen die See aus.

»Weg ist es!«, rief der Schiffer erstaunt.

»Ich sah, wie es unterging«, sagte der Steuermann. »Fahrzeuge habe ich schon wegsacken sehen, eine ganze Insel aber erst heute.«

»Da sind wir gerade zur rechten Zeit gekommen«, wandte sich der Schiffer zu mir.

»Ja«, sagte ich erschüttert. »Ohne Sie hätten mich jetzt die Haie.«

Der Name der Brigg, die mich gerettet hatte, war *Mary Roß*. Sie kam von Cardiff mit Kohlen und war nach Hongkong bestimmt. Dort ging ich an Land und fand auch bald eine Heuer. ›So, Towe‹, schloss der Schiffer lächelnd seine Erzählung, das ist meine Geschichte von der vulkanischen Eruption, oder Rupptatschon, wie es ja von nun an heißen wird.«

Vierzehntes Kapitel

*Paul und Towe an Land. - Die Pelzrobbe. - Warum
Paul seinen Stiefel aufgeben musste. - »Soll ich dich nun
ein bisschen auf den Buckel nehmen?«*

Mehrere Tage lang war das Wetter nasskalt und böig. Die Arbeit an Deck wurde unterbrochen und alle Mann saßen in der Kajüte bei der Anfertigung der neuen Segel. Dora hatte auf Heiks Bitten diesem gestattet, die Koje zu verlassen und sich auch daran zu beteiligen. Nun saß er seelenvergnügt, wenngleich noch mit den Schienen am Bein, mitten unter seinen Schiffsmaaten und arbeitete ohne aufzuschauen mit größtem Eifer, als müsse er nachholen, was er so lange versäumt hatte.

Eines schönen Morgens aber stieg die Sonne strahlend am heiteren blauen Himmel empor.

»Jetzt ist es Zeit!«, rief der Schiffer fröhlich. »Towe und Paul, marsch, vorwärts an Land! Schafft uns Kohl an Bord und vergesst auch nicht, so viele Kaptauben zu schießen, wie ihr nur irgend könnt. Gazzi setzt euch an Land und bringt dann das Boot zurück, weil ich es benutzen will, um allerlei Kram nach der Obeliskenklippe zu schaffen. Und bleibt euch noch Zeit, dann steigt auf einen Berg und schaut euch um, ob irgendwo andere Eilande in Sicht sind. Das Wetter ist klar genug dazu.«

Die beiden Freunde machten sich auf den Weg. Sie beschlossen, sich die klare Sicht gleich zu Anfang zunutze zu machen und nach anderen Inseln auszuschauen, da man nicht wissen konnte, ob der ganze Tag so heiter bleiben würde. Sie steuerten daher sogleich auf den höchsten der sich vor ihnen erhebenden Gipfel zu, und als sie ihn nicht ohne Anstrengung erklommen und oben eine Weile Rundschau gehalten hatten, da entdeckten sie in östlicher Richtung Land.

»Das muss die Eberinsel sein, Paul«, sagte Towe. »Mensch, wenn ich jetzt so eine gebratene Schweinekeule hier haben würde! Bei dem Hunger, den ich schon wieder spüre! Was meinst du, sollen wir uns hier hinsetzen und etwas essen?«

»Ich bin dabei, obwohl wir vorhin erst an Bord gefrühstückt haben. Aber hier oben gibt es auch Wasser, wie ich sehe. Also setzen wir uns.«

Sie hatten einen reichlichen Vorrat von Hartbrot und Salzfleisch mitgenommen. Letzteres war von Dora in Scheiben geschnitten und säuberlich in ein reines Leinentuch gepackt worden.

»Junge, Junge, es ist doch ganz anders, seit wir Dora bei uns haben«, sagte Towe kauend und stellte lange und tiefsinnige Betrachtungen an über den Unterschied der Verpflegung in einem von einer klugen Frau geregelten Haushalt und im Mannschaftslogis an Bord. Paul, der ganz derselben Meinung war, mahnte bald zum Aufbruch, denn sein Gefährte hatte bereits wieder Katje und das Eiergeschäft mit in seine wirtschaftlichen Betrachtungen gezogen, und es war zu fürchten, dass er nun so bald kein Ende finden würde.

»Wir haben viel vor uns«, sagte er, indem er sich erhob. »Ich denke, wir steuern zunächst östlich, dann kommen wir zu dem Teil des Strandes, wo die Vögel nisten. Es ist eigentlich seltsam, dass sie sich nur dort aufhalten und nicht überall an der Küste.«

»Die werden wohl wissen, warum sie das tun«, sagte Towe. »Wahrscheinlich gibt es hier mehr Fisch. Vielleicht sind auch die Felsen zum Nisten geeigneter.«

Um zum Strand zu gelangen, verfolgten sie eine tiefe, vielfach gewundene Schlucht, die oft so steil abwärts führte, dass sie in Gefahr gerieten zu stürzen. Hier und da versperrten gewaltige Steinblöcke den Pfad und zwangen sie, alle ihre Kletterkünste in Anwendung zu bringen. Diese Blöcke sahen so aus, als seien sie durch Erderschütterungen von den oberen Teilen des Berges losgerissen und herabgeschleudert worden.

»Der Schiffer wird wohl recht haben, wenn er meint, dass die Crozets ihre Entstehung vulkanischen Konvulsionen verdanken«, bemerkte Paul, »sie scheinen, nach diesen überall umherliegenden Brocken zu urteilen, auch jetzt noch, nachdem sie vielleicht schon ungezählte Jahrtausende existieren, ab und zu an solchen Zuckungen zu leiden.«

»Möglich ist dies schon«, erwiderte Towe. »Aber solange wir mit der *Hallig Hooge* hier sind, können wir keine Konvulsitschon brauchen. Denke doch einmal, wenn so ein Untier von Stein von oben kommt, und kein Mensch ruft: Vorsicht!«

Nach vielen Mühseligkeiten kamen sie endlich unten am Strand an. Die Wasserlinie war hier viel zerrissener als in der Gegend vom Jaspersenhafen. Überall, bis weit in die See hinaus, ragten Klippen aus dem Wasser empor, über die hinweg die Brandung mit ungeheurer

Gewalt gegen das zerklüftete Land anstürmte, wo sie sich weit in die Risse und Spalten des Bodens hinein verlief.

»Da liegt ein Seehund«, rief Paul, der seine scharfen Augen überall umherschweifen ließ. »Dort drüben auf dem flachen Stein!«

»Junge, Junge, das ist eine Pelzrobbe!«, sagte Towe in hellem Eifer. »Die Pelzrobben geben das feine Pelzwerk, das Sealskin, weißt du das? Das ist sehr teuer. Schieß ihn, Paul, schieß ihn!«

»Von hier aus erreiche ich ihn nicht mit dem Revolver. Ich muss mich näher heranschleichen, dann werde ich ihn schon treffen. So einer wäre besser als hundert Kaptauben. Viel traniger als die wird sein Fleisch auch nicht sein. Beschleiche du ihn von dieser Seite, Towe. Halte mich aber nicht für den Seehund, wenn du schießen willst!«

»Ich passe schon auf, mein Junge. Schieß nur du nicht vorbei, so ein Sealskin Pelz, das wäre was für meine Katje!«

»Hm«, sagte Paul zu sich selbst, »Freund Towe ist doch etwas voreilig. Treffe ich den Seehund, dann soll Dora Ulferts den Pelz bekommen und keine andere.«

Auf verschiedenen Wegen pirschten sich die beiden nun über Steingetrümmer und wassergefüllte Felsspalten an das ahnungslose Wild heran. Plötzlich krachte ein Schuss, und mit betäubendem Geschrei erhoben sich tausende von Seevögeln von ihren Felsensitzen in die Lüfte. Der Seehund aber lag regungslos und tot. Paul hatte ihn gut getroffen. »Hurra!«, rief Towe. »Geschossen wie ein Schützenkönig!«

Paul schob den Revolver in die Tasche und eilte auf seine Jagdbeute zu, leichtfüßig über Felsblöcke und Spalten hinwegsetzend. Schon hatte er die Robbe fast erreicht, da tat er einen Fehlsprung und fiel bis an den Gürtel in das eisige Wasser eines breiten Risses. Er wollte wieder aufs Trockene klettern, vermochte dies aber nicht, weil sein rechter Fuß in eine Klemme geraten war.

Die Schwell von der See draußen wirkte auch auf die den weiten Spalt füllende Flut, die alle Augenblicke bis zu Pauls Hals emporschwappte. Er riss und zerrte, aber es half nichts, er steckte mit dem Fuß wie in einem Schraubstock. Endlich brüllte er nach Towe.

»Wo bist du?«, rief dieser, der ihn aus den Augen verloren hatte.

»Hier! Mach' schnell! Ich ertrinke und erfriere!«

Towe war im Nu zur Stelle, allein, soviel er auch zog und wuchtete, er konnte Paul nicht befreien.

Schnell warf er seine Kleider ab und stieg, das Messer zwischen den Zähnen, vorsichtig ins Wasser.

»Was hast du vor?«, fragte Paul zähneklappernd.

»O, keine Bange, das Bein schneide ich dir nicht ab. Halte mich unter Wasser, wenn ich wieder hochkommen sollte, ehe du frei bist.«

Er tat einen tiefen Atemzug und tauchte unter. Paul fühlte einen Schmerz im Fuß und zugleich auch, dass derselbe nicht mehr so fest in der Klemme stak, und dann kam Towe wieder hoch.

»Das ist geschafft«, sagte er.

Er kletterte aus dem Loch, packte Paul bei den Armen und zog ihn empor. Der Stiefel blieb zurück, der Fuß aber wurde frei, wenn auch mit einer blutenden Wunde auf seinem oberen Teil, wie Paul gewahrte, als er triefend neben seinem Retter stand.

»Danke, Towe, alter Freund«, sagte er. »Hättest du mir nicht geholfen, dann wäre ich vor Kälte umgekommen. Zieh dich schnell wieder an, du klapperst ja noch mehr als ich.« Während der Matrose mit größter Behändigkeit die Kleider anlegte, drückte Paul nach Möglichkeit das Wasser aus den seinen und dann schleppten beide die Robbe auf das Festland.

»Ein schwerer Kerl«, sagte Towe. »Ich will ihn ausnehmen, dann wird er leichter und wir können ihn besser tragen. Die Robbenklopper ziehen die Felle mit dem Speck daran gleich an Ort und Stelle ab. Die verstehen sich auf so etwas. Wir verstehen uns nicht darauf. Warum auch.«

Als das Eingeweide ausgenommen war, band Towe die Robbe Paul auf den Rücken, denn der fror in seinen nassen Kleidern am meisten und hatte daher eine tüchtige körperliche Anstrengung am nötigsten.

»Jetzt noch Kohl und Kaptauben, und dann zurück an Bord«, sagte er, als sie ihren beschwerlichen Weg wieder antraten. Er hatte Pauls stiefellosen verwundeten Fuß fest mit seinem eigenen Wollhemd umwickelt, denn anders war dem Schaden vorläufig nicht abzuhelfen. Es ließ sich in dieser ungeschickten Fußbekleidung schlecht gehen, da sie an dem zackigen Gestein überall haften blieb. Der ohnehin schon unter der Last des schweren Seehundes keuchende Paul war bald so erschöpft, dass er nicht weitermarschieren konnte. Warm war er allerdings jetzt geworden.

Sie kamen überein, diese Jagdbeute liegen zu lassen und mit Tang und Steinen zu bedecken, damit die Vögel den Pelz nicht beschädigen konnten. Wenn sie sich noch weiter damit schleppten, dann musste es Mitternacht werden, ehe sie an Bord kamen.

Die Robbe war bald sicher geborgen, eine Arbeit, die Towe erledigte, während Paul sich ausruhte und die Fußbandage neu befestigte. Dann ging es weiter, dem Wasserlauf zu, in dessen Nähe der Kohl wuchs. Sie sammelten einen Vorrat davon, schossen auch noch sechs Kaptauben, beluden sich damit und setzten ihren Weg fort.

Die Wunde an Pauls Fuß war inzwischen sehr schmerzhaft geworden. Sie rührte von dem Messerschnitt her, den Towe ihm beim Ablösen des Stiefels beigebracht hatte. Paul begann so stark zu hinken, dass der wackere Matrose sich voll Mitleid erbot, ihn auf den Rücken zu nehmen. Davon aber wollte Paul nichts wissen. Er biss die Zähne zusammen und stapfte mutig vorwärts. Trotzdem kamen sie nur langsam von der Stelle. Da auch die Umhüllung des Fußes oft von neuem befestigt werden musste, waren sie, als die Nacht einsetzte, noch weit vom Jaspersenhafen entfernt.

»Wenn wir uns nur ein Feuer machen könnten«, sagte Towe, »dann würden wir die Nacht hier kampieren, oder du bliebest hier und ich holte noch einen von Bord, dann trügen wir dich bis ins Boot. Aber ohne Feuer würdest du bald erfrieren, wenn du auf uns warten müsstest.«

»Wir müssen also weiter, Towe«, antwortete Paul. »Es bleibt uns nichts anderes übrig. Mehr als drei Knoten Fahrt werden wir allerdings nicht rauskriegen. Und da geht die verflixte Bandage schon wieder auf!«

»Und hier kommt auch eine Bö!«, rief Towe. »Nun geht das schlechte Wetter schon wieder los! Hast du deine Bandage wieder fest? Schön. Jetzt weiter mit Sang und Klang, wir fahren mit der Eisenbahn, so lang es uns gefällt!«

Regen und Schnee rauschten urplötzlich herab. Jäh kam der Sturm daher und fuhr heulend und pfeifend um die Felsen und durch die Klüfte und Schluchten der unwirtlichen Insel. Von der Küste her kam der Donner der Brandung und erfüllte die Herzen unserer verspäteten Wanderer mit höchst unbehaglichen Empfindungen. Mühsam, mit unsicheren, stolpernden Schritten, verklammten Gliedern und durchfroren bis ins Mark, kämpften sie gegen die wütenden Windstöße an, und jeder sagte sich, dass sie nur geringe Aussicht hätten, das Schiff noch in dieser Nacht zu erreichen. Sogar Towe Tjarks, dieser in allen Wettern erprobte alte Seemann, begann sehr stark daran zu zweifeln, dass er eine solche Nacht ohne das geringste Obdach so leicht würde überleben können. Trotz alledem machten beide gute Miene zum bösen Spiel und suchten einander nach Kräften aufzumuntern.

»Es dauert nicht mehr lang, Paul, dann kommt das Licht der *Hallig* in Sicht!«, rief Towe, »oder Keppen Jaspersen kommt selber an Land und schaut nach uns aus, um uns zu lotsen.«

»Das ist wohl möglich«, erwiderte Paul. »Wir finden aber auch so ... - dunnerlüchting!«

Dieser Ausruf entschlüpfte ihm, als er der Länge nach zu Boden stürzte, weil seine Bandage wieder an einem Stein hängengeblieben war. Towe tastete in der Finsternis umher, seinen gefallenen Schiffsmaaten zwischen den Felsblöcken zu entdecken.

»Wo bist du denn?«, rief er. »Oha, da habe ich dich. Soll ich dich nun ein bisschen auf den Buckel nehmen?«

»Meinetwegen«, sagte Paul. »Wir kommen dann wohl ein wenig schneller vorwärts.«

Towe nahm ihn auf den Rücken und trug ihn stolpernd und strauchelnd einige hundert Meter durch die Finsternis. Dann setzte er Paul auf dessen Verlangen wieder ab.

Noch zwei volle Stunden vergingen, bis sie, durchweicht, erstarrt, zu Tode ermüdet und von zahllosen Stürzen und Stößen zerschunden, das Licht der *Hallig* endlich durch die Nacht flimmern sahen.

»Hurra!«, rief Towe. »Da liegt der alte Dreimastschoner! Wir wollen ihn anpreien, aber beide zugleich: »Hallig ahoi!«

Keine Antwort.

»Hallig ahoi!«

»Jetzt haben sie wieder gerufen«, sagte Paul. »Es war nur undeutlich zu hören. Wir wollen nach der Landungsstelle gehen, das heißt, wenn wir sie finden. Sie liegt mehr links, glaube ich.«

»Hast recht«, antwortete Towe, sich von einem Fall wieder aufraffend. »Wir wollen noch einmal rufen, der Wind hat abgeflaut.«

»Hallig ahoi!«

»Ahoi!«, kam die Antwort über das Wasser.

Einige Minuten später hörten sie rudern, dann legte das Boot an.

»Ihr seid lange ausgeblieben«, rief ihnen der Schiffer entgegen. »Ihr müsst ja halbtot sein. Schnell, springt ins Boot, und dann an Bord mit euch!«

»Das springt sich nicht mehr so, Kaptein«, antwortete Towe. »Mein Schiffsmaat ist so lahm wie eine Katze mit drei Beinen!«

Jaspersen reichte Paul eine hilfreiche Hand. Der junge Mann hatte seine Kaptauben trotz aller Not und Gefahr nicht im Stich gelassen und trug sie an einem Kabelgarn um den Hals.

»Ihr kommt wenigstens nicht leer zurück«, sagte der Schiffer. »Das muss ich loben.«

»Nee, Kaptein«, antwortete Towe, der ein Bündel Kohl vor dem Leib hängen hatte, »und an Land haben wir noch mehr verstaut.«

An Bord erwartete die Abenteurer ein gutes von Dora bereitetes Nachtessen und warme, trockene Kleider. Sie berichteten bei rauchender Pfeife ihre Erlebnisse, suchten dann ihre Kojen auf und schliefen ›bis in die hohe Sonne‹.

Fünfzehntes Kapitel

Paul als Kochsmaat. - Doras Suppe.
Das Wrack der Hirondelle. - Lebensdauer und Flugkraft
der Albatrosse. - Towe als Patentrettungsboje.- Giftige Fische.

Am folgenden Tag war Pauls Fuß noch immer geschwollen und schmerzhaft. Der Schiffer wollte ihn auf die Krankenliste setzen, stieß hierbei jedoch auf offenen Widerstand und Ungehorsam.

»Sie wissen sehr wohl, Keppen Jaspersen, dass ich auf jedem anderen Schiff mit einer so unbedeutenden Schramme meinen Dienst tun müsste«, sagte Paul, »und hier, wo doch wahrlich kein Mann entbehrt werden kann, soll ich aufliegen und faulenzen? Nee, Kaptein, so leid es mir auch tut, aber in meinem Fall muss ich den Gehorsam verweigern.«

»Das ist ja niedlich!«, entgegnete der Schiffer. »Warte, mein Junge, da kommt Dora. Wir hören einmal, was sie zu der Sache zu sagen hat.«

Dora war ganz der Ansicht des Kapitäns und riet Paul ernstlich, den Fuß noch einen Tag oder zwei zu schonen. Da gab Paul, wenn auch mit sauersüßem Lächeln, seinen Widerstand auf und versprach, sich als Patient zu betrachten, vorausgesetzt, dass man ihm gestatte, sich wenigstens in der Kombüse nützlich zu machen. Dies wurde ihm bewilligt, und so ging er Dora mit Eifer als Kochsmaat zur Hand.

Während der Nacht hatte sich das Unwetter gelegt, und der Tag ließ sich wieder ebenso klar und heiter an wie der gestrige. Es wurde daher Towe Tjarks nicht schwer, den Schiffer zu überreden, mit ihm an Land zu gehen und die Robbe zu holen. Sie nahmen Gazzi mit sich und ließen das Schiff unter dem Schutz von Paul und Heik Weers und diese beiden invaliden Seefahrer wiederum unter der Obhut von Dora Ulferts.

Heik saß in der Kajüte auf dem Fußboden und nähte an den Segeln. Er war übellaunig und unwirsch, weil die Heilung seines Beines gar so lange dauerte, schalt und murrte über jede Kleinigkeit. Sobald jedoch Dora in seine Nähe kam, war er der freundlichste und gefügigste alte Seebär, den man sich nur denken konnte, denn in seinen Augen war das junge Mädchen geradezu ein höheres Wesen. Sie bemühte sich auch mit rührender Sorgfalt um ihn. Sie unterhielt ihn mit allerlei Gesprächen, las ihm vor und schob und zog das steife, schwere Segeltuch für ihn zurecht, wenn er eine neue Naht anzufangen hatte, damit er sich nicht unnötig anzustrengen und zu bewegen brauchte. Denn wenn die gebrochenen Knochen auch schon wieder zusammengewachsen waren, so mussten sie doch noch geschont werden. Da Dora auch in der Kombüse nach dem Rechten sehen musste, hatte sie auf diese Weise vollauf zu tun.

Während Paul Geschirr reinigte, Messer und Gabeln putzte und allerlei sonstige Küchenjungenarbeiten verrichtete, erzählte er ihr von seiner Familie in Westerstrand, besonders von seiner Schwester Gesine, wobei er seiner Ansicht Ausdruck gab, dass Kapitän Jaspersen diese wahrscheinlich eines Tages als seine Frau heimführen werde, was allerdings erst geschehen könne, wenn sie mit der *Hallig* wieder glücklich aus diesem Loch heraus seien. Auch von Towe und Katje berichtete er ausführlich und fügte hinzu, dass der Matrose Pelz und Robbe für Katje in Besitz zu nehmen beabsichtigte.

»Darum hat er heute keine Ruhe gehabt, bis der Alte mit ihm an Land ging«, sagte er, »der schöne Pelz könnte sonst unter dem Tanghaufen vielleicht Schaden leiden. Und ich wollte den Pelz für Sie haben, Dora, denn ich habe die Robbe doch geschossen. Aber ich mochte sie Towe nicht streitig machen, denn ohne seine Hilfe hätte ich umkommen müssen, als ich mit dem Fuß zwischen dem Gestein im kalten Wasser in der Klemme saß. Ich verspreche Ihnen jedoch, bald eine andere Robbe für Sie zu schießen.«

Das Wetter blieb heiter und still und so hatten sowohl die drei Leute an Bord der *Hallig* wie auch die drei anderen an Land einen angenehmen Tag.

Es war bereits dunkel, als die Waidmänner zurückkehrten. Sie wussten von guten Erfolgen zu berichten. Sie hatten außer drei Pelzrobben eine Anzahl verschiedenartiger Seevögel erlegt, darunter einen großen Albatros, den Towe zu häuten gedachte.

»Albatrosbrust gibt ein feines Pelzwerk«, sagte er, als er den an Bord gebliebenen Freunden den schönen weißen Vogel unter der Hängelampe der Kajüte zeigte. »Davon soll meine Katje Muff und Kragen haben. Und dann der Sealskinmantel - Junge, Junge!«

»Was hat das Tier denn da am Hals?«, fragte Dora und berührte mit den Fingern ein Endchen grüner, verblichener Seidenschnur, das unter den Federn hervorschaute.

Alle traten herzu und betrachteten verwundert den seltsamen Schmuck.

»Das habe ich ja noch gar nicht gesehen!«, rief Towe. »Der Vogel war schon einmal gefangen und man hat ihm etwas umgebunden.«

»Wie geheimnisvoll!«, rief das junge Mädchen. »Was für eine Botschaft man dem armen Vogel wohl anvertraut hatte, und was für Hoffnungen daran geknüpft gewesen sein mögen, und alles umsonst! Denn wäre der Vogel inzwischen abermals in Menschenhänden gewesen, dann hätte man ihm sicher die Schnur auch abgenommen. Aber nun darf ich wohl zum Essen bitten. Paul, bringen Sie die Suppe aus der Pantry herein.««

»Jawoll«, antwortete der Kochsmaat dienststeifrig, und im nächsten Augenblick stand die dampfende Schüssel auf dem Tisch.

»Ah!«, rief der Schiffer, »wie gut das riecht!«

Und alle Mann atmeten mit höchst vergnüglichem Geschnaufe den würzigen und nahrhaften Duft ein, der sich in der Kajüte verbreitete. Die Suppe war ein Triumph für Doras Kochkunst. Sie stellte eine kräftige Brühe aus abgehäuteten und zerlegten Kaptauben, Speck, den zartesten Blättern und Sprossen des Kerguelenkohls und allerlei Gewürzen dar. Dazu gab es frisches, weißes Gebäck. Das junge Mädchen hatte es verstanden, durch die Enthäutung der Kaptauben den Trangeschmack, der dem Fleisch dieser Vögel sonst anhaftet, ganz zu beseitigen, und von Stund an stand in jedem der Teilnehmer dieses köstlichen Mahles der Entschluss fest, bei jeder Gelegenheit so viele Kaptauben wie möglich zu erlegen.

Nach beendeter Mahlzeit und nachdem jeder der ebenso tüchtigen wie liebenswürdigen Wirtin seine Anerkennung ausgesprochen hatte, wurden die Pfeifen angezündet, und bald kam das Gespräch auf den Albatros und seine vereitelte Botschaft, wobei das Endchen der Schnur aus einer Hand in die andere wanderte. Man erging sich in allerlei müßigen Vermutungen, bis der vielerfahrene alte Heik endlich aus seiner Kammer heraus, wo man ihn bereits in die Koje gehoben hatte, das Wort ergriff.

»Ich habe mich ein bisschen besinnen müssen, aber nun ist mir das wieder eingefallen«, begann er. »Anno 1865 war ich an Bord der *Philippine Welser*, Vollschiff, auf der Reise von Triest nach Surabaya. Wir hatten einen Passagier, einen feinen Mann, den Namen habe ich vergessen. Der schnupperte überall herum, weil er Langeweile hatte. In der Kombüse, im Logis, sogar im Hellegatt ist er gewesen. Auch ging er bei schönem Wetter gern nach oben, aber nicht höher als in den Mars. So hatte er auch eines Abends im Großmars gesessen und war da ein bisschen eingeschlafen. Auf einmal kriegte er einen starken Stoß gegen die Brust, und als er aufwachte, da lag ein Albatros auf seinem Schoß, natürlich tot. Der Vogel musste blindlings auf ihn zugeflogen sein und hatte sich nun durch den Stoß an seinem Leib das Genick gebrochen. Anders konnten wir uns das nicht erklären.

Der Passagier kam nun mit dem Vogel an Deck und ging achteraus zum Kaptein. Sie besehen sich das Tier, messen seine Flügel, die zwölf oder fünfzehn Fuß Spannweite hatten, wenn ich mich recht entsinne, und dabei finden sie, dass er einen Ring von Kupferdraht um den Hals hatte und an diesem Ring eine kleine Tabakbüchse. Als man sie aufgemacht hatte, fand sich ein Zettel darin. Darauf stand auf Französisch geschrieben, dass die Brigg *Hirondelle* am 2. Juni die Masten und das Ruder verloren und ein Leck bekommen habe. Sollte diese Botschaft einem Schiffer oder Steuermann zu Gesicht kommen, so seien sie gebeten zu kommen und zu helfen. Die Brigg könne sich nicht mehr lange über Wasser halten, sie hätten nur noch drei Mann an Bord. Der Zettel war am 18. Juni geschrieben, unter acht Grad Südbreite und einundachtzig Grad Ostlänge.

Als der Vogel an Bord kam, schrieben wir den 26. Juni. Die Botschaft war also acht Tage unterwegs gewesen. Wir waren nicht sehr weit von dem Ort entfernt, wo die Brigg treiben sollte. Unser Kaptein ließ abhalten. Wir haben das Wrack auch richtig gefunden, aber wir kamen doch zu spät. Als wir noch eine Viertelmeile entfernt davon waren, da sackte es weg. Einen Mann haben wir noch aufsammeln können. Der wollte uns erst unter den Händen sterben, aber wir kriegten ihn doch glücklich durch. Er ist dann in Surabaya gesund und munter zu seinem Konsul gegangen, der ihn mit dem nächsten Dampfer nach Hause geschickt hat. Und so haben wir die Botschaft doch nicht ganz umsonst bekommen. Also, das ist mein Erlebnis mit so einer Albatrospost«, schloss der alte Matrose und legte sich wieder in seine Koje zurück.

»Eine in ihrer Art bemerkenswerte Albatrosgeschichte kann auch ich erzählen«, fing Kapitän Jaspersen an. »Wir liefen mit einer steifen, westlichen Brise um das Kap Horn, natürlich mit der dort wie auch am Kap der Guten Hoffnung üblichen Begleitung von Kaptauben und Albatrossen. Einer von den letzteren, ein Vogel von besonderer Größe, hielt sich so beharrlich in unserer Nähe, dass wir ihn schließlich von den anderen zu unterscheiden wussten und sozusagen persönlich kennenlernten. Eines Tages, als wir ihn ausnahmsweise reich gefüttert hatten, kam er so dicht heran, dass er eine Zeitlang in einer Höhe von wenigen Metern unmittelbar über unserem Heck schwebte. Dabei bemerkten wir einen an seinem Hals hängenden

Gegenstand, der etwa die Form einer Taschenuhr hatte. Wir wurden neugierig und beschlossen, den Albatros zu angeln. Ein mit Speck versehener Haken wurde ausgeworfen, aber obwohl im Lauf des Tages sich fünf oder sechs andere daran fingen, die alle wieder freigelassen wurden, der mit dem Halsgeschmeide verschmähte den Köder. Er kam wohl herangeschossen, schwebte auch eine Weile regungslos dicht über dem lockenden Bissen, der mit zehn Knoten Fahrt zischend über das Wasser hüpfte, betrachtete ihn mit im Sonnenschein wie Granatsteine funkelnden Augen, dann aber fuhr er seitwärts in mächtigem Schwung wieder davon, beschrieb einige gewaltige Bogen und folgte uns dann aufs Neue ruhig wie zuvor. Endlich aber biss er doch an und wurde nun trotz seines Sträubens an Bord geholt. Wenn man solch einen großen Albatros fliegen sieht, könnte man ihn für einen starken und gefährlichen Kerl halten. Sitzt er aber erst an Deck, dann ist er schwach und wehrlos und kaum imstand, von selbst wieder aufzufliegen. Der Gegenstand um seinen Hals war das Gehäuse eines Taschenkompasses. Es hing an einem starken Kupferdraht, der in drei Törns um den Hals ging. Zwei davon waren von dem Ring des Gehäuses im Lauf der Zeit durchgescheuert worden, und dieses selbst trug einen dicken Überzug von Grünspan. Es enthielt ein Stück Papier, auf dem in verblasster Tinte zu lesen war, dass der Vogel am 3. Mai 1848 unter dem achtunddreißigsten Grad südlicher Breite und dem dreiundfünfzigsten Grad östlicher Länge von dem Kapitän Weller, Führer des amerikanischen Schiffes *Kolumbus*, gefangen und mit dieser Notiz versehen worden war.

»Wir hingen dem Vogel eine neue Kapsel um, taten einen kurzen Bericht mit den Angaben des ersten und letzten Fanges hinein - das Datum des unsrigen war der 2. Dezember 1885 -, ließen die Kapsel vom Zimmermann verlöten und setzten das Tier wieder in die Freiheit, indem wir es vorsichtig über Bord warfen. Es strich eine weite Strecke mit ausgebreiteten Schwingen und platschenden Füßen über das Wasser hin und erhob sich dann hoch in die Lüfte.

Wenn wir das Alter dieses Vogels zur Zeit seiner ersten Gefangennahme auf vier oder fünf Jahre festsetzen, so sind wir durchaus berechtigt, anzunehmen, dass der Albatros eine Lebensdauer von mindestens fünfzig Jahren hat. Dieser Vogel war siebenunddreißig Jahre lang mit einem Kompassgehäuse am Hals über die Meere dahin gesegelt. Ein Reisender hat einmal die Strecke berechnet, die ein Lotsenfisch durchschwamm, der das Schiff, auf dem er sich befand, begleitet hatte. Der Fisch gesellte sich zu dem Fahrzeug auf der Höhe der Kapverdischen Inseln und folgte ihm um das Kap Horn herum bis nach Callao. Eine Reise von ungefähr eintausendvierhundert Seemeilen, Dauer hundertzweiundzwanzig Tage. Der Fisch schwamm also täglich durchschnittlich hundertfünfzehn Meilen. Welche Strecken mag nun der geflügelte Bote des alten Yankeeschiffes *Kolumbus* in jenen siebenunddreißig Jahren zurückgelegt haben?«

»Millionen von Meilen!«, rief Paul.

»Ganz ohne Zweifel«, sagte der Schiffer.

Am nächsten Tag ging es mit Pauls Fuß schon besser. Es dauerte jedoch noch eine Weile, bis er wieder Stiefel tragen konnte. In der Zwischenzeit ging er in einer Fußbekleidung aus Segeltuch umher, die Towe für ihn angefertigt hatte. Sie tat am Deck gute Dienste, wäre aber auf dem steinigen Boden der Insel nicht verwendbar gewesen. Nach drei Wochen war der Fockmast so weit, dass er aufgerichtet werden konnte. Man brachte das Schiff nach dem Obeliskenfelsen und legte es dort mit einem Buganker und einem Heckanker und außerdem noch mit den auf den Klippen um Felszacken geschlungenen Trossen fest.

»Da muss ich an Mauritius denken«, sagte Towe, als dieses schwere Stück Arbeit beendet war.

»Wieso?«, fragte Heik Weers, der schon längst wieder wie ein Jüngling umhersprang und überall der Erste war.

»Das will ich dir sagen, mein Herzblatt. Als da der große Orkan wehte, hatten wir drei Anker aus. Im Ganzen lagen fünfunddreißig Schiffe da, vierunddreißig trieben auf den Strand und gingen verloren. Unser Schiff war das einzige, das heil davonkam.«

»Natürlich bloß, weil du an Bord gewesen bist«, knurrte Heik. »Du solltest dich eigentlich als so eine Art Patentrettungsboje vermieten, dann kriegtest du auch mehr Heuer.«

»Will gar keine bessere Heuer haben, mein Junge«, antwortete Towe.

»Dass du mein Schiffsmaat bist, das ist schon Belohnung genug für mich.«

Der große Stropp und die Gien wurden noch im Lauf des Vormittags an dem Felsenhorn oder Obelisken aufgebracht, und am Abend stand der Fockmast an seinem Platz. Drei weitere Tage hatte die kleine Mannschaft mit der Anbringung der Wanten zu tun, und nun erst stand der Mast, der an den alten Stumpf angelascht worden war, fest und unerschütterlich.

Man arbeitete vom frühen Morgen bis in die sinkende Nacht, und weder Regen noch Kälte und Wind konnten die wackeren Männer von ihrem Werk zurückhalten, bis alles vollendet war. Die freundlichen Abende in der Kajüte entschädigten sie dann reichlich, und das Abendessen war jedes Mal ein Fest. Keiner aber wusste Doras Gerichte jetzt besser zu würdigen als der brave Heik Weers.

Da beim Aufstellen des Großmastes der Fockmast den Dienst verrichten konnte, den der Obelisk geleistet hatte, warf man die Trossen los, hievte die Anker auf und brachte das Schiff auf seinen alten Liegeplatz zurück.

Bis der Großmast zurechtgezimmert und seine Takelung fertig war, vergingen nahezu zwei Monate. Während dieser Zeit wurden nur dann Ausflüge an Land unternommen, wenn eine Ergänzung der Vorräte von frischem Fleisch und Gemüse nötig war.

Dora hatte oft den Wunsch geäußert, auch einmal Fische für die Küche zu erhalten. Die Seeleute waren nach Kräften bemüht gewesen, diesem Wunsch zu entsprechen und den schuppigen Bewohnern des Jaspersenhafens mit Netz und Angel nachzustellen. Aber einerseits war der Ertrag dieser Wasserjagd immer nur ein kläglicher gewesen, und andererseits hatte sich nach dem Genuss der weniger verwendbar erscheinenden Fische stets eine leichte Erkrankung eingestellt, deren Ursache man zuerst nicht erkannte. Bald aber kam man dahinter, dass die Fische des Hafens keine gesunde Kost waren. Der Schiffer behauptete sogar, sie seien giftig.

»Von giftigen Fischen habe ich noch nie etwas gehört«, sagte Paul.

»Du hast manches noch nicht gehört und noch viel zu lernen, mein Junge«, entgegnete der Schiffer. »Wer die Südsee befahren hat, weiß auch von giftigen Fischen zu erzählen. Frage nur unseren Heik, der hat sich jahrelang dort herumgetrieben und immer die Augen offen gehabt. Ich bin überzeugt, dass giftige Fische ihm nichts Neues sind. Hier in diesen Breiten hätte ich allerdings nicht erwartet, sie zu finden.«

Jetzt kam der alte Heik zu Wort. Von giftigen Fischen könne er einen langen Vers singen, sagte er. Sei er doch selbst schon oft genug an solchem Teufelszeug beinahe gestorben.

»Wo ist das gewesen?«, fragte Paul.

»O, bei den Marschallinseln und auch an anderen Stellen«, antwortete der alte Seefahrer. »Bei den Marschallinseln gibt es einen

Fisch, der Nofu heißt, das ist ein ganz grauslicher Kerl und so giftig wie dem Teufel seine Großmutter. Kennen Sie den Nofu, Kaptein?«

»Gewiss, den kenne ich«, antwortete der Schiffer, »ich habe ihn sowohl bei den Harvey-Inseln als auch bei Samoa gefunden. Er hält sich nur im seichten Wasser der Küsten auf, auf hoher See trifft man ihn nicht.«

»Ich habe mich wohl ebenso lange in der Südsee herumgetrieben wie Heik, nur zu einer späteren Zeit. Einmal hatte ich von einer Händlerfirma den Auftrag, eine schwedische Bark in Besitz zu nehmen, die bei einer der Inseln Schiffbruch erlitten hatte und nun als Wrack auf dem Riff saß. Die Firma hatte das Wrack für hundert Pfund Sterling gekauft, in der Hoffnung, dass es wieder zusammengeflickt, flottgemacht und nach Sydney gebracht werden könnte. Als ich jedoch mit meiner Wrackmannschaft, die aus eingeborenen Seeleuten bestand, in unserem Schoner an Ort und Stelle ankam, sah ich auf den ersten Blick, dass mit der Bark nichts mehr zu machen war. Es blieb nichts übrig, als alles, was noch wertvoll und verwendbar war, auszubrechen und abzureißen, besonders den noch ganz neuen Kupferbeschlag. Bei dieser Gelegenheit lernte ich zuerst die giftigen Fische kennen.

Sobald wir mit dem Schoner in der Lagune auf Anker gegangen waren, kamen einige Inselbewohner, deren nicht mehr als fünfzig oder sechzig vorhanden waren, an Bord und sagten mir, ich möchte meine Leute warnen, vor den Fischen, die sie etwa in der Lagune fangen würden. Sie sollten sie nicht essen, bevor sie nicht von den Eingeborenen untersucht worden seien. Dies geschah, und einige Wochen lang ging alles gut. Dann aber geschah ein Unglück.

Ich hatte von Sydney einen weißen Zimmermann mitgebracht, einen Holländer. Der alte Kerl war unglaublich halsstarrig und dickköpfig, sonst aber ein tüchtiger Arbeiter. Anstatt mit der Wrackmannschaft im Dorf der gastfreien Insulaner zu wohnen, zog er es vor, einsam für sich auf dem Wrack zu hausen, und ich ließ ihn gewähren.

Als ich eines Abends vom Land auf den Schoner zurückkehrte, wo ich schlief, sah ich den Holländer auf der Reling der Bark sitzen und angeln. Es war hohe Flut, das Wrack stand daher etwa zehn Fuß im Wasser. Da er gerade einen ziemlich großen Fisch heraufholte, rief ich ihn an und fragte, wie viele er schon gefangen habe und ob er auch sicher sei, dass die Fische nicht giftig seien. Er antwortete, er habe bis jetzt fünf heraufgeholt, und sie seien gut und es fehle ihnen nichts.

Da ich jedoch wusste, was für ein eigensinniger, unvernünftiger und unwissender Mensch dieser alte Gesell war, legte ich langseit an und kletterte mit zweien meiner Bootsmannschaft an Bord. Wir öffneten die Mäuler der Fische und sahen sogleich die untrüglichen Zeichen ihrer großen Gefährlichkeit. Der Schlund war orangegelb gefärbt, mit dünnen rotbraunen Streifen.

Ich sagte dem Zimmermann, er solle die Fische wieder über Bord werfen. Aber er fing an zu brummen und zu schelten und sagte, er habe ganz dieselben Fische auf Vavau, einer der Tonga-Inseln, hundert Mal gefangen und gegessen, und sie würden ihm auch hier nicht schaden. Es ließ sich mit dem Dickkopf nicht reden. Ich warnte ihn noch einmal sehr ernstlich und ging dann an Bord meines Schoners.

Nach dem Abendbrot saß ich mit meinem Bootsmann an Deck und rauchte eine Pfeife. Auf einmal hörten wir von dem Wrack her vier Schüsse. Das war ein Notsignal. Wir ruderten schleunigst hinüber. Da lag der Zimmermann an Deck, wälzte sich in großen Schmerzen und stöhnte jämmerlich. Neben ihm lag der Revolver. Ich entsinne mich nicht mehr, auf welche Weise die Eingeborenen ihn behandelten, ich weiß aber, dass sie ihn zuerst für verloren hielten. Sie dokterten die ganze Nacht an ihm herum, und bei Tagesanbruch war er außer Gefahr, jedoch wurde er, solange wir auf der Insel waren, nicht wieder arbeitsfähig. Auch litt er, wie ich später hörte, noch über ein Jahr lang an den Folgen dieser Vergiftung.«

»›Sapienti sat‹, das heißt, dem Verständigen genügt das«, sagte Paul nach diesen Ausführungen Heiks und des Schiffers, und fortan wurde im Jaspersenhafen nicht mehr gefischt. Dagegen beschloss man, bei nächster Gelegenheit auf der anderen Seite der Insel beim Robbenkap nach essbaren Fischen zu fahnden.

Der Großmast stand endlich an seinem Platz, ein schönes Zeugnis für die Tüchtigkeit und Ausdauer der kleinen Schar. Als Belohnung erklärte der Schiffer die beiden nächsten Tage für Feiertage. Am ersten wollte er mit Heik und Gazzi an Land gehen, am zweiten sollten Towe und Paul ihren Ausflug machen.

»Und ich? Wann habe ich meinen Feiertag?«, fragte Dora.

»O, kommen Sie mit uns!«, riefen beide Parteien zugleich.

Das junge Mädchen schüttelte lachend den Kopf. »Danke«, sagte sie. »Ich finde wohl andere Gelegenheit.«

Schon der folgende Tag brachte schönes Wetter, und so machten der Schiffer und seine beiden Gefährten sich sogleich nach dem

Frühstück auf den Weg. Paul ruderte sie an Land und kam dann mit dem Boot wieder zurück. Am Fallreep empfing ihn Towe mit der Nachricht, dass Dora den Wunsch geäußert habe, mit ihnen eine Rundfahrt im Hafen zu machen. Freudig ging Paul darauf ein. Dora legte ihre wärmste Kleidung an, und bald saßen die drei im Boot. Das junge Mädchen steuerte.

»Ich habe schon oft auf Flüssen, wo viel Verkehr war, ein Boot gesteuert«, sagte sie. »Hier ist es nicht so gefährlich.«

»Nein, Dora«, erwiderte Towe. »Hier kommt uns niemand in den Weg, kein Passagierdampfer, kein Schlepper, kein Segler, kein Boot. Bin nur neugierig, ob wir alles noch einmal wiedersehen werden.«

Nachdem sie eine Weile herumgekreuzt waren, schlug Paul vor, in die offene See hinauszusteuern. Dora und Towe waren einverstanden. Als sie durch das enge Hafentor fuhren, konnten sie sich nicht genug darüber wundern, dass die *Hallig,* ohne Schaden zu leiden, all die Klippen passiert hatte, die teils über, teils unter dem Wasser aufragten. Mit Besorgnis dachten sie an den Tag, wo das Schiff den Hafen durch diese gefährliche Pforte wieder verlassen sollte.

»Das wird ein Stück Arbeit geben«, meinte Towe. »Wir müssen das Fahrwasser ganz auswendig lernen, sonst schaffen wir das nicht.«

»Wir werden das schaffen, Towe«, antwortete Paul, »weil wir es einfach schaffen müssen. Wenn der Besanmast steht und auch das Vorgeschirr in Ordnung ist, dann bleibt uns noch Zeit genug, das Fahrwasser zu erkunden und auszuloten, sodass wir die *Hallig* sicher hinaus schleppen können. Aber ein Stück Arbeit wird es geben, da hast du recht.«

Der Hafen lag hinter ihnen und das Boot hob und senkte sich auf der Dünung der weiten See. Die beiden Seeleute warfen ihre Angeln aus, an deren Haken fettes Schweinefleisch als Köder steckte. Aber obwohl sie ihr Glück länger als eine Stunde versuchten, kein einziger Fisch biss an.

»Warum es hier keine Fische gibt, das werden die Fische wohl selbst am besten wissen«, grollte Towe. »Lasst uns wieder an Bord gehen, sonst frieren wir noch steif.«

Und schneller, als sie den Hafen verlassen hatten, machten sie sich auf die Rückfahrt.

Kurz vor Anbruch der Dunkelheit kehrten die anderen zurück. Heik brachte ein halbes Dutzend winziger Fischlein mit. Das Angeln von dem Strandfelsen aus lohnte nicht, sagte er. Die Fische seien weiter draußen. Eine Meile vom Land entfernt wolle er das Boot im Handumdrehen bis unter die Duchten mit Fischen angefüllt haben.

Sie hatten eine Menge Pelzrobben auf den Klippen liegen sehen, aber keine erlegt. Der Schiffer meinte, es würde sich wohl lohnen, einen Teil der Ladung herauszunehmen und das Schiff mit Robbenpelzen aufzufüllen. Der Tee sei doch schon halb verdorben, und Sealskins brächten viel Geld.

Ehe man zur Ruhe ging, wurde festgesetzt, dass Paul und Towe in der nächsten Morgenfrühe nach dem Robbenkap segeln und in dessen Nähe nach guten Fischgründen Umschau halten sollten.

Sechzehntes Kapitel

Die Bootsfahrt. - Die Nebelinsel.

Die aufgehende Sonne sah das Boot mit einer Fahrt von sieben Knoten über die von einer langen, sanften Schwell fast unmerklich bewegte, tiefblaue See dahinstreichen.

»Das kleine Ding segelt fein«, sagte Towe, »wenigstens mit so einer Backstagbrise. Bleibt der Wind so, dann müssen wir auf der Rückfahrt dagegen ankreuzen, und dann wird es fraglich sein, ob wir auch so trocken sitzen wie jetzt!«

Der echte Seemann kennt kein höheres Vergnügen als solch eine Bootssegelfahrt bei flotter Brise und glatter See. Was auf Erden lässt sich auch mit solch einer Fahrt vergleichen? Kein Glücksgefühl, geboren aus der Empfindung der Freiheit, der Fortbewegung, übertrifft die Wonne, in schwankendem Nachen mit straff geblähten Segeln und scharfem, das Wasser schäumend und rauschend durchschneidendem Steven gleichmäßig und unaufhaltsam über die Schwell dahinzugleiten. Droben der Himmel, drunten die blaue Flut und dazwischen der helle Wohlklang der freudigen Brise.

»Junge, Junge, das Boot läuft wie die Feuerwehr!«, rief Towe fröhlich. »Sieh die vielen Pinguine dort auf den Felsen, in Reih und Glied, just wie Soldaten. Wie wild das Land doch aussieht. Kein Baum, kein Strauch, alles schwarz und grau, bloß die Pinguine sind weiß. Ich wollte, ich sähe unseren Nordseestrand bald wieder.«

»Dahin kommen wir auch noch«, entgegnete Paul. »Was meinst du, Towe, wollen wir nach der Insel segeln, die wir von dem Berg in Sicht hatten, du weißt schon, an dem Tag, wo du mir den Fuß zerschnittest?«

»Fuß zerschnittest!«, knurrte der Matrose. »Du meinst, wo ich dir das Leben gerettet habe. Ich denke, wir sollten Fische fangen?«

»Das können wir auch noch. Aber zuerst lass uns mit diesem feinen Wind nach der Insel segeln. Wer weiß, ob sich noch einmal eine gute Gelegenheit bietet.«

Towe äußerte zwar noch einige Bedenken wegen der Stetigkeit der Brise, war dann aber damit einverstanden. Und so jagten sie in brausender Fahrt immer weiter hinaus über die schimmernde, jetzt mit unzähligen kleinen, schneeweißen Schaumkämmen bedeckte See, der sonnigen Ferne zu. Sie hatten ihre Freude am Segeln, dem

Anblick der bewegten See und an dem schönen Wetter und ließen sich das mitgebrachte Fleisch und Brot trefflich munden.

Paul saß am Ruder, Towe auf der Ducht am Mast.

»Land!«, rief jetzt der Erstere. »Über dem Steuerbordbug! Siehst du es?«

»Jawohl«, sagte Towe. »Wir müssen ein bisschen nach Süden aufholen. Ich meine, wir hätten das Land schon früher gesichtet, wenn kein Nebel gewesen wäre.«

»Etwas Nebel ist da noch immer. Das Land ist nicht hoch, die Eberinsel kann es nicht sein, denn die ist die größte der ganzen Gruppe.«

»Wollen das Eiland Nebelinsel nennen, denn Nebel und dicke Luft ist da wohl immer, sonst hätten wir das Land längst vom Robbenkap aus sehen müssen.«

»Auf der Eberinsel wäre ich gern an Land gegangen«, sagte Paul, »an der da liegt mir nichts. Die Rückfahrt wird länger dauern. Ich denke, in drei Stunden werden wir es geschafft haben.«

Es sollte aber anders kommen. Er kaute noch an dem letzten Bissen und schaute dabei nach dem Eiland hinüber, da legte sich plötzlich der Wind, die See glättete sich, das Segel hing schlaff, kurz, die Seefahrer sahen sich auf einmal ganz unerwartet in einer vollkommenen Stille. Sie schauten erst einander an und dann rings um sich. Die Nebelinsel war verschwunden. Von allen Seiten kam dicker, weißer Nebel herangekrochen, und nach wenigen Minuten war das Boot so dicht davon eingehüllt, dass man kaum noch von einem Ende bis zum anderen sehen konnte.

»Ähnlich wie bei dem englischen Kanal«, brummte Towe, indem er das Segel wegnahm. »Nun haben wir das Vergnügen zurückzurudern. Schöne Aussicht! Wer weiß, ob wir heute Abend überhaupt noch nach Hause kommen. Hoffentlich fängt es nicht auch noch an zu wehen.«

Sie legten die Riemen aus. Der Nebel war nass und kalt, so dass die beiden Helden froh waren, sich durch die Anstrengung des Ruderns warm erhalten zu können.

Towe blickte auf den Taschenkompass, den der Schiffer ihm mitgegeben hatte.

»Wenn wir tüchtig rudern, dann sind wir noch vor Abend da«, erwiderte Paul zuversichtlich. »Im Notfall können wir uns übrigens aus dem Segel ein Zelt machen, das hält dann wenigstens den Tau ab.«

130

Sie mochten eine halbe Stunde gerudert sein, da machte sich von Westen her Wind auf. Schnell zogen sie die Riemen ein und setzten das Segel.

»Hurra!«, rief Towe. »Ein kurzer Schlag und ein langer Schlag, dann haben wir Robbenkap!«

Trotz der Brise blieb der Nebel so dicht wie zuvor. Es wehte stärker und stärker. Das Boot legte sich so weit nach Lee über, dass das Wasser über die Reling hereinstürzte. Das Segel wurde dicht gerefft. Inzwischen hatte sich jedoch auch die See aufgemacht, und das Boot arbeitete schwer und nahm so viel Wasser, dass es weggesackt wäre, wenn Paul nicht unter größter Anstrengung mittels einer alten Konservendose die gurgelnde Salzflut wieder ausgeschöpft hätte.

Die See erhob sich immer wilder, der Wind wurde zum Sturm. Es blieb nichts übrig, als das Boot platt vor dem Wind laufen zu lassen. Die beiden Maaten saßen nebeneinander in den Sternschoten und redeten kein Wort. Sie schauten voraus in den Nebel hinein, den ihre Blicke jedoch kaum einige Meter weit durchdringen konnten.

Nach und nach wurde es finster. Die Nacht brach herein. Sie liefen wieder auf die Nebelinsel zu, die ihrer Schätzung nach etwa noch fünf Seemeilen entfernt sein mochte. Das kleine Boot kämpfte wacker mit den hohen Seen und nahm jetzt nur wenig Wasser über. Es erklomm die mächtigen Wasserberge und glitt in die jenseitigen Täler wieder hinab wie ein Pinguin.

Die sturmverschlagenen Genossen waren fast erstarrt vor Kälte. Towe hielt die Ruderpinne. Paul drängte sich so dicht wie möglich an ihn heran.

»Lass mich jetzt steuern!«, schrie er ihm durch das Sturmgebraus ins Ohr. »Deine Hand muss ja schon ganz erfroren sein!«

»Nee, Junge, lass mich nur. Wir sind schon dicht an Land, glaube ich. Höre! Ist das nicht Brandung?«

Es war der Donner der Brandung. Er übertönte sogar das Tosen des Sturmes und der Wogen. Es kam von vorn. Das Boot raste gerade darauf zu. Towe hielt nach Süden ab, Paul bediente das Segel. Der Orkan fasste jetzt das winzige Fahrzeug von der Seite und warf es so weit nach Lee über, dass das Segel Wasser schöpfte. Im nächsten Augenblick rollte eine mächtige Woge heran und begrub es unter sich.

Als Paul wieder an die Oberfläche kam, sah er sich allein und inmitten der betäubenden Brandung, die wie ein weißgrünes

Feuermeer um ihn lohte, toste und zischte. Wohl ruderte und rang er mit den Armen und Beinen, allein, er war ein willenloses Spielzeug der rasenden Flut, die ihn jetzt in die Tiefe warf und dann wieder hinauf riss in das weiße Chaos. Wild um sich greifend, erfasste er ein treibendes Holzstück - einen der Bootsriemen. Zweimal wurde er dem Strand zugetragen, zweimal wieder zurückgerissen. Schon meinte er, dass alles vorbei sei, da warf ihn ein mächtiger Roller weit hinauf an das Land. Instinktiv klammerte er sich an das Gestein, um von dem zurückweichenden Wasser nicht wieder in die See gespült zu werden. Dann raffte er sich auf und rettete sich, so schnell er konnte, aus dem Bereich der Wogen.

Es war eine stockfinstere Nacht. Sein einziger Gedanke war, Schutz vor dem kalten Wind und dem Schnee- und Schloßentreiben zu finden. Blindlings stolperte er landeinwärts. Plötzlich erhielt sein Kopf einen harten Stoß. Er war gegen einen Felsen gerannt. Er taumelte zur Seite und stürzte in ein tiefes Loch. Nicht auf Gestein, sondern auf eine weiche, trockene Masse. Er blieb still liegen, denn weder Wind noch Schnee erreichten ihn hier.

Paul dachte an Towe, seinen treuen Schiffsmaaten. Der war sicherlich ertrunken. Hatte ihn selbst doch nur ein Wunder dem Rachen der See entrissen.

Siebzehntes Kapitel

»Es ist nicht unmöglich, dass ihnen etwas zugestoßen ist.«
Heiks Klipper. - Die Suche an Land. - Die Höhle.
»Ich hoffte schon, dass du ein Schwein wärst. - »Towe war also
mal wieder der Retter des Vaterlandes. - Schlechte Kost.

Das so schnell heraufgezogene Unwetter und das Ausbleiben der beiden Gefährten erfüllte die an Bord der *Hallig* Zurückgebliebenen mit großer Sorge. Am meisten ängstigte sich Dora. Sie fragte den Schiffer immer wieder nach den Aussichten, die die beiden in dem kleinen Boot und bei solchem Sturm wohl hätten, und dieser versuchte sie nach Kräften zu beruhigen und ihr alle Angst auszureden. Er sagte, er sei überzeugt, dass sie nicht daran dächten, unter solchen Umständen das Einlaufen in den Hafen zu versuchen und wohl längst auf der Insel Zuflucht gefunden hätten. Proviant fehle ihnen nicht, das Segel gäbe ein treffliches Zelt ab, und so würden sie aller Wahrscheinlichkeit nach am nächsten Vormittag wohlbehalten wieder an Bord der *Hallig* erscheinen.

Diese in zuversichtlichem Ton gesprochenen Worte verfehlten ihre Wirkung nicht, und leichteren Herzens begab sich das junge Mädchen zur Ruhe.

Schnell wie es gekommen war, ging das Unwetter auch wieder vorüber. Der folgende Morgen war so ruhig und klar, als gäbe es gar keine Stürme und keinen Nebel in der Welt. Den ganzen Vormittag schauten Dora und die übrigen Leute der *Hallig* nach den beiden Seglern aus. Aber weder im Hafeneingang noch drüben an der Landungsstelle des Strandes ließen diese sich blicken. Auch der Nachmittag verstrich unter vergeblichem Harren und Hoffen, und als die Nacht wieder finster über dem Hafenkessel und dem Schiff lag, da waren die Trostgründe, mit denen der Schiffer sich und die anderen zu beruhigen suchte, nicht mehr zuversichtlich.

»Es ist nicht unmöglich, dass ihnen etwas zugestoßen ist«, sagte er zu Heik Weers. »Sind sie morgen früh noch nicht hier, dann müssen wir an Land gehen und nach ihnen suchen.«

»Das ist ganz schön, Keppen Jaspersen«, erwiderte der alte Matrose, »aber ohne Boot an Land gehen, das soll nicht so ganz leicht sein. Zum Schwimmen ist mir das Wasser zu kalt, sonst täte ich es gleich. Ich habe keine Angst um unsere Maaten. Towe ist ein fixer Kerl, der sich immer und überall zu helfen weiß, und Paul ist grad so einer. Ich habe noch keinen alten Matrosen gekannt, mit dem der Junge es nicht jederzeit aufnehmen könnte.«

»Um an Land zu kommen, ist gerade kein Boot nötig«, entgegnete der Schiffer. »Dazu genügt auch ein Floß. Sind sie morgen früh noch nicht da, dann zimmern wir eines zurecht. Kommt das Boot nicht wieder, dann brauchen wir ohnehin ein solches Verbindungsmittel mit dem Land. Heute Nacht wollen wir übrigens Ankerwache halten. Es weht eine leichte Brise, vielleicht kommen sie noch. Gazzi nimmt die erste Wache, meinetwegen bis neun, Sie gehen bis zwölf, und ich von da ab bis zum Morgen.«

Die Nacht verging, die Vermissten kamen nicht. Dora lag schlaflos in ihrer Koje und machte sich schon vor Tagesanbruch mit ganz verweinten Augen in der Kombüse zu schaffen. Auch Jaspersen war es schwer ums Herz, als er in den grauenden Tag hinaus starrte.

»Kann ich Paul nicht mit mir heimbringen«, sagte er zu sich selbst, »dann mag ich Westerstrand nicht wiedersehen. Der Schmerz würde dem alten Vater das Herz brechen. Und die arme Mutter! Möge Gott alles zum Guten wenden!«

Mit Sonnenaufgang gingen sie an die Arbeit. Aus vier Fässern und einigen leichten Spieren wurde das Gerüst des Floßes hergestellt und das Ganze mit Planken bedeckt. Da die weggeschlagene Schanzkleidung noch immer nicht ausgebessert worden war, machte das Zuwasserbringen des ungefügigen Fahrzeugs keine Schwierigkeiten. Als es langseit lag, behauptete Heik, es sähe so schneidig aus wie ein richtiger Klipper. Er zimmerte aus einigen Brettstücken noch ein Paar Paddel zurecht und erklärte dann das Floß für seeklar. Ohne noch länger Zeit zu verlieren, begab sich die ganze Gesellschaft, auch Dora, an Bord des ›Klippers‹, und da das Wasser spiegelglatt war, so gelangte man auch bald und ohne Gefahr zur Landungsstelle. Hier trennten sie sich. Der Schiffer und das junge Mädchen sollten die Küste bis zur Mündung des von Paul entdeckten Baches absuchen. Heik erhielt den Auftrag, querlandein zu wandern, den Aussichtsberg zu ersteigen und von dort sorgfältig in die Runde zu spähen. Gazzi wurde angewiesen, nördlich zu steuern und das Land bis zum Robbenkap abzustreifen. Die Suche dauerte lange Stunden, allein sie blieb vergeblich.

»Es nützt nichts«, sagte Jaspersen endlich zu dem ermüdeten Mädchen, »wir müssen es aufgeben. Auf dieser Insel sind sie nicht gelandet.«

»Auch nicht auf der Nordseite?«, fragte Dora.

»Dort am allerwenigsten. Das hätte Towe bei dem Sturm niemals unternommen. Ich denke, sie werden die andere Insel angelaufen sein, die von dem Berg aus zu sehen ist.«

»Konnten sie bei dem schrecklichen Unwetter in dem kleinen Boot bis dorthin gelangen?«

»Ich hoffe es. Beide sind gute und erprobte Segler. Habe ich Ihnen schon erzählt, dass Paul einer von der todesmutigen Besatzung des Rettungsbootes gewesen ist, das Towe Tjarks und mich dem Tod entriss, als mein Schiff, die *Hammonia*, bei Westerstrand aufgelaufen und in Stücke gegangen war?«

»Nein. Wie viel Unglück Sie doch schon gehabt haben! Bitte erzählen Sie.«

Und Jaspersen erzählte ihr von dem Schiffbruch und von der liebevollen Pflege, die er im Pfarrhaus zu Westerstrand gefunden hatte. Er redete mit Wärme und Eifer und großer Ausführlichkeit, um sie nicht zu der Frage kommen zu lassen, die er im Grund seines Herzens so sehr fürchtete, zu der Frage, ob er die Vermissten noch am Leben glaube. Scheute er sich doch, sich selbst diese Frage zu beantworten, denn er wusste als erfahrener Seemann, dass bei dem Unwetter jener Nacht das Boot und seine Insassen nur durch ein Wunder dem schwarzen Verhängnis entronnen sein konnten.

Sie stellte diese Frage nicht, wohl aber wollte sie wissen, ob Menschen auf den anderen Inseln auch Mittel und Wege finden würden, ihr Leben zu fristen. Das wollte der Schiffer nicht in Abrede stellen. Wenn sie dort gelandet seien, so zweifle er keinen Augenblick daran, dass sie auch ihr Leben fristen und eines Tages zurückkehren würden. Janmaat wüssten sich immer zu helfen und in allen Lebenslagen, zu Wasser wie zu Land, Rat zu schaffen.

»O, wer kommt da?«, rief Dora plötzlich. »Ich glaube, das ist Towe!«

Es war jedoch nur Heik Weers. Er hatte keinerlei Spuren gefunden, wohl aber von der Höhe des Aussichtsberges die Insel gesehen, die ihm den größten Teil des Tages in Nebel gehüllt zu sein schien. Ein paarmal habe er ein Stück von ihr in Sicht gehabt, aber immer wieder habe sich der Nebel davor gezogen, obwohl die Luft sonst ganz klar war. Weit sei es nicht bis dorthin, das wisse er jetzt.

Auf dem Rückweg hing jeder seinen Gedanken nach. Kein Wort unterbrach das bedrückende Schweigen. An der Landungsstelle saß Gazzi bereits und wartete. Da auch er nichts zu berichten hatte, paddelten sie langsam zurück zum Schiff.

Kapitän Jaspersen nahm sich vor, mit der Auftakelung des Fahrzeuges fortzufahren, so gut dies nach dem Verlust von zwei Mann immer gehen mochte. Auch beschloss er, ehe die Heimreise angetreten wurde, jener Insel noch einen Besuch abzustatten, obgleich er in seinem Inneren die traurige Überzeugung hegte, dass, wenn Paul und Towe wirklich dorthin verschlagen sein sollten, sie doch an einem völlig wüsten Ort und in einem solchen Klima unmöglich auf so lange Zeit ihre Leben würden fristen können.

Als Paul nach langem Schlaf aufwachte, musste er zuerst seine Gedanken sammeln. Der Ort, an dem er sich befand, war dämmrig, etwa wie das Logis an Bord der *Hallig*. Es dauerte eine Weile, ehe er sich darauf besann, was mit ihm vorgegangen war. Plötzlich richtete er sich auf und blickte um sich. Towe war nicht da. Der treue Schiffsmaat lag vielleicht zwischen den Felsblöcken am Strand, ein verstümmelter Leichnam, ein Spiel der grausamen Brandung, hin- und hergeworfen von jeder anrollenden und wieder abrollenden Woge!

Die Stätte, die ihm so unerwartet Schutz geboten hatte, war eine Höhle, oder vielmehr ein tiefes Loch, von einem Felsendach weit überragt und auf dem Boden hoch mit Seetang bedeckt, den die Flut bei schweren Stürmen hereingespült haben musste. Es war jedoch ersichtlich, dass die Roller nur selten diese hochgelegene Vertiefung erreichten, denn der Tang war so trocken wie Zunder. Dazu hielt das Felsendach sowohl den Nebel als auch die Schnee- und Regenfälle ab, die in jenen Breiten den größten Teil des Jahres so trostlos machen.

Nicht ohne Mühe kletterte Paul an der Wand des Loches empor ans Tageslicht. Die Sonne blendete ihn, die Augen schmerzten von dem Seewasser, dessen Salzkristalle ihm Haar, Gesicht und Hände dicht bedeckten.

Noch immer toste die Brandung um die Klippen, noch immer trafen die Wogen mit schweren Schlägen den zerklüfteten Strand. Zahllose Seevögel umschwirrten ihn kreischend. Sie kreisten ganz nahe um seinen Kopf und sahen ihn mit ihren blanken Augen feindselig an, als wollten sie ihm das Recht, auf dieser Insel zu weilen, streitig machen. Obwohl die Sonne nur geringe Wärme herabstrahlte, erfüllte sie ihn mit neuem Lebensmut, und dankbar wendete er den Blick mit einem kurzen Stoßgebet nach oben. Dann ging er, sich nach Trinkwasser umzuschauen, denn er verspürte einen brennenden Durst. Dabei kam ihm sein verlorener Gefährte keinen Augenblick aus dem Sinn. Allenthalben auf dem Strand und den Felsblöcken lagen Tanghaufen in mannigfacher Gestalt. In jedem fürchtete er, den leblosen Körper seines Freundes zu erkennen.

Die Nebelinsel war bei weitem nicht so bergig und unwegsam, wie sie Paul sich vorgestellt hatte. Nach kurzem Gang hatte er eine mit Regenwasser angefüllte Felsvertiefung gefunden. Er löschte seinen Durst, wusch sich das Salz aus Gesicht und Augen und wandte sich dann zum Strand zurück, um nach Towe zu suchen. Auf dem Weg fand er das an Land geworfene Ruder ihres Bootes. Es war unbeschädigt. Überall stieß er auf ganze Lager angeschwemmten Tanges, zum Teil hoch auf dem trockenen Land - ein Zeichen für die Heftigkeit des Seeganges während der Nacht.

Etwa hundert Schritt von der Stelle, wo das Ruder gelegen hatte, sah er große Scharen von Vögeln in großer Aufregung über einer bestimmten Stelle kreisen. »O, mein Gott!«, sagte er zu sich selbst, »da wird der arme Towe liegen!« Unter Furcht und Zittern ging er zögernd näher. Die Vögel schienen durch einen Tanghaufen angezogen zu werden. Er blieb stehen, um sich innerlich zu festigen und auf den schrecklichen Anblick vorzubereiten, denn er war überzeugt, demnächst vor seines Gefährten Leiche zu stehen. Langsam, Schritt für Schritt, ging er weiter. Jetzt hatte er den Tanghaufen erreicht. Da - was konnte das sein? Seltsame Laute drangen an sein Ohr. Er lauschte. Seevogelstimmen konnten solche Töne nicht hervorbringen.

»Sollte ich etwa doch auf der Eberinsel sein?«, sagte er zu sich selbst. Denn was er da hörte, waren Laute, wie sie in der Regel nur das bekannte Borstenvieh von sich zu geben pflegt. Er lauschte mit gespanntester Aufmerksamkeit, dann trat er kühn ganz dicht an den Haufen heran und neigte sich darüber. Außer dem Tang war nichts zu sehen. Die Töne aber drangen aus dem Inneren des Haufens hervor, daran war nicht zu zweifeln. Auch glaubte er, jetzt eine schwache Bewegung darin wahrzunehmen.

Wenn da ein Schwein läge!

Bei diesem Gedanken wurde der Hunger, den er bereits eine Weile verspürte, geradezu unerträglich. Er rannte zurück und holte das Bootsruder, um sich seiner als Waffe zu bedienen, wenn der Eber, oder dic Sau, was immer es sein mochte, sich etwa stellen sollte.

Mit der Rechten hob er das Ruder schlagbereit hoch empor, mit der Linken zog er die oberste Schicht des Tanges zurück. Ein wildes Aufgrunzen - aber nicht aus der Kehle eines Schweines. Denn unter dem Tang lag Towe Tjarks, nass, in zerfetztem Zeug, aber so fest schlafend, als ruhe er in seiner warmen Koje an Bord der *Hallig Hooge*.

»Towe!«, schrie Paul jubelnd. »Towe!«

Der Matrose richtete sich auf, rieb sich die Augen und blickte verwundert um sich. Plötzlich sprang er empor, schlang die Arme um Paul und drückte ihn gleichzeitig an die Brust. Paul erwiderte die Umarmung gleich stürmisch. Towe fand zuerst wieder Worte.

»Mein lieber Junge!«, rief er. »Ich dachte, du wärst längst tot und all mein Suchen nach dir müsste vergebens bleiben. Und über diesem großen Schmerz bin ich eingeschlafen.«

»Just so war es bei mir auch«, antwortete Paul. »Ich hätte darauf geschworen, dass du ertrunken seiest, und da habe ich mich auch schlafen gelegt.«

»Und nun leben wir alle beide noch, und ausgeruht haben wir uns auch. Ob es wohl Wasser auf dieser Insel gibt?«

»Wasser genug, aber zu essen habe ich noch nichts gefunden. Ich hoffte schon, dass du ein Schwein wärst.«

Paul führte den wiedergefundenen Gefährten zu dem Frischwasserbecken, wo dieser sich das Salz vom Gesicht und aus dem struppigen Bart spülte. Dann gingen sie strandwärts das Boot suchen. Beiden war es hohl im Magen. Sie schauten mit begehrlichen Blicken nach den Vögeln, und warfen auch mit Steinen nach denen, die auf den Felsen saßen, ohne jedoch zu treffen. Pinguine, die sie leicht hätten erlegen können, waren nicht sichtbar.

Sie schnallten ihre Leibriemen enger und gingen zum Strand hinab. Dabei berichtete Paul von der Höhle, in die ihn ein gütiges Geschick, allerdings mit einem Kopfstoß, hineingeführt hatte und von dem trefflichen Nachtlager, das er dort gefunden hatte. Eine gute Unterkunft hatten sie jetzt, um das Übrige wollten sie sich vorläufig keine Sorgen machen. Und als ein gutes Omen entdeckten sie gleich darauf hinter einer scharfen Biegung des Strandes das Boot. Es lag kieloben, hoch und trocken und außerhalb des Bereiches des gewöhnlichen Hochwasserstandes. Mit lautem Hurra eilten sie darauf zu und betrachteten es von allen Seiten.

Ihre Freude wurde aber erheblich gedämpft, als sie ein großes Loch im Bug wahrnahmen.

»Da kannst du deinen Kopf durchstecken«, knurrte Towe. »Kein Mast ist da, kein Segel, nichts.«

»Schadet nichts, Towe«, entgegnete Paul, »das Boot ist da, das ist die Hauptsache, und wir müssten dumm sein, wenn wir es nicht wieder flicken und seetüchtig machen könnten.«

»Hast recht, Junge«, sagte Towe.

Sie richteten das Fahrzeug auf und zogen es eine Strecke höher aufs Land, so dass selbst die höchste Flut und die stärksten Roller es nicht mehr zu erreichen vermochten. Darauf schritten sie der Höhle zu. Towe war ganz erstaunt über das wettersichere und trauliche Obdach, das die Natur hier für sie bereitgehalten hatte.

»Ob wir diesen trockenen Tang wohl als Zunder verwenden und damit ein Feuer anmachen könnten? Du hast ja Stahl und Stein bei dir. Wir haben allerdings kein Holz, aber wenn es gelänge, einen tüchtigen Haufen Tang in Glut zu bringen, dann hätten wir doch etwas Wärme.«

Towe schlug im Schweiße seines Angesichts Funken aus dem Stein, bis ihm die Finger erlahmten, aber der Tang wollte nicht Feuer fangen. Da auch keine Vogelnester mit Eiern auf dieser Seite der Insel am Strand zu finden waren, mussten sie sich endlich mit knurrendem Magen auf das Lager strecken. Trotzdem waren sie herzlich zufrieden. Sie hatten gutes Wasser, gute Unterkunft und im Notfall konnten sie sich mit rohem Vogelfleisch ernähren. Andere Schiffbrüchige hatten viel größere Drangsale auszustehen gehabt. Ihre Kleider waren im Lauf des Tages auf ihren Leibern getrocknet und an die Kälte hatten sie sich so ziemlich gewöhnt. Hier in dem Loch spürten sie sie kaum, und als sie sich in den Tang eingewühlt hatten, war ihnen bald ganz behaglich warm.

Paul schlief einige Stunden tief und fest, dann weckte ihn das laute Schnarchen seines Genossen. Aufblickend gewahrte er einen schwachen roten Feuerschein an der Decke der Höhle, und zugleich verspürte er einen beißenden, unangenehm riechenden Qualm. Er sprang auf, kletterte aus dem Loch und sah nun, dass der Haufen Tang, den Towe vergeblich zu entzünden versucht hatte, sich in voller Glut befand. Die Felsen im näheren Umkreis waren davon rot angestrahlt und ein dicker, bräunlicher Rauch wälzte sich langsam landeinwärts.

»Wach auf, Towe! Wach auf!«, schrie er in das Loch hinunter. »Wir haben ein prachtvolles Feuer!«

Towe erhob sich schnell, hustete, schalt auf den Rauch und fragte dann, indem er emporkroch, wer das Feuer gemacht habe.

»Wer anders als du?«, antwortete Paul. »Deine Funken müssen doch wohl irgendwie gezündet haben, der Tang hat dann sachte weitergeschwelt, und nun siehst du, was daraus geworden ist.«

»Towe war also wieder einmal der Retter des Vaterlandes«, sagte der Matrose. Sie legten einen getöteten Pinguin auf die Glut und warteten gar nicht erst so lange, bis das Fleisch vollkommen gar war, sondern machten sich nach kurzer Zeit darüber her wie ein paar hungrige Wölfe.

»Ah!«, rief der Matrose, als er den letzten Knochen abgenagt hatte, »jetzt ist mir wieder wohler! Gut hat das verräucherte, tranige Fleisch nicht geschmeckt, aber ich bin satt, und man muss nicht zu viel verlangen.«

Sie schoben die Glut ein Stück weiter nach Lee, damit der Qualm nicht mehr in die Höhle ziehen konnte, deckten noch einen Haufen Tang darauf, um das Feuer zu erhalten, und legten sich dann aufs Neue zum Schlafen nieder. Viele Tage lang lebten sie von solchem in der Glut gerösteten Vogelfleisch. Diese Nahrung war kümmerlich und auch wenig zuträglich, aber sie hielt doch Leib und Seele zusammen. Zuweilen, wenn die Luft ausnahmsweise einmal klar war, konnten sie in blauer Ferne das Eiland liegen sehen, zumeist aber lagerte dichter Nebel über ihrer Insel. Ihre größte Sorge war, wie sie das Boot würden ausbessern können, da sie weder Holz noch Werkzeug hatten. Dazu war das Wetter fast unaufhörlich rau und stürmisch, die Regengüsse löschten mehrmals das Feuer aus, und der Vorrat an trockenem Tang verminderte sich in bedenklicher Weise. Bald musste es mit dem Brennmaterial zu Ende sein.

Um so lange wie möglich damit zu reichen, erlegten sie eine große Anzahl von Pinguinen, deren Nistplätze sie inzwischen entdeckt hatten und rösteten alle auf einmal. In dem kalten Klima hielt das Fleisch sich lange, ohne zu verderben. Sie brauchten nun das Feuer nicht immerwährend in Brand zu halten und konnten den Tang sparen. Zur Aushilfe hatten sie auch die Eier, die sie den Nestern entnahmen. Towe war der Erste, der zu murren begann und sich mit dieser Kost unzufrieden zeigte.

»Das ist nichts für christliche Seefahrer«, sagte er verdrossen. »Wir müssen das Boot seeklar kriegen, oder wir gehen hier an Skorbut zugrunde. Dazu ist mir mein Leben zu lieb, auch habe ich Katje zu versorgen.«

»Katje ist in unserem Haus daheim gut genug versorgt«, entgegnete Paul, »aber fort müssen wir dennoch von hier. Wenn wir nur die Riemen fänden, dann ließe sich wohl der Versuch machen. Sie müssen doch irgendwo an den Strand getrieben sein. Dann verstopfen wir das Loch im Boot mit Stücken von unseren Kleidern oder von dem Segel, das ich neulich aus der Brandung fischte, und halten uns warm durch Rudern.«

»Das hört sich ganz gut an, Junge, aber wir haben die Riemen noch nicht und können das Boot nicht dicht machen, und stopfen wir auch all unser Zeug rein. Nein, mein Junge, wir müssen etwas anderes ausdenken.«

»Wie du meinst. Jedenfalls aber müssen wir nach den Riemen suchen. Wir sind noch gar nicht auf der anderen Seite der Insel gewesen, vielleicht liegen sie da schon längst und warten auf uns.«

Achtzehntes Kapitel

Ein günstiges Vorzeichen. - Der Riemen im Tang.
Das Wrack in der Felsspalte. - »Hier sind Millionen drin!«
Abschied von der Nebelinsel.

Paul war am nächsten Morgen zuerst auf den Beinen. Während eines Teiles der Nacht hatte es wie gewöhnlich gestürmt. Jetzt aber war das Wetter ruhig und so klar, dass er von seiner Felsenhöhle am Strand die Insel ganz deutlich sehen konnte. Die Entfernung schien ihm gar nicht so sehr bedeutend, er hielt es durchaus nicht für unmöglich, die Strecke rudernd zurückzulegen. Er lief sogleich zum Boot und betrachtete und betastete die schadhafte Stelle zum hundertsten Mal.

Wenn wir nur Nägel hätten, sagte er zu sich selbst, dann nagelten wir Segeltuch auf das Loch. Aber das Segel dürfen wir nicht zerschneiden, denn wer weiß, wozu wir es noch nötig haben.

Er schlenderte am Strand entlang und dachte traurig darüber nach, welch großen Einfluss der Mangel eines Brettstückchens und einiger Nägel zuweilen auf Menschenschicksale ausüben können.

Da stieß sein Fuß an einen Gegenstand, der unter angespültem Tang begraben war. Er bückte sich und griff danach. Es war die Konservenbüchse, die ihnen auf der Herfahrt zum Schöpfen gedient hatte. Erfreut eilte er mit seinem Fund zur Höhle.

Towe schlief noch immer. Paul rüttelte ihn wach und zeigte ihm das Blechgefäß, das auch der Matrose sogleich als ein wertvolles Ding begrüßte, denn damit waren sie imstand, das Boot über Wasser zu halten, mochte das Leck auch noch so mangelhaft verstopft sein. Sie erblickten beide in dem Fund ein günstiges Vorzeichen und machten sich guten Mutes auf den Weg. Bei Menschen in ihrer Lage reicht eine Kleinigkeit hin, das Herz mit den kühnsten Hoffnungen zu erfüllen, aber eine Kleinigkeit genügt auch oft, es in düsterer Verzweiflung verzagen zu lassen. Sie wanderten längs des Südrandes dahin und verzehrten unterwegs ihr Frühstück, das wie immer aus geröstetem Pinguinfleisch bestand.

Plötzlich blieb Towe stehen, packte Paul am Arm und sah ihm wie verzückt ins Auge.

»Mensch!«, rief er. »Was bin ich für ein Döskopp!«

»Wieso?«, fragte Paul verwundert.

»Ja, Mensch, ein grässlicher Döskopp!«, wiederholte der Matrose, und dann erklärte er sich deutlicher. Sie hatten ja Nägel in Hülle und Fülle, und auch Holz, so viel sie brauchten und noch darüber. Da waren ja die Bodenbretter noch im Boot, festgenagelt natürlich. Wenn man die abriss, dann hatte man Nägel und auch die zum Dichtmachen des Lecks nötigen Plankenstücke.

Paul begriff nicht, dass sie nicht schon längst auf diesen Gedanken gekommen waren. Er wollte auf der Stelle umkehren und sogleich ans Werk gehen. Towe aber hielt ihn zurück. Morgen sei auch noch ein Tag. Bei diesem günstigen Wetter wollten sie zunächst nach den Riemen suchen, und vielleicht fände sich auch der Mast, dann könnten sie zurücksegeln. Paul war damit einverstanden. Er schlug jedoch vor, sich jetzt zu trennen. Towe sollte sich so dicht wie möglich am Strand halten, während er so weit landeinwärts bleiben wollte, wie die bei schwerem Wetter anstürmenden großen Roller hinaufreichten. Dann konnte ihnen nichts von dem, was die See ausgeworfen hatte, entgehen. Towe folgte dem Rat, und so wanderte jeder für sich allein weiter.

Allenthalben längs der Küste lagen Massen von Tang im Wasser, die stellenweise förmlich schwimmende Felder bildeten und weit in die See hinausreichten. Als Paul seine Blicke über solch ein wogendes Feld schweifen ließ, sah er etwas daraus hervorragen, das wie ein Pfahl aussah, der in dem Tang stak. Er lugte scharf hinüber und sein Herz begann zu pochen. Es war einer der Riemen. Er wollte Towe rufen, der aber war hinter einem entfernten Felsvorsprung verschwunden. Vom Strand bis zu dem Riemen waren es mindestens dreißig Schritt. Wie sollte er dahin gelangen? In diesen Tangmassen konnte kein Mensch schwimmen. Er setzte sich in Trab, um Towe seine Entdeckung mitzuteilen und mit ihm Rat zu halten, wie man sich des Riemens bemächtigen könne.

Als er den Felsensporn erreichte, hinter dem der Matrose ihm aus der Sicht gekommen war, da stockte ihm der Atem.

Vor ihm dehnte sich eine Strecke wild zerklüfteten Strandes aus. Eingekeilt in eine der Felsspalten saß ein Wrack, behangen mit Tang und hier und da mit Muscheln bewachsen. Es ragte hoch aus dem Wasser. In seiner Nähe stand Towe Tjarks mit untergeschlagenen Armen und so im Anschauen versunken, dass er den herankommenden Gefährten erst bemerkte, als dieser ihm auf die Schulter schlug.

»Was hast du denn hier?«

»Ein Schiff!«, antwortete Towe nach einer langen Pause. »Ein Wrack! Junge, Junge! Wie lang mag das schon hier sitzen! Wir wollen an Bord gehen.«

Das war jedoch nicht so leicht, da ein fast unzugängliches Felsgeschiebe, das überdies mit schlüpfrigem Tang bedeckt war, zuvor erklommen werden musste. Endlich standen sie auf den Resten des ehemaligen Kampanjedecks.

Das Wrack erwies sich nur noch als das Achterende eines Schiffes, das vielleicht vor achtzig Jahren erbaut worden sein mochte, und die Hälfte dieser Zeit saß es vielleicht schon hier in dem Felsspalt, der ihm gegen die wilden Wogen Schutz gewährt hatte, denn sonst wäre längst schon keine Spur mehr von ihm übrig geblieben. Was hier noch stand, war nur wenig mehr als ein Gerippe. Man konnte in den Kajütenraum hinuntersehen. Vom Fußboden desselben waren nur noch wenige zerbrochene Planken vorhanden, und ganz in der Tiefe hörte man das Wasser branden und plätschern.

»Solche alten Kästen haben manchmal wertvolle Ladung gehabt«, sagte Towe. »Ich will einmal sehen, ob da noch etwas zu holen ist.«

»Sei vorsichtig!«, mahnte Paul. »Das bisschen Plankenwerk, das man da unten noch sieht, ist gewiss ganz verrottet. Brichst du durch, dann wird es dir schwerfallen, wieder an Deck zu kommen. Schade, dass wir keine Leine bei uns haben. An dem Segel sitzen noch Fall und Schot, die könnten wir jetzt brauchen.«

»Mein Gewicht werden die Planken wohl noch aushalten«, entgegnete Towe und rutschte an einer Decksbalkenstütze in den düsteren Raum hinunter. Diese Stütze, wie auch alles andere Holzwerk im Inneren, war mit Algenwucherungen bedeckt. Es war augenscheinlich, dass die See bei schlechtem Wetter aus dem unteren Raum bis zum Oberdeck heraufkochte und schäumte.

»Hast du etwas gefunden?«, rief Paul hinunter, als Towe bereits eine Weile verschwunden war.

»Noch nicht«, lautete die Antwort. »Es ist ziemlich duster hier unten.« Paul hörte den Gefährten in der Tiefe umhertappen und stolpern, konnte ihn jedoch nicht erspähen. Endlich kam der Anruf:

»Paul, ahoi!«

»Jawoll, was ist?«

»Ich habe hier etwas! Komm' mal!«

»Wie kommen wir aber nachher wieder hoch?«

»Bist du auf einmal so ängstlich? Komm' mal her, ich habe hier etwas gefunden!«

Paul glitt an der Deckstütze hinab.

»Hierher!«, rief Towe. »Aber Vorsicht! Hier ist alles so glatt wie auf einem Walfischbuckel!«

Diese Mahnung beherzigend, langte Paul unter vielem Tasten und Straucheln bei dem Matrosen an, der in dem engen Raum am Achtersteven vor zwei kleinen, aber anscheinend sehr festen Kisten hockte und eifrig beschäftigt war, die Algen und den Schlamm mit seinem Messer davon abzuschrappen.

»Was meinst du wohl, Paul, was hier drin ist?«, fragte er schmunzelnd.

»Das kann ich nicht wissen. Weißt du es?«

»Ja, mein Junge, das weiß ich. Schätze sind hier drinnen, große Schätze. Gold und Silber, gemünzt und in Barren, sind hier drinnen.«

»Woher weißt du das?«

»Weil ich solche Kisten schon öfter an Bord gehabt habe. Ich sage dir, hier sind Millionen drinnen.«

»Sachte, Towe, sachte. Millionen wohl kaum.«

»Na, dann aber Hunderttausende.«

»Komm, Towe.«

»Na dann Tausende, oder wenigstens Hunderte. Es soll mir nicht drauf ankommen. Hunderte von Goldbarren meine ich natürlich. Meinetwegen auch Silberbarren. Aber weniger ist es nicht, Paul. Damit kann jeder von uns einen mächtigen Hühnerhof gründen und Eierexportationshandel im Großen betreiben. Junge, Junge, welche Aussichten!«

Paul lachte und riet dem Gefährten, seine Begeisterung zu zügeln und ein Reff in seine Phantasie zu stecken, damit er keine allzu große Enttäuschung erlebe. Towe war überzeugt, dass noch mehr solche Kisten unterhalb des zerstörten Schiffsbodens im Wasser lägen und wohl heraufzufördern wären, wenn man die richtigen Anstalten dazu träfe. Sie beschlossen, morgen mit Leinen wiederzukommen, und kletterten aus dem nassen und dunklen Verlies ins Licht zurück.

Oben angelangt, brachen sie einige der morschen Plankenstücke los, um sie als Feuerungsmaterial zu verwenden. Sie luden soviel davon auf, wie sie tragen konnten, und traten den Rückweg an. Der Riemen stak noch immer im Tang, und Towe hatte eine große Freude, als Paul ihn drauf aufmerksam machte. Er warf sogleich die Holzbürde von sich, entledigte sich seiner Kleider, zog die Stiefel wieder an und lief ins Wasser, als befände er sich hier am Strand der Nordsee und wolle an einem schönen Sommertag ein Bad nehmen. Die See war nur flach. Er arbeitete sich durch die Tangmassen hindurch bis zu dem Riemen, dessen Blatt in einer Steinspalte festsaß, und kam mit dem kostbaren Fund glücklich, aber halberstarrt vor Kälte, wieder aufs Trockene. Bald darauf waren sie wieder bei ihrer Höhle, und nach Verlauf einer weiteren Stunde hatte Towe das Feuer in bestem Gang.

Eine Weile saßen sie davor, freuten sich der hellen Flamme und wärmten sich daran, dann aber machten sie sich auf, um noch mehr Holz zu holen. Noch dreimal machten sie an diesem Tag den Weg nach dem Wrack, dann waren sie im Besitz eines Holzvorrates, der auf mindestens eine Woche reichte, auch wenn das Feuer Tag und Nacht brannte.

Zum ersten Mal seit ihrem Hiersein wühlten sie sich an diesem Abend völlig durchwärmt in ihr Tanglager ein und zum ersten Mal hatte ihnen auch die Abendkost, gerösteter Albatros und Wasser, vortrefflich geschmeckt. Sie befanden sich in bester Stimmung und waren voller Zuversicht. Der Tag war ein Glückstag gewesen. Sie wussten, wie das Boot auszubessern war, sie waren im Besitz eines Riemens, und als sie das letzte Mal zum Wrack zurückgekehrt waren, da hatten sie auch den Bootsmast zwischen dem Gestein des Strandes gefunden. Der Kisten mit den Schätzen gedachte bei all dieser Glücksfülle nur noch Towe.

Paul konnte kaum den Anbruch des Tages erwarten. In aller Frühe machte er sich schon auf, um erst den Mast und dann den Riemen heranzuschleppen. Als er mit letzterem anlangte, empfing ihn Towe mit einer angenehmen Überraschung. Dem war es nämlich gelungen, eine Kaptaube zu erlegen. Die hatte er in der Konservenbüchse gekocht und so eine Suppe bereitet, von der nun beide behaupteten, im ganzen Leben keine bessere gegessen zu haben. Paul widerrief dies allerdings bald darauf, weil ihm jene herrliche Suppe einfiel, die Dora Ulferts ihnen an Bord der *Hallig* vorgesetzt hatte.

Als das Morgenmahl verzehrt war, lösten sie das Fall und die Schot von dem Segel und wanderten mit diesen Leinen abermals zum Wrack, um dort die Schätze zu heben. Die Kisten erwiesen sich als außerordentlich schwer für ihre Größe. Doch hatten sie bald das Fall um die eine geschlungen, die dann nach einiger Mühe zuerst oben an Deck und dann unten auf den Felsen gelandet wurde.

146

Die zweite Kiste war noch schwerer als die erste. Sie mussten beim Emporziehen alle Kräfte anwenden.

»Nimm einen Törn um den Balken da!«, rief Paul. »Wollen uns ein bisschen verpusten!«

Towe schlang die Leine um den bezeichneten Teil der zerbrochenen Schanze, und nun beugten sich beide über die Öffnung, unter der die Kiste schwebte.

»Junge, Junge, da ist was drin, sag' ich dir!«, meinte Towe. »Das ist lauter pures Gold!«

Ein Krach! Die Leine war gerissen und die Kiste durch den Schiffsboden in das tiefe Wasser gestürzt. Die beiden Genossen sahen einander an.

»Soso«, sagte Towe.

»Ja«, sagte Paul.

»Meine Mutter sagte oft, es kommt alles ganz anders - und sie hatte jedes Mal recht. Ob wir sie wohl wieder kriegen?«

»Die Kiste?«

»Ja.

»Die kriegen wir nicht wieder. Schadet auch nichts. Wir werden an der anderen genug zu schleppen haben.«

Towe brummte, wickelte den Rest der Leine zusammen und gab sich zufrieden. Die Kiste war mit eisernen Griffen versehen, die zwar von Rost zerfressen waren, aber dennoch aushielten, bis sie die Höhle erreicht hatten.

Während der Nacht wurde das Wetter wieder schlecht. Die Feuerstelle aber lag unter einem Felsvorsprung und war auch sonst von Towe so mit Steinen umbaut worden, dass sie gegen Regen und Schnee gesichert war. Am folgenden Tag begann die Arbeit am Boot. Um dabei dem anhaltenden Unwetter nicht allzu sehr ausgesetzt zu sein, schoben sie das Fahrzeug bis unter das Vordach der Höhle, wobei sie den Mast als Walze verwendeten. Bei diesem Werk zeigte sich wieder, was Seeleute selbst unter den ungünstigsten Verhältnissen zu leisten vermögen. Die beiden Unglücksgefährten besaßen außer ihren Messern kein Stück Werkzeug, und doch brachten sie es fertig, die Nägel aus einem der Bodenbretter zu ziehen, und einige Stücke dieses Brettes so herzurichten, dass das große Loch in den Bugplanken damit übernagelt werden konnte. Zur weiteren Abdichtung wurde Segeltuch verwendet. Als Hammer musste ein Stein dienen.

Vierzehn volle Tage hatte Towe mit dieser Ausbesserung zu tun. Pauls Aufgabe war es in dieser Zeit, Feuerholz herbeizuschaffen, Seevögel zu erlegen und Pinguineier zu sammeln, damit es ihnen nicht an Nahrung fehlte.

Endlich stand das Boot seefertig da. Noch einmal musterten sie es mit scharfen Augen von allen Seiten, und Paul erteilte dem alten Schiffsmaaten uneingeschränktes Lob. Der Flicken da im Bug hätte jedem Zimmermann Ehre gemacht.

»Alle Achtung, Towe«, sagte Paul. »Mit dem Stück Arbeit kannst du zufrieden sein!«

»Bin ich auch«, erwiderte der Matrose.

Jetzt hinderte sie an der Rückfahrt zu der Insel nichts mehr als das schlechte Wetter. Der Wind wehte hartnäckig aus Westen. Da es ihnen nicht an Feuerung fehlte, ertrugen sie diese Verzögerung ziemlich gleichmütig. Das Einzige, was sie jetzt nahezu unerträglich fanden, jetzt, wo sie Ägyptens Fleischtöpfe gewissermaßen in greifbarer Nähe hatten, war die ewig tranig duftende und tranig schmeckende Vogelkost. Selbst die in der Konservenbüchse gekochte Kaptaube hatte keinen Reiz mehr für sie.

Endlich trat der ersehnte Witterungswechsel ein. Der Wind flaute ab und ging nach Osten um. Am Abend war das Wetter so still und schön, wie es in diesen Breiten nicht oft erlebt wird.

Die beiden Seemänner spazierten vor der Höhle, die lange ihr Heim gewesen war, und redeten von der Fahrt, die sie am nächsten Tag anzutreten gedachten. Das Firmament war wolkenlos, die Sterne flimmerten klar.

»Morgen Abend um diese Zeit können wir schon an Bord der *Hallig* sein«, sagte Paul.

Ehe die Sonne noch über die Kimmung gestiegen war, lag das Boot segelfertig in einer kleinen Felsenbucht, beladen mit der Schatzkiste, der rußgeschwärzten Konservenbüchse und einem Vorrat von gerösteten Pinguinen. Sie setzten die Segel, stießen mit dem Riemen ab und liefen mit günstigem Wind und frohen, hoffnungsvollen Herzen hinaus in die offene See, der in blauer Ferne liegenden Halliginsel zu.

Neunzehntes Kapitel

Wie die Schiffsmaaten vom Fischen zurückkehrten.
Warum Heik Weers seinen Freund Towe im Schlaf stört.
Der Inhalt der Kiste. - Gazzis Flucht und Ende.
Die Hallig Hooge verlässt den Jaspersenhafen.

Das waren bange und schwere Wochen für die kleine Besatzung an Bord der *Hallig* gewesen, seit Paul und Towe mit dem Boot verschwunden waren. Die Arbeit hatte nur geringe Fortschritte gemacht, weil es allen an dem rechten Mut dazu fehlte. Kapitän Jaspersen, Heik Weers und Dora hatten Beratungen über Beratungen abgehalten, wie man nach der Insel gelangen könnte, die da ab und zu im Osten in Sicht kam. Aber auch, wie man, ohne den Beistand jener beiden, die Arbeit an Bord am besten und schnellsten bewältigen und das Schiff aus dem Hafenbecken bringen konnte.

Der Grieche allein schien mit dem Stand der Dinge ganz zufrieden zu sein, insofern wenigstens, als er nicht viel zu arbeiten brauchte und immer genug zu essen hatte. Das Schiff sah jetzt beinahe so verwahrlost und wüst aus wie die Insel selbst. Außenbords hatten sich unterhalb der Wasserlinie unzählige Muscheln angesetzt, die an halsähnlichen Stielen hingen und mitunter lange Bärte bilden und hindernd auf die Fahrgeschwindigkeit der Fahrzeuge einwirken. Sie heißen Entenmuscheln und sind in fast allen Meeren heimisch.

Jeden Tag fuhr einer mit dem Floß an Land und erstieg den Aussichtsberg, um nach der Insel auszulugen, auf der man die Gefährten vermutete. Lebten diese beiden noch, dann unterließen sie es sicher nicht, irgendein Zeichen ihres Vorhandenseins zu geben. Dies war den beiden Unglücksgefährten jedoch nicht möglich gewesen. Sie hatten zwar das Segel, das sehr gut als Notflagge hätte dienen können, aber es fehlte ihnen an jeder Vorrichtung zum Aufheißen desselben, und als sie schließlich in den Besitz des Mastes und des Riemens gelangt waren, da dachten sie nicht mehr an ein Notsignal, da hatten sie nur noch den einen Gedanken, das Boot wieder instand zu setzen und zur *Hallig* zurückzukehren.

Wenn der Nebel den Ausschauenden daher wirklich einmal gestattete, das ferne Eiland zu erblicken, so entdeckten sie trotz des scharfen Schiffsteleskopes dort nichts, woraus sie auf die Anwesenheit von Menschen dort schließen konnten. Der dünne Rauch des Feuers wurde der dicken Luft wegen nicht sichtbar.

Daher erfolgte auf die erwartungsvolle Frage der an Bord Harrenden, ob etwas in Sicht gewesen sei, stets nur die traurige Antwort: »Nichts in Sicht.«

Kapitän Jaspersen hatte schon längst alle Hoffnung aufgegeben, Paul und Towe, oder auch nur einen von beiden, wiederzusehen. Er hielt es für nahezu unmöglich, dass Menschen ohne Obdach und ohne genügende Ernährung in einem so rauen Klima längere Zeit ihr Leben fristen konnten. Und nun lastete es schwer auf seiner Seele, ohne Paul heimkehren und mit einer Trauerkunde das Pfarrhaus von Westerstrand wieder betreten zu sollen.

Eines Abends schlenderte der alte Heik langsam an Deck hin und her, seine Pfeife rauchend und verloren die beiden Masten betrachtend, die nun schon lange da aufgerichtet standen, während für den dritten, den Fockmast und das dazugehörige Vorgeschirr, noch so gut wie nichts geschehen war.

Er hatte heute wiederum den Weg nach dem Aussichtsberg gemacht und war mit dem trostlosen »Nichts in Sicht« zurückgekehrt.

Nach einer Weile gesellten sich Dora und Kapitän Jaspersen zu ihm. Es war heller Mondschein, man konnte das zerklüftete Felsgestein rings um den schwarzen Strand deutlich erkennen, und die Schatten der drei hin und her Wandelnden zeichneten sich dunkel und scharf umrissen auf den Decksplanken ab. Heik brachte das Gespräch auf die Heimreise.

»Uns hat es bisher an der Freude zum Arbeiten gefehlt«, sagte der Schiffer, »wenn das so fortgeht, kommen wir niemals mehr nach Hause. Wir müssen uns zusammenraffen und das Werk wieder tapfer angreifen. Das soll gleich morgen geschehen. Seit wir unsere Freunde verloren haben, ist alles liegen geblieben.«

»Viel anders wird das jetzt auch nicht werden«, entgegnete Heik.

»Warum nicht?«, fragte Dora und sah ihn mit traurigen Augen an.

»Weil wir uns doch kein rechtes Herz fassen können, ehe wir Towe und Paul wiederhaben«, antwortete der alte Matrose. »Das ist der Grund, Dora. Wir haben kein gutes Gewissen, das ist das Schlimme, das uns in den Knochen liegt und uns an der Arbeit hindert. Ein Wunder ist es nicht. Warum haben wir auch nicht den Versuch gemacht, unsere Maaten aufzufinden? Bei gutem Wetter und Westwind kämen wir in zwölf oder achtzehn Stunden mit dem Floß ganz leicht zu der anderen Insel. Natürlich müssten wir alle tüchtig paddeln. Proviant und Wasser müssten wir mitnehmen und dann bleiben wir so lange drüben, bis das Wetter gut ist und der Wind östlich. Ich wette, dass wir unsere Schiffsmaaten während dieser Zeit dort finden, vorausgesetzt, dass sie lebendig an Land gekommen sind. Warum sollten sie das nicht? Towe schwimmt wie ein Seehund, und Paul sicher auch. Sind sie aber an Land gekommen, dann finden wir sie auch. Towe kann jahrelang von Tang leben wie eine Seekuh, wenn es sein muss und er nichts anderes zu essen kriegt, und was Towe kann, das kann Paul auch. Was sagen Sie, Keppen Jaspersen? Soll die Expedition gemacht werden?

»O bitte, Keppen Jaspersen!«, flehte Dora. »Das gäbe doch wieder Hoffnung!« »Ich habe nichts dagegen«, erwiderte der Schiffer. »Wir dürfen jedoch nicht vergessen, dass eine solche Fahrt ein großes und gefährliches Wagnis ist und ich für aller Leben verantwortlich bin. Wir wollen erst noch einmal die Karte um Rat fragen.«

Sie begaben sich in die Kajüte und breiteten hier zum hundertsten Mal die Karte des südlichen Indischen Ozeans auf dem Tisch aus. Sie maßen die Entfernung und erwogen alle Möglichkeiten, und obwohl eine solche Reise auf dem Floß als nichts anderes als eine Tollkühnheit bezeichnet werden konnte, beschloss man dennoch, sie zu unternehmen. Das gebrechliche Fahrzeug sollte noch durch eine Anzahl Fässer und Planken verstärkt und auch mit Mast und Segel versehen werden, und dann wollte man, falls das Wetter günstig wäre, schon in der nächsten Woche die Fahrt wagen. Dora wusste sich vor Freude kaum zu fassen. Sie war ganz fest überzeugt, dass sich die Freunde auf jener Insel befanden und sehnlichst darauf warteten, durch ihre Schiffsgenossen erlöst zu werden.

»Eine innere Stimme sagt mir, dass sie dort glücklich gelandet sind und dass wir sie bald wiedersehen werden!«, rief sie.

»Kann sein oder kann nicht sein«, sagte Heik. »Wir haben das Versprechen von Keppen Jaspersen, das genügt mir. Ein Mann, ein Wort, nicht wahr, Kaptein?«

»Gewiss, Heik, die Fahrt wird gemacht. Jetzt aber wollen wir die Kojen aufsuchen. Morgen in aller Frühe soll es an die Arbeit gehen. Gute Nacht, Dora - »

Er unterbrach sich, erhob die Hand und lauschte.

»Hört! Wir werden angerufen!«

Alle stürzten an Deck hinauf.

»Hallig Hooge, ahoi!«, schallte es laut über das Hafenbecken.

»Sie sind da!«, rief Dora jubelnd, »sie sind da!«

»Hallo!«, antwortete der Schiffer. »Wer ist da?«

Ein Boot kam über das mondbeglänzte Wasser auf das Schiff zu. In seinem Achterteil stand ein Mann und wrickte. Ein anderer stand mittschiffs bei dem Mast, an dem das Segel niedergeholt war.

»Hier sind Ihre Schiffsmaaten, Keppen Jaspersen, wir kommen gerade vom Fischen zurück«, antwortete die gar nicht zu verkennende Stimme von Towe Tjarks.

Heik warf dem Boot eine Leine zu, und wenige Sekunden später standen Paul und Towe wieder an Deck der *Hallig*, von allen Seiten mit herzlichster Freude begrüßt. Als die erste Erregung sich gelegt hatte und Towe zu Wort kommen konnte, wandte er sich an den Schiffer.

»Das Boot ist mächtig leck und muss gut aufgeheißt werden«, sagte er. »Vorher will ich aber noch mal hineinsteigen, da liegt nämlich ein riesiger, schwerer Fisch drin, der mit einer von den Davitstaljen aufgeheißt werden muss.«

»Ein Fisch, Towe? Doch kein Walfisch?«

»Heißen Sie ihn nur an Bord, dann werden Sie ja sehen, was für ein Tier das ist.«

Damit schwang er sich wieder in das Boot hinab, schlang den Stropp um die Kiste und hakte die Talje an. Paul und Heik heißten auf und bald standen alle um den schweren Behälter herum und betrachteten ihn mit neugierigen und verwunderten Blicken.

»Der Fisch ist in dieser Kiste, Kaptein«, erklärte Towe vom Boot aus. Wir haben ihn dort eingesperrt, damit er nicht ausreißen kann. Lassen Sie die Kiste in Ihre Kammer stellen, morgen wollen wir sie aufmachen und überholen. Und nun her mit der anderen Talje, Heik! Das Boot ist halb voll Wasser und sackt weg, wenn es nicht aufgeheißt wird.«

Das Boot hing bald in den Davits, die Kiste wurde achteraus geschafft. Dora deckte in Eile den Tisch, trug Salzfleisch, Brot und Tee auf, und die ausgehungerten Helden verzehrten ein Mahl, das sie geradezu königlich dünkte. Dabei warfen sie ihren mit allen Ohren lauschenden Schiffsgenossen nur ab und zu eine abgerissene Andeutung ihrer Erlebnisse hin. An längeren Mitteilungen hinderte sie ihre große Anspannung und Ermüdung, und so verargte es ihnen niemand, als sie unmittelbar nach dem Essen die so lange entbehrten Kojen aufsuchten, wo sie sogleich in tiefen Schlaf sanken.

Den anderen ging es nicht so gut. Sie konnten wegen der schrecklichen Töne, die aus Towes Kammer drangen, kein Auge schließen. Endlich konnte Heik dies nicht länger ertragen. Er ging zu Towe hinein und schüttelte ihn heftig.

»Nimm es nicht übel, Maat, dass ich dich störe«, sagte er, »aber wir haben hier eine Dame an Bord, auf die musst du Rücksicht nehmen. Du hast uns nicht gesagt, wie eure Insel heißt, aber nach deinem Gegrunze zu urteilen, wird es wohl die Eberinsel gewesen sein.«

Towe drehte sich um, sagte kein Wort und schlief weiter. Heik kroch wieder in seine Koje und brummte dabei sehr vernehmbar vor sich hin, dass schiffbrüchige Bootsegler keine passende Gesellschaft seien für Leute, die gewohnt seien, an Bord von Schiffen zu schlafen.

Die anderen saßen bereits fröhlich beim Morgenimbiss, als Towe und Paul am nächsten Morgen erwachten. Der Duft von gebratenem Speck brachte sie schneller auf die Beine als Feuerlärm dies zu bewirken vermocht hätte. Sie wurden so lebhaft und aufrichtig willkommen geheißen, dass es selbst den Seebären Towe wie Rührung überkam. Nur Gazzi sagte kein Wort. Sein Gesicht verzog sich zu keinem Lächeln. Teilnahmslos und gleichgültig verzehrte er sein Frühstück, und man brauchte kein großer Menschenkenner zu sein, um zu merken, dass er von Neid und Missgunst gegen die beiden Zurückgekehrten erfüllt war.

»Na, Gazzi, was sagst du?«, redete Towe ihn lustig an. »Freust dich nicht, mich wiederzusehen? Ich freue mich über dich, du siehst so lieblich aus, wie eine Katze im Regenwetter.«

Gazzi streifte ihn mit einem kurzen, scheuen Blick seiner stechenden Augen, blieb jedoch stumm.

»Heute gibt es viel zu tun«, wandte sich der Schiffer an die Helden des Tages. »Solange ihr auf Urlaub wart, ist hier wenig geschafft worden. Wir haben daher viel nachzuholen. Je eher wir fertig sind, desto eher können wir uns auf die Heimreise machen. Wenn euch also eure Vergnügungstour nicht noch in den Gliedern steckt, dann wollen wir das Werk mit Fäusten angreifen. Was sagt ihr?«

»Ich sage: Her mit der Arbeit«, entgegnete Towe. »Ich will endlich nach Hause kommen, ehe die Hühnerpreise wieder in die Höhe gehen. Geld werden wir jetzt ja wohl genug haben, was, Paul?«

»Bei der Abrechnung daheim werden wir alle vergnügte Gesichter machen können«, sagte der Schiffer, indem er dem Matrosen zugleich einen Wink gab, in Gazzis Gegenwart nicht unnötig von der mitgebrachten Seekiste zu reden.

Nach dem Frühstück rief der Schiffer Paul und Towe in seine Kammer.

»Ich wollte wegen eures sogenannten Schatzes mit euch reden«, sagte er, den Fuß auf die Kiste setzend. »Der Kasten ist schwer, man kann daher annehmen, dass etwas Ordentliches drin ist. Ehe wir ihn jedoch öffnen, muss alles klargestellt sein, so dass hinterher keine Zweifel über die Eigentumsrechte aufkommen können. Ihr habt ihn gefunden und mitgebracht, und alles, was darin sein mag, mag es nun Geld, Geldeswert oder etwas anderes sein, gehört euch beiden allein und ausschließlich. Verstanden? Von Verteilung soll keine Rede sein.«

»Wir sind anderer Meinung«, entgegnete Towe. »Oder, Paul, sind wir nicht?« »Ja«, bestätigte dieser. »Wir haben unterwegs schon alles verabredet. Erweist sich der Inhalt der Kiste des Verteilens wert, so erhalten alle an Bord den gleichen Anteil.«

»Der Entschluss gereicht euch zur Ehre«, sagte der Schiffer. »Nicht jeder würde so denken. Der Fund ist herrenlos, daher gebührt er euch. Das ist unbestreitbar. Aber wie ihr wollt. Lauf und hole einen Kuhfuß, Paul, um den Deckel aufzubrechen. Hoffentlich werden unsere Augen nicht durch den Anblick der Schätze geblendet.«

Obwohl die Eisenbeschläge des Kastens ganz verrostet waren, setzten sie doch den Bemühungen des Schiffers hartnäckigen Widerstand entgegen, und es dauerte lang, bis der Deckel nachgab und der Inhalt sich zeigte.

»Junge, Junge!«, rief Towe, sich mit weit geöffneten Augen vorbeugend. »Deswegen haben wir uns abgerackert? Darum haben wir uns gefreut wie der Schützenkönig von Husum? Das ist ja nichts als Steinkram und Dreck!«

»Nicht voreilig, Towe«, sagte der Schiffer. »Steine sind es, ja. Es können aber auch wertvolle Steine in rohem Zustand sein. Gewöhnliche Steine werden nicht so sorgfältig verpackt. Ich bin überzeugt, dass eure Mühe und Arbeit mit dem Zeug nicht umsonst gewesen ist.«

»Wenn Sie das sagen, Kaptein, dann glaube ich es«, erwiderte Towe. »Gewiss«, sagte Paul. »Wie sollte ein Schiff dazu kommen, gewöhnliche Steine, sorgfältig in Kisten verpackt, mit sich herumzuschleppen? Ich meine, wir werden es nicht bereuen, uns mit der Last herumgebalgt zu haben.«

»Das meine ich auch«, rief Towe aufatmend. »Und nun wollen wir den Schatz verteilen.«

Der Schiffer schüttelte den Kopf. »Lassen wir die Finger davon, bis wir daheim sein werden. Dann könnt ihr beide damit beginnen, was euch gefällt. Keine Überstürzung. Gut Ding will Weile haben.«

»Das ist richtig«, pflichtete Towe ihm bei. »Wie sollen wir auch teilen, da wir doch noch gar nicht wissen, was die Steine wert sind?«

Als Gazzi später erfuhr, dass die an Bord gekommene Kiste wertvolle Steine enthielt, da wurde er von einer unbezähmbaren Gier erfasst und verlangte heftig eine sofortige Teilung, denn alle Mann hätten ein Recht daran, das wäre Brauch auf allen Schiffen.

»Sie irren, Gazzi«, erwiderte der Kapitän. »Das mag der Brauch auf Seeräuberschiffen gewesen sein, wenn es sich um an Bord gebrachten Raub handelte. Auf unseren Schiffen geht die Gemütlichkeit nicht so weit. Die Steine sind als herrenloses Gut in einem alten Wrack, dessen Herkunft unbekannt ist, gefunden worden und sind Eigentum derjenigen, die sie an Bord brachten. Hüten Sie sich also, sich daran zu vergreifen, es könnte Ihnen übel bekommen.«

An jenem Abend berichteten die Bootsfahrer ihre Abenteuer auf der Nebelinsel. Gazzi hörte nur mit halbem Ohr zu, als Towe aber erzählte, wie die zweite Kiste wieder verloren ging, da fing er an zu schelten. »Hat man jemals solche Dummköpfe gesehen!«, rief er ganz außer sich. »Sie sehen die Kiste fallen, sie wissen genau, wo sie liegt und rühren keinen Finger, sie wieder heraufzuholen! O, wenn ich dabei gewesen wäre!«

»Sag' das nicht noch einmal, Maat«, entgegnete Towe, »sonst stecke ich dir ein Reff in die Zunge. Wenn hier an diesem Tisch ein Dummkopf sitzt, dann bist du das. Merk' es dir!« Der Grieche schwieg und redete den ganzen Abend kein Wort mehr. Am Tag darauf aber machte er sich an Heik heran und suchte ihn zu überreden, mit ihm nach der Nebelinsel zu segeln und den wieder ins Wasser gefallenen Schatz zu heben.

»Nee, mein Junge«, antwortete der alte Matrose und lachte.

»Wie du willst«, entgegnete der Grieche. »Es war bloß ein Vorschlag. Ich mache den Versuch auf jeden Fall. Du hast gehört, was der Alte gesagt hat: die Steine sind Eigentum derjenigen, die sie gefunden haben. Gut, ich werde noch mehr finden als Towe und Paul, und dann alle für mich allein behalten.«

»Jawohl, Maat, das tue nur, und lass es dir gut bekommen. Aber das Boot bekommst du nicht!« Damit ging er zum Schiffer und teilte diesem die Absicht des Griechen mit. Infolgedessen wurde das Boot während der nächsten Nächte scharf bewacht. Towe war jedoch dafür, dass man den Griechen gewähren lassen solle.

»Immer weg mit ihm«, sagte er. »Er kriegt den Kasten in seinem ganzen Leben nicht wieder hoch, und wir werden uns wohler fühlen, wenn wir seine unangenehme Gegenwart los sind.

»Ich hätte nichts dagegen«, sagte der Schiffer, »aber wir können das Boot nicht entbehren, und auf dem Floß hinzupaddeln, dürfte er keine Lust verspüren. Er wird den törichten Gedanken auch wohl inzwischen aufgegeben haben.«

So schien es auch wirklich zu sein, denn obwohl man anscheinend das Boot fortan ganz aus den Augen ließ, machte Gazzi keinen Versuch, mit demselben davonzugehen, obwohl Towe inzwischen das Leck im Bug nach allen Regeln der Kunst ausgebessert hatte. Die nächtliche Bewachung des kleinen Fahrzeuges wurde daher auch bald wieder aufgegeben. Man hielt jetzt wieder wie vordem täglich zehn volle Arbeitsstunden inne und hatte dafür auch nach Verlauf von vier Wochen die Genugtuung, die *Hallig Hooge* als richtigen Dreimastschoner begrüßen zu können, dem nur noch die Segel fehlten.

Als Paul eines Morgens an Deck kam, um das Feuer in der Kombüse anzumachen - die Männer wechselten sich hierbei ab, um Dora diese Arbeit zu ersparen - da sah er, dass das Boot aus den Davits verschwunden war. Er lief zurück und schaute in des Griechen Kammer. Auch der war nicht da. Jetzt weckte er den Kapitän.

»Gazzi hat sich mit dem Boot davongemacht«, berichtete er.

»Also doch. Wie ist das Wetter?«

»Zweifelhaft!«

»Sieh mal nach dem Glas, Paul.«

Dieser tat, wie ihm geheißen.

»Nun, wie ist es damit?«

»Das Quecksilber ist gefallen.«

»Dann möge Gott ihm beistehen, wir können es nicht. Weht es draußen?«

»Nicht viel, aber was da an Wind vorhanden ist, kommt aus Westen, steht also gerade auf die Nebelinsel. Er hat mithin alle Aussicht, hinzukommen.«

»Hoffentlich schafft er es. Verdient hat er es allerdings nicht.«

Die Sonne ging hinter einer schweren, dunklen Wolkenbank auf. Die ganze Natur, selbst die Felsen an Land, sahen nach Sturm und kommendem Unwetter aus.

»Er hat sich für seine Jagd nach dem Glück keinen verheißungsvollen Morgen ausgesucht«, sagte Towe, als er nach dem Frühstück auf dem Kampanjedeck stand und die Nase prüfend in den Wind reckte. »Ich denke mir, wenn er diesen Sonnenaufgang sehen wird, wird er wohl irgendwo wieder die Richtung auf unser Halligeiland nehmen. Das geht bald los! Junge, Junge, wie das heult! Ich möchte jetzt nicht in dem Boot sitzen, was, Paul?«

Ein Brüllen erscholl von der See her, dann brach der Sturm mit furchtbarer Gewalt los. Der Wind pfiff und heulte zwischen den Felsen und verfing sich dermaßen in dem Hafenbecken, dass sogar die geschützt liegende Bark unter dem ersten Anlass weit nach der Backbordseite überholte.

»Hoho!«, sagte Towe. »Gazzi, was sagst du nun? Möchtest du jetzt nicht lieber wieder an Bord der alten *Hallig* sein, bei deinen guten Schiffsmaaten?«

Da kam der Schiffer eilig von achtern her.

»Macht das Floß klar!«, rief er. »Zwei Mann gehen mit mir an Land! Heik und Towe! Bei dem Wind kann kein einzelner Mensch im Boot die See halten. Wir müssen versuchen, ihm beizuspringen, wenn ihm etwas zugestoßen ist. Paul bleibt an Bord und gibt acht auf die Bark.«

»Jawoll, Kaptein.«

Das Floß war bald an Land gepaddelt, und ohne Verzug machten die drei sich auf den Weg nach dem Robbenkap, denn nur in jener Gegend konnte das Boot bei diesem Wind angetrieben sein, wenn es Unglück gehabt hätte. Kaum lagen die hohen Felsketten, die den Jaspersenhafen umschlossen, hinter ihnen, da fasste der Sturm sie mit ganzer Macht, und sie mussten alle Kraft aufbieten, nicht umgerissen und in die Klüfte hinuntergeschleudert zu werden, an deren Rändern sie dahinschritten.

Der offene Ozean kam bald in Sicht. Sie blieben im Schutz einer Wand stehen und schauten hinaus über die brausende und brüllende Weite, auf der die weiß beschäumten Seen hintereinander herjagten und in donnernder Brandung gegen den Strand stürmten.

»Auf solcher See kann kein Boot bestehen«, sagte der Schiffer. »Ich fürchte, der arme Gazzi ist nicht mehr am Leben und schläft bereits tief unten in Gottes Keller den langen, letzten Schlaf.«

»Das ist noch nicht so ganz gewiss, Kaptein«, erwiderte Towe.

Sie setzten ihren Weg fort. Als sie in die Nähe des Strandes gekommen waren, blieb Towe plötzlich stehen.

»Dort liegt das Boot!«, rief er.

Das Boot lag kieloben und war weit aufs Land hinaufgeworfen. Obwohl jede der heranrollenden Seen es mit Schaum und Gischt übersprühte, veränderte es seine Lage nicht, da ein hoher Wall von Tang es seewärts umgab und als Wasserbrecher diente.

»Es hat sich einen guten Platz ausgesucht«, sagte der Schiffer herangehend. »Es scheint auch ganz heil davongekommen zu sein. Wir wollen es ein Stück weiter heraufholen, der Sicherheit wegen, und dann müssen wir uns nach Gazzi umsehen. Er kann ebenso gut heil und gesund an Land gekommen sein wie das Boot.«

Sie brachten das Fahrzeug aus dem Bereich der Seen, und machten sich dann auf die Suche nach seinem ehemaligen Insassen. Zunächst lenkten sie ihre Schritte nach dem Robbenkap und musterten dabei mit scharfen Blicken jeden Steinwinkel, jeden Riss und jedes Loch.

»Nichts zu sehen«, sagte Heik nach einer Weile. »Er wird draußen in See schon weggesackt sein.«

»Er kann auch verwundet und hilflos hier irgendwo auf dem Strand liegen«, erwiderte der Schiffer. »Lasst uns rufen, alle Mann zugleich.«

Und durch das Getöse der Brandung und des Windes erscholl es: »Gazzi ahoi!« Und immer wieder von neuem: »Gazzi ahoi!«

Aber keine Antwort ließ sich vernehmen, so angestrengt sie auch lauschten. Sie suchten noch eine lange Zeit und ließen noch oft den Ruf ertönen, der die Anwesenheit der Retter verkünden sollte. Es war jedoch alles vergebens. Endlich schickten sie sich zur Rückkehr an.

Da erspähte der Schiffer einen mit den Wogen herantreibenden Gegenstand, in dem man bald den Mast des Bootes erkannte. Er kam langsam näher. Sie warteten, bis sie ihn aus dem Wasser fischen und landen könnten, denn seine Wiedererlangung war für sie ein wertvoller Gewinn. Endlich warf eine See ihn auf die Klippen. Heik und Towe liefen in die Brandung, ihn vollends aufs Trockene zu holen, ehe das strömende Wasser ihn wieder davonführen konnte. Jetzt gewahrten sie, dass auch das Segel noch daran hing. Sie wunderten sich darüber, dass es so schwer heraufzuziehen war.

»Das ist irgendwo unklar«, sagte Towe, und riss mit Macht an der Leinwand. Gleich darauf rief er: »Mein Gott! Da ist er!« In den Falten des Segels, die Schot um den Leib geschlungen, kam Gazzi an die

Oberfläche, kalt und starr. Sie trugen ihn an Land und versuchten, ihn ins Leben zurückzurufen, allein alle Mühe war vergebens.

»Er ist tot«, sagte der Schiffer. »Es bleibt uns nur noch übrig, ihn zu begraben. Da dies aber in diesem Felsboden nicht geschehen kann, müssen wir gutes Wetter abwarten und ihn dann in die See versenken. Bis dahin wollen wir ihn, mit Tang und Steinen bedeckt, hier liegen lassen.«

Towe erwiderte, er wisse eine tiefe Stelle in einer Bucht gleich hinter dem Robbenkap und mache daher den Vorschlag, ihn dort zu bestatten, dann hätte man das traurige Stück Arbeit hinter sich. Der Schiffer war damit einverstanden. Sie wickelten den Leichnam in das Segel und trugen ihn an den von Towe bezeichneten Platz. Hier taten sie noch einige schwere Steine in die Umhüllung und befestigten alles mit der Schot. Nach einem kurzen Gebet, das jeder für sich sprach, senkten sie den Toten in die See, in der so unzählige Menschenkinder, gut und böse, ihre letzte Ruhestätte gefunden haben. Obwohl der Grieche an Bord der *Hallig* nicht beliebt gewesen war, so warf sein jähes Ende dennoch einen Schatten über die kleine Gemeinde, und es dauerte einige Tage, ehe man sich davon wieder frei fühlte. Erwähnt wurde er von niemandem, denn da man nichts Gutes von ihm zu reden wusste, so gedachte man seiner in der Unterhaltung lieber gar nicht mehr.

Einige Wochen nach dem Tod des Griechen war die *Hallig Hooge* seeklar und lag mit untergeschlagenen Segeln und gefüllten Wassertanks bereit, mit dem ersten günstigen Wind die Heimfahrt anzutreten. Der Ertrag der Pelzrobbenjagd war, trotz des ersten Eifers, nur ein geringer gewesen. Man hatte schließlich doch Wichtigeres zu tun gehabt. Die Wiederherstellung des Bootes war als ganz unnötig unterblieben, denn alle verfügbaren Bretter waren zur Ausbesserung der Schanzkleidung verwendet worden. Sonst aber befand sich das Schiff in einem so guten Zustand, wie es unter den obwaltenden Umständen kaum erwartet werden konnte. Man hatte eine lange Trosse ausgebracht und an einem der am Hafeneingang liegenden Felsen befestigt. Ging der Wind herum, dann brauchte man nur den Anker aufzuhieven und an der Trosse zu ziehen, bis das Schiff durch die Enge war. Und dann stand den Seeleuten nach langer Haft in dem engen Hafenbecken der entlegenen Felseninsel die weite Welt wieder offen. Jeden Morgen, schon ganz in der Frühe, schaute Kapitän Jaspersen nach dem Wetter aus, in der Hoffnung, einen günstigen Wind vorzufinden. Da aber in jenen Breiten vorwiegend westliche Winde wehten, und zwar nahezu neun Monate aus den zwölfen des Jahres, musste er jeden Morgen enttäuscht seine Koje wieder aufsuchen. Endlich, des Wartens müde, beschloss er, an dem ersten schönen Tag hinauszulaufen, wenn der Wind nicht ganz und gar ungünstig wäre. Eines Abends, als das Barometer besonders hoch stand und die Luft fast windstill war, eröffnete er seinen Gefährten, dass er am nächsten Morgen das Schiff durch die Enge zu bringen gedächte, wenn Wetter und Wind dies nur irgend gestatteten.

Da erhob sich große Erregung und Freude unter den Getreuen. Mit dem ersten Tagesgrauen waren alle Mann an Deck und auch Dora schon in der Kombüse. Paul warf von der Back aus einen langen Blick in die Runde. Die Felsen standen schwarz und still, und schwarz und still breitete sich auch der Wasserspiegel des Hafenbeckens aus. Wie viele Erinnerungen knüpften sich an diesen Ort! Und jetzt sollte es nach Hause gehen, nach Hause! Auf seinen früheren Seereisen hatte er sich nie so nach der Heimat gesehnt wie jetzt. Die frische, fröhliche Seefahrt hatte einen solchen Wunsch kaum aufkommen lassen. Diesmal aber war es nur zum kleinsten Teil eine Seefahrt, zum größten Teil nichts als eine Verbannung, eine Gefangenschaft gewesen. Allerdings eine Gefangenschaft, die sich ertragen ließ. Aber doch eine Abgeschlossenheit von der ganzen übrigen Welt. Und jetzt sollte es nach Hause gehen. Sie hatten mit aller Kraft auf diesen Augenblick der Befreiung hingearbeitet. Jetzt war er gekommen, und doch vermochte er kaum daran zu glauben.

»Hiev' Anker!«, kam das Kommando des Kapitäns.

Alle eilten ans Spill; sogar Dora beteiligte sich an der schweren Arbeit, die lange Kette einzuhieven und den mächtigen Anker aus dem Grund zu brechen, wo er lange Monate gelegen und sich eingefressen hatte.

»Klickklak, klickklak«, gingen die Pallen, und Glied um Glied kam die Kette durch die Klüse und über das Spill herein. Alle paar Minuten musste Paul von der Back auf das Deck hinunterspringen, um die sich hinter dem Spill anhäufende Kette achteraus zu ziehen.

»Festhieven!«, rief der Schiffer. »Hol' ein die Lose von der Trosse!« Die schlaff im Wasser hängende Trosse wurde um die Winsch genommen und steifgeholt. Darauf begann das Hieven aufs Neue. Endlich, nachdem sich alle bis zur Erschöpfung angestrengt hatten, hing der Anker unter dem Bug. Er wurde mit dem Kattblock unter den Kranbalken geheißt, wo er zunächst hängenblieb, um später mit dem Fischtakel gefischt, auf die Back gebracht und hier befestigt zu

160

werden. Jetzt ging es wieder an die Winsch, um die Trosse, die vor dem Hafenausgang an einem Felsen festgemacht war, einzuhieven. Langsam dem Zug folgend, glitt das Schiff der Enge zu. Als die Trosse ihre Schuldigkeit getan hatte und losgeworfen werden musste, hatte das Schiff noch so viel Fahrt, dass es mit dem Boot leicht durch die schmale Fahrstraße des Ausgangs geschleppt werden konnte, die zuvor wiederholt sorgfältig ausgepeilt worden war. Während der Dauer des Schleppens, das durch alle vier Mann ausgeführt wurde, stand Dora am Ruder und steuerte das Schiff mit sicherer Hand nach den ihr vorher eingeprägten Merkzeichen durch die klippenreiche Enge hindurch, bis es die freie See erreicht hatte, und die lange, sanfte Dünung wieder zu spüren war. Wenige Minuten darauf waren die Männer wieder an Bord. Die Fallen der Fock und des Großsegels wurden um die Winsch genommen und beide Segel zugleich geheißt. Ein leichter Südostwind füllte die Leinwand und die *Hallig Hooge*, ehemals Bark, jetzt Dreimastschoner, hatte ihre Fahrt nach Kapstadt angetreten. Bald lag die Insel mit dem gastlichen Jaspersenhafen weit hinter ihr, so einsam wie zuvor, ein Tummelplatz der kalten Sturmwinde, der Regen- und Schloßenböen, die nach kurzer Zeit alle Spuren der Menschen, die hier nahezu ein Jahr lang ihr Leben gefristet hatten, verwischt haben würden. Von einer Meeresströmung war nichts zu merken. Vielleicht hatte Kapitän Jaspersen recht, wenn er meinte, dass jene Strömung, die die Bark damals nach der Insel und in das Hafenbecken hineinbrachte, auf vulkanische Ursachen zurückzuführen gewesen sei, und dass das Wasser nicht so gewaltsam durch das enge Felsentor geströmt wäre, wenn es nicht irgendwo einen unterirdischen Auslass aus dem Felsenbecken gefunden hätte.

»Beten Sie um gutes Wetter, Dora«, sagte der Schiffer zu dem jungen Mädchen, als er das Ruder übernahm. »Ich habe die Fahrt gewagt im Vertrauen auf die leichten Winde, die wir um diese Zeit hier wohl erwarten können. Schweres Wetter halten unsere Masten nicht aus, die eigentlich doch nichts als Notmasten sind. Es war nur eine Ironie, als wir die *Hallig* einen Dreimastschoner nannten. Sie ist mit der neuen Takelung, die uns so schwere Arbeit kostete, doch nur ein armes, verkrüppeltes Ding, das sich, aus der Entfernung gesehen, mit seinem kümmerlichen Segelwerk und dem großen Unterschiff seltsam genug ausnehmen mag.« - »Sie alle haben redlich und treu geschafft, da wird der Lohn Ihrer Arbeit nicht ausbleiben«, antwortete Dora.

Zwanzigstes Kapitel

Die brennende Brigg. - Der Mann in der Boje. - In Kapstadt.
Zwei Kabeltelegramme - Glückliche Menschen.
»Hallig ahoi!«

Obwohl zwischen dem vierzigsten und fünfzigsten Grad südlicher Breite westliche und nordwestliche Winde vorzuherrschen pflegen, so hatte die *Hallig* doch das seltene Glück, mit leichter südlicher Brise bis in die Nähe des Kaps der Guten Hoffnung zu kommen. In zwei oder drei Tagen musste man die Tafelbay erreichen.

Eines Abends, gegen sieben Glasen, kam über dem Steuerbordbug eine Brigg in Sicht. Keppen Jaspersen betrachtete sie durch den Kieker und rief dann plötzlich: »Allmächtiger, ich glaube, da ist Feuer an Bord!« Er reichte Heik das Glas.

»Ja, Kaptein«, sagte dieser, »da ist Feuer an Bord.«

Es fragte sich nun, ob die *Hallig* der Brigg auflaufen sollte, oder ob diese auf die *Hallig* abhalten würde. Es wurde sehr schnell dunkel, die Brigg war bald nicht mehr zu sehen, aber an der Stelle, wo sie sich befinden musste, zeigte sich ein helles Licht, das bald an Glanz und Größe zunahm.

»Wir müssen ihr zeigen, wo wir sind«, sagte der Schiffer und holte zwei Magnesiumlichter aus der Kajüte. Er steckte eines in Brand und, nachdem es erloschen war, das andere, so dass beinahe zehn Minuten lang der grelle Schein die Finsternis und die leicht bewegte See in weitem Umkreis erleuchtete. Die Brise war flau, die *Hallig* hatte nur geringe Fahrt. Towe, der am Ruder stand, hielt, auf die Weisung des Schiffers, direkt auf die Brigg ab, um den Leuten auf dem brennenden Fahrzeug den Mut zu beleben und ihnen zu zeigen, dass die Helfer sie nicht im Stich lassen wollten. Inzwischen war auch der Mond sichtbar geworden, so dass die *Hallig* von der Brigg aus deutlich wahrgenommen werden musste. Als die *Hallig* näher herankam, erkannte ihre Besatzung, warum die Brigg den Helfern nicht entgegengesegelt war. Die ganze vordere Hälfte stand in Flammen. Das Schiff lag mit dem Bug gegen den eben auffrischenden Wind. Wanten, Stagen und Pardunen waren bis zur Höhe des Vormars in prasselndes Feuer gehüllt. Die Lohe schlug züngelnd nach hinten, und braunroter, funkensprühender Qualm wälzte sich in dichten Massen nach Lee zu, über die See, die von der roten Glut mit blutigem Schein übergossen wurde. Auch der Himmel über dem

Schiff war gerötet. Seine eigentlichen Schrecken aber erhielt das furchtbare Schauspiel durch die Reihe von Köpfen, die über die Reling des Achterdecks der herankommenden *Hallig* entgegenschauten.

»Gütiger Himmel!«, rief Dora, die bei Towe am Ruder stand, »ich sehe zwei Frauen unter ihnen!«

»Brigg ahoi!«, dröhnte jetzt der Anruf des Schiffers über das Wasser. Die Leute auf dem brennenden Schiff schwenkten die Arme und ließen ein lautes Durcheinander von Stimmen hören.

»Deutsche sind es nicht«, sagte Jaspersen und fragte dann, ob jemand dort drüben Englisch verstünde. Die Antwort konnte niemand verstehen, man hörte nur schreien und sah verzweifeltes Winken. Boote waren nirgends zu sehen. Der Ort mittschiffs, wo die Boote zu stehen pflegten, war ein Flammenmeer. Auch in den Davits zeigte sich nichts. Kurz entschlossen ließ der Schiffer das einzige Boot, das der *Hallig* zur Verfügung stand, zu Wasser bringen und dann das Schiff unter verkleinerten Segeln bis dicht an das Heck der Brigg laufen. Jetzt sprangen Towe und Paul ins Boot, ruderten an das brennende Fahrzeug heran und hakten daran fest. Towe rief den Leuten an Deck zu, die Frauen zuerst herabzulassen. Man verstand ihn, aber es währte eine ganze Weile, ehe die widerstrebenden und kreischenden Weiber über die Seite zu bringen waren. Eine stürzte dabei ins Wasser, wurde jedoch von Paul noch glücklich erwischt und ins Boot gezogen. Nachdem noch acht Mann von der Besatzung aufgenommen waren, brachten die beiden Halligleute diese Ladung an Bord ihres Dreimastschoners. Noch einmal machten sie die Fahrt, um den Rest der Mannschaft zu holen. Die Leute stürzten mit solcher Hast herab, dass sie das Boot beinahe zum Kentern brachten. Endlich hatte der Letzte das Schiff verlassen.

Da tönte Kapitän Jaspersens eherne Stimme herüber: »Vorsicht! Weg vom Schiff!«

Zwei der fremden Seeleute hatten bereits die Riemen gefasst, Towe stieß mit dem Bootshaken von der Brigg ab, und das Boot schoss in fliegender Eile der *Hallig* wieder zu. Hier war alles in ängstlicher Erregung. Die Geretteten kletterten an Bord.

»Schnell, Kinder, schnell!«, rief der Schiffer unaufhörlich und in größter Besorgnis. »Schnell an Deck, Towe, Paul!«

Aus seinen Rufen und seinen Gebärden sprach eine Angst, wie die Halligleute sie noch nie zuvor an ihm wahrgenommen hatten. Paul und Towe drängten die in ihrer Hast wirr durcheinander stolpernden

Leute fast mit Gewalt aus dem Boot, und hinter dem letzten Geretteten schwangen auch sie sich über Reling. Das Deck der *Hallig* wimmelte von den durcheinander rennenden Fremdlingen. Der glutrote Feuerschein beleuchtete die Gesichter so hell, dass jeder Zug, jede Linie derselben zu erkennen war.

»Junge, Junge!«, sagte Heik Weers zu Towe, »nun haben wir auf einmal menschliche Gesellschaft mehr als genug. Das sind Franzmänner, soviel ich aus ihrer Sprache entnehmen kann.«

Er irrte sich nicht, die geretteten Seefahrer waren Franzosen. Ihr Kapitän hatte sogleich nach seiner Ankunft an Bord Keppen Jaspersen mitgeteilt, dass die Brigg zu zwei Dritteln mit Sprengpulver beladen sei, das in den Goldminen von Südafrika verwendet und in Port Elisabeth gelandet werden sollte. Diese gefährliche Ladung müsse nun jeden Augenblick Feuer fangen. Dies war die Erklärung für die ungewöhnliche Aufregung und Angst des braven Schiffers.

Die aufgegeit gewesenen Gaffelsegel wurden wieder ausgeholt, und die *Hallig* suchte mit möglichster Eile aus der gefahrdrohenden Nähe des brennenden Fahrzeugs zu entkommen, wobei die auffrischende Brise ihr behilflich war.

Kaum zehn Minuten mochten vergangen sein, seit das Boot von seiner letzten Fahrt zurückgekehrt war, da flog die Brigg in die Luft. Ein Feuerpilz schoss zum Firmament empor und zugleich gab es einen Donnerschlag wie ihn nur wenige der an Bord Befindlichen jemals zuvor vernommen hatten. Die Luft schien von Blitzen erfüllt. Das waren die glühenden Stücke der Planken, Masten und Spieren, die nach allen Richtungen durch die Finsternis geschleudert wurden. Die Erschütterung des Wassers wirkte so heftig auf das Schiff, dass viele der Leute an Deck niederstürzten. Hätte das wackere Fahrzeug sich noch auf der Stelle befunden, wo es beigedreht gelegen, so wäre es unfehlbar durch die brennenden Trümmer in Brand gesteckt oder durch die herabstürzenden schweren Massen zumindest schwer beschädigt und vielleicht abermals zum Wrack gemacht worden.

Der Zuwachs, den die *Hallig* durch die Geretteten erhielt, unter denen sich auch französische und italienische Goldgräber befanden, belief sich auf zwanzig Köpfe. Der Kapitän und die beiden Frauen wurden in der Kajüte, die Männer im Logis untergebracht. Da das Schiff sich nicht mehr weit von Kapstadt befand, so verursachte die Ernährung dieser Menge Menschen weiter kein Kopfzerbrechen, aber ein Gruseln überkam sie doch, wenn sie an die Möglichkeit dachten, dass sie dieses Rettungswerk etwa tausend Meilen vom Land hätten ausführen müssen.

Noch eine andere Lebensrettung war ihnen auf der kurzen Strecke bis ans Ziel der Fahrt vorbehalten. Am Tag darauf kam eine große eiserne Boje in Sicht, die von ihrer Verankerung in irgendeinem Hafen losgerissen sein musste. Vielleicht hatte sie auch ein Fahrzeug aus dem Schlepp verloren. Der Wind war wieder so flau, dass das Schiff gerade durchs Wasser ging. Als es dicht an der Boje vorbeilief, da bemerkten die Halligleute wie auch die über die Reling guckenden Franzosen, dass sie beschädigt war. Eine Armeslänge über der Wasserlinie befand sich ein Loch von etwa zwei Fuß im Durchmesser.

Dora Ulferts und Kapitän Jaspersen und auch der am Ruder stehende Paul beschauten sich das Ding. Plötzlich hörten sie einen dumpfen Schrei aus dem Loch hervordringen. Anfänglich wollten sie ihren Ohren nicht trauen, da aber nicht nur sie alle drei, sondern auch die in der Nähe stehenden Franzosen den Schrei vernommen hatten, so ließ der Schiffer die Segel aufgeien und das Boot zu Wasser bringen, in dem dann Towe mit zwei von den französischen Matrosen an die Boje heranruderte.

»Ist da jemand drinnen?«, rief Towe in das Loch hinunter.

»Ay, ay!«, antwortete eine hohle Stimme auf englisch. »Helft mir heraus, ehe ich hier ertrinke!«

Es war in der Boje so dunkel wie in einem Teerfass, so dass man nichts erkennen konnte. Towe ließ zurückrudern, um eine Leine zu holen. Er machte eine Palstek hinein, ließ die Leine in die Boje hinab und rief: »Look out!«

»All right!«, antwortete die Stimme. »Hoist away - heiß auf!«

Towe und die Franzosen zogen aus Leibeskräften und brachten nicht ohne Mühe einen Mann aus dem Loch heraus, der so nass war wie eine Wasserratte. Sie schafften ihn an Bord, und nachdem er seinen Blechpott heißen Kaffee getrunken und etwas gegessen hatte, erzählte er dem Schiffer und seinen Getreuen, was ihm widerfahren war. In der vergangenen Nacht war er von einem Schoner, der nach Madagaskar segelte, über Bord gefallen. Man hatte ihm einen Rettungsring zugeworfen, den er auch erwischte. Das Boot aber, das ihn auffischen sollte, konnte ihn in der Dunkelheit nicht finden, und so hatte der Schoner seine Fahrt ohne ihn fortgesetzt.

Als der Morgen graute, sah er in einer Entfernung von etwa zweihundert Metern die große Boje treiben. Er steuerte darauf zu, da er aber nirgends Halt gewinnen konnte, kletterte er in das Loch, in der Absicht, mit dem halben Leib darin hängenzubleiben, wie einer, der aus dem Fenster sieht. Allein die Ränder des Loches waren so scharf, dass er sich dort nicht halten konnte und in das Innere hinabgleiten musste.

Es waren anderthalb Fuß Wasser in der Boje, und alle Augenblicke schütteten die Spritzwellen noch mehr dazu, so dass er wohl voraussehen konnte, was mit ihm werden würde, wenn der Wind auffrischen und die See höher gehen sollte. Er wäre einem schrecklichen Schicksal anheimgefallen, wenn ein günstiges Geschick die *Hallig* seinem engen Gefängnis nicht so nahe gebracht hätte, dass man an Deck seine erstickten Hilferufe vernehmen konnte. Er dankte seinen Rettern mit bewegten Worten und wurde dann zu den übrigen Geborgenen nach vorn geschickt.

Drei Tage später lag die *Hallig* in Kapstadt im Dock.

Sie war wie ein Wunder angestaunt worden, als der Schleppdampfer sie durch die große Schar der im Hafen ankernden Schiffe bugsierte. Die drei Notmasten und ihre Auftakelung erregten allgemeines Erstaunen, und die vier Mann an Deck - die Geretteten waren am Tag zuvor an Land geschafft worden - vernahmen manchen anerkennenden Zuruf und manches bewundernde Wort. Hohes Lob wurde ihnen auch von den Kapitänen und den anderen Fachleuten zuteil, die das Schiff im Dock aufsuchten, um es zu besichtigen und sich seine Schicksale erzählen zu lassen. Die meisten hätten es nicht für möglich gehalten, dass eine Besatzung von fünf Mann, von denen der eine während der Zeit, wo die Hauptarbeit, die Herstellung und Aufrichtung der Masten, verrichtet wurde, mit gebrochenem Bein in der Koje zubringen musste, ein solches Riesenwerk ausführen könnte.

Da standen die drei Masten, zwar in ihren aus Tauen und Ketten hergestellten Laschungen mehr oder weniger gelockert, aber von den Wanten, Pardunen und Stagen noch so festgehalten, dass sie bei nicht zu argem Wetter vielleicht noch auf weitere tausend Meilen ihren Dienst hätten versehen können.

Sogleich nach seiner Ankunft hatte Kapitän Jaspersen an die Reederei des Schiffes folgendes Kabeltelegramm abgesandt:

»*Hallig* geborgen, mit Notmasten binnen gebracht. Ganze Besatzung ausgestorben, auch Kapitän und Steuerleute. Gelbes Fieber. Dora Ulferts allein noch am Leben und an Bord. Unterschiff vollständig seetüchtig. Teelandung fragwürdig. Was soll geschehen?«

Die auf demselben Weg eintreffende Antwort lautete:

»Dank für Bergung. Schiff docken und mit neuer Bark-Takelung versehen lassen. Teeladung möglichst günstig losschlagen. Fracht für Hamburg oder sonstigen nordischen Hafen an Bord nehmen. Dora Ulferts mit nächstem Dampfer hierherkommen, wo Fürsorge getroffen werden wird, oder dort an Bord bleiben - ganz nach Belieben. Bergegeld wird hier berechnet und ausgezahlt. Hoffen, Sie bald begrüßen zu können.«

Drei Monate später segelte die *Hallig Hooge* als stolze Bark mit der Flutströmung die Elbe hinauf, und nach abermals drei Monaten feierte Towe Tjarks mit Katje im Pfarrhaus zu Westerstrand seine Hochzeit.

Der Bergelohn hatte für jeden der Beteiligten eine namhafte Summe abgeworfen, der Schatz von der Nebelinsel aber war zu einer Sammlung von Gestein zusammengeschrumpft, die zwar wertvoll für die Wissenschaft war, beim Verkauf aber nicht mehr als tausend Mark eingebracht hatte, welche Summe dem jungen Ehemann einstimmig zuerkannt und trotz seines Sträubens überwiesen wurde.

»Meinetwegen«, hatte er endlich gesagt, »ich nehme das Geld aber nur unter der Bedingung, dass Heik Weers die Hälfte davon kriegt und sich damit an meinem Eiergeschäft beteiligt. Will er das nicht, dann verschenke ich die tausend Mark an die erste beste fromme Stiftung.« Worauf Heik sich brummend einverstanden erklärte.

Dora fand im Pastorhaus liebevolle Aufnahme und ein dauerndes Heim. Der Anteil, den ihr Vater an der Hallig besessen hatte, war auf sie übergegangen. Sie konnte daher als eine nicht unbemittelte junge Dame gelten.

Nach Jahresfrist war wiederum eine Hochzeit im Pfarrhaus. Kapitän Jaspersen führte Pauls Schwester Gesine heim.

Paul selbst wurde zu rechter Zeit Steuermann, und als er nach nicht zu langer Frist auch das Kapitänspatent erworben und die Führung eines Schiffes erhalten hatte, da heiratete er Dora Ulferts, »sein Gespenst«, wie Towe zu Heik sagte, als er sich mit ihm zum Hochzeitsmahl auf den Weg machte.

Der Hühnerhof blüht, und das Eiergeschäft geht gut. Heik hat sein Häuschen ganz in der Nähe von Towes Gehöft, und wie einst auf der öden Insel im südlichen Indischen Ozean, so erschallt auch heute noch oft von einer Behausung zur anderen der dröhnende Anruf: »Hallig ahoi!«

Worterläuterungen

anbrassen	Die Rah stärker in Längsrichtung des Schiffes ausrichten, um höher am Wind zu segeln
anpreien	Anrufen mit einem Sprachrohr
aufgeien	Die Segel zusammenraffen und unter die Rah holen
backschlagen	Die Segel schlagen rückwärts
Backstagsbrise	Guter Segelwind von hinten
Bark	Segelschiffstyp mit mindestens drei Masten
Besan	Gaffelsegel am hinteren Mast
Blöcke	Rollen zur Veränderung der Zugrichtung von Tauen
Brigg	Zweimastiges Segelschiff
Buline	Haltetau für ein Rahsegel
Crozetinseln	Gruppe vulkanischer Inseln im südlichen Indischen Ozean
Davit	Schwenkbarer Kran bei der Bordwand
Ducht	Sitzbank im Ruderboot
Faden	Längenmaß für Wassertiefen (1 Faden=1,88 m)
Fall	Tau zum Hochziehen eines Segels
Fallreep	Feste Treppe oder Strickleiter an der Bordwand
Fleet	Bezeichnung eines natürlichen Wasserlaufs in den Elbmarschen
Fockmast	Vorderer Mast eines Dreimasters
Gaffel	Verschiebbar am Mast befestigtes, schräg nach oben ragendes Rundholz
Glasen	Die Glasenuhr gibt durch Glockenschläge (Glasen) die Uhrzeit an
Gräting	Begehbarer Gitterrost auf Schiffen
Großsegel	Unterstes Segel am Großmast
Großtopp	Oberstes Stück des Großmastes
Hellegatt	Kleiner, winkliger Raum zur Aufbewahrung von Vorräten und Schiffszubehör
Janmaat	Andere Bezeichnung für Seemann
Kabellänge	Ein Kabel bezeichnet den zehnten Teil einer Seemeile und beträgt 185,2 m
Kampanje	Hinterer Aufbau an Deck

Kerguelenkohl	Pflanzenart, die ausschließlich auf einigen subantarktischen Inseln im Indischen Ozean heimisch ist
Klampe	Vorrichtung zum Befestigen von Leinen und Tauwerk
Klipper	Schnelles Segelschiff
Knoten	Ein Knoten entspricht einer Seemeile/h, das bedeutet 1,852 Kilometer/h (1 Seemeile = 1852,0 m)
labsalben	Das feststehende Gut, also Wanten, Pardunen und Stagen mit Teer einschmieren
Leeseite	Die dem Wind abgewandte Seite
Liek	Tauwerk, mit dem das Segel eingefasst ist, um ihm Halt zu geben, also der Rand des Segels
Log	Messgerät zur Bestimmung der Fahrt
Luvseite	Die dem Wind zugewandte Seite
Marssegel	Segel, das an eine Rah der Marsstenge angeschlagen wird
Marsstenge	Teil des Mastes oberhalb der ersten Saling, der Marssaling
Pallen	Sperrhaken an einem Zahnrad
Palstek	Knoten, der ein Auge in ein Tau schlingt, damit es sich nicht zusammenziehen lässt
Pantry	Anrichte neben der Kombüse
Pardune	Absicherung eines Segelschiffmastes nach seitlich hinten
Persenning	Schutzdecke aus Segelleinwand
Preventerbrassen	Hilfs- oder Verstärkerbrassen
Pull	Ein Zug am Riemen oder an einem Tauende, an dem geholt wird
Pumpensod	Der niedrigste Ort im Schiff, in dem sich das Wasser sammelt
Pütz	Kleiner Eimer oder kleine Wanne
Rah	Segeltragender Bestandteil der Takelage eines Segelschiffs
Reff	Vorrichtung zum Verkleinern eines Segels
Reffzeisinge	Kurze Taue zum Einbinden von Segeln

Registertonne	Veraltete Maßeinheit für Seeschiffe. Sie entspricht genau 100 englischen Kubikfuß und rund 2,83 Kubikmetern
Riemen	Ruder
Roof	Holzhaus auf dem Deck von Seglern
Rudertörn	Zeitabschnitt, während dessen ein Mann am Ruder zu stehen und das Schiff zu steuern hat
Saling	Holzkonstruktion, zu beiden Seiten neben dem Mast
Schanzkleidung	Bordwand, die oberhalb des Oberdecks zum Schutz gegen Wellen fortgeführt wird
Scheilicht	Aus dem Englischen »skylight«, Oberlichtfenster der Kajüte
Schoner / Schuner	Segelschiff mit zwei oder mehr Masten
Schot	Tau zum Lenken eines Segels
Schute	Meist antriebloses Schiff zum Transport von Gütern
Spake	Holzstange, die als Hebel dient
Spanten	Tragende Bauteile zur Verstärkung des Schiffsrumpfes
Spiere	Rundholz
Spill	Drehbare Vorrichtung zum Einholen von Trossen oder der Ankerkette
Stag	Verspannungstaue von den Masten nach vorn
Stenge	Verlängerung des Mastes auf einem Segelschiff
Stropp	Ring oder Schlinge aus Tau oder Kette
Sundastraße	Meerenge zwischen den indonesischen Inseln Sumatra und Java
Talje	Flaschenzug auf dem Schiff
Tamp	Kurzes Stück Tau, Ende eines Taus
Tonnen	Maßeinheit für den Raumgehalt eines Schiffes
Trimm	Ausrichten eines Schiffs in die richtige Lage
trimmen	Die Ladung sachgemäß verstauen bzw. die Segel so stellen, dass der Wind sie voll ausnutzt
Tristan da Cunha	Inselgruppe im südlichen Atlantischen Ozean
Wanten	Seile, mit denen die Masten verspannt werden
Winsch	Seilwinde, die vor allem in der Schifffahrt verwendet wird

wricken	Ein Boot mit einem über das Heck ausgestreckten Riemen durch schraubenartige Drehungen desselben fortbewegen
Zeisinge	Kurze Taue zum Verschnüren der aufgeholten Segel an der Rah
zurren	festbinden
Zurrings	Sicherungen gegen Seeschlag